Spiel um alles

Bad Boys of Football 1

Bella Andre

Spiel um alles

Bad Boys of Football 1

Übersetzung Sarah Goldmarleen – Language + Literary Translations, LLC

Melden Sie sich an für Bella's New Release Newsletter

www.bellaandre.com/Germany

bella@bellaandre.com

www.BellaAndre.com

Bella bei Twitter @bellaandre

Bella auf Facebook: facebook.com/BellaAndre.Germany

Manche Liebhaber gehen auf Nummer sicher … andere sind zu allem bereit.

Er ist der Held des Superbowl, den die Männer bewundern und die Frauen anbeten … der Quarterback und böse Junge mit gefährlichem Reiz. Aber hinter seinem lässigen Grinsen verbirgt Ty Calhoun ein Verlangen, das nur eine einzige Frau jemals erfüllen kann, und eine Erinnerung, die er nicht abschütteln kann: die Nacht der Abschlussfeier der Highschool … und atemberaubender Sex mit dem unnahbaren Mädchen seiner Träume. Er würde jede Trophäe dafür eintauschen, das Feuer ihrer sinnlichen, ungehemmten Lust noch einmal zu spüren. Und vielleicht bekommt er die Chance dazu, denn sie wurde gerade von den San Francisco Outlaws angeheuert, um Tys Ruf wiederherzustellen.

Als beste Imageberaterin des Landes ist Julie Spencer eine Expertin darin, das Leben der Schönen und Reichen in Ordnung zu bringen. Selbst die Vorstellung, mit dem Mann zusammenzuarbeiten, der ihr zehn Jahre zuvor ihre Jungfräulichkeit gestohlen und ihr Herz gebrochen hatte, kann sie nicht erschüttern. Bis er sie wieder anfasst. Denn eine Berührung – ein heißer Kuss – ist genug, um den

Funken wieder zu entzünden, sodass ihre die Knie weich werden, und schon bald verwischen sich die Grenzen zwischen Geschäft und ausufernder Lust. Doch da sie weiß, welche Gefahr dieser böse Junge für ihr Herz darstellt, ist Julie fest entschlossen, die Distanz zu wahren.

Aber Ty hat seine eigene Strategie. Je mehr er sich daneben benimmt, desto mehr wird Julie ihn im Auge behalten – und desto eher kann er der Frau seiner Träume echten Nervenkitzel bieten, indem er ihr zeigt, wie viel Spaß es macht, unartig zu sein. Dieses Mal ist er zu allem bereit … besonders dazu, ihr Herz zu erobern.

Kapitel 1

Julie Spencer fielen eine Menge Dinge ein, die sie lieber tun würde, als den Super Bowl zu schauen. Selbst die Vorstellung, auf Händen und Füßen ihren Küchenboden zu schrubben, fand sie langsam gar nicht so schlecht. Aber da ihre Arbeit als Imageberaterin selbst an Wochenenden selten um fünf Uhr nachmittags zu Ende war, saß sie neben einem wichtigen Klienten auf einer Super Bowl Party und täuschte mit einem Drink in der Hand, den sie gar nicht wollte, Interesse an einem Spiel vor, das ihr nicht gefiel.

Wenn sie doch bloß nicht *ihm* beim Spielen zusehen müsste.

Ty Calhoun war einer der weltbesten Quarterbacks. Außerdem war er auch einer der größten Idioten der Welt.

Selbst im Fernsehen war er zu gutaussehend, zu sexy. Seine schokobraunen Augen glühten. Sein Bizeps fesselte sie. Die leichten Wellen an den Spitzen seines pechschwarzen Haares verleiteten eine Frau geradezu dazu, die Hand auszustrecken und mit den Fingern durch diese Pracht zu fahren, um zu sehen, ob es tatsächlich so weich war, wie es aussah.

Gott sei Dank war das Spiel fast zu Ende. Nur noch acht Sekunden, dann konnte sie sich verabschieden.

Ihr Klient, der das ganze Spiel kommentiert hatte, versetzte ihr mit dem Ellenbogen einen Stoß in die Rippen, um ihre Aufmerksamkeit zu bekommen.

„Die ganze Spielsaison hängt von diesem Match ab. Der Quarterback muss jetzt werfen, wenn er gewinnen will."

Julie nickte höflich und konzentrierte sich auf den riesigen Plasma-Bildschirm. Auf einmal war das Feld in heller Aufregung. Sie konnte einen Spieler kaum vom anderen unterscheiden.

„Die Verteidiger stürzen sich auf seine Receiver!" Ihr Klient sprang von der Couch auf und konnte sich vor Aufregung kaum noch beherrschen. „Wenn einer der Linebacker durchkommt, ist das Spiel für die Outlaws vorbei!"

Nach dem, was Ty ihr angetan hatte, war er ihre Sorge nicht wert. Und trotzdem war ein Teil von ihr dumm genug, sich zu wünschen, er würde das Unmögliche tun, den Touchdown machen und der Held sein.

„Oh Mann, da, eine Lücke in der Abwehr! Ty stürmt auf die Ziellinie zu!"

Dieser Typ sollte besser entspannt bleiben. Auch wenn Ty in Beziehungen mies war, war er auf dem Football-Feld ein Ass. Er machte das Spiel.

Dann griff ein riesiger Spieler aus dem anderen Team Ty hart von der rechten Seite an. Seine Knie gaben nach, aber er rannte trotzdem weiter. Hunderttausend Fans im Stadion verloren den Verstand und alle Partygäste ihres Klienten sprangen von ihren Stühlen auf, um in Richtung des Fernsehers zu schreien und zu fluchen. Julie kämpfte gegen den Drang, sich die Augen zuzuhalten, als Ty anfing, zu Boden zu fallen. Ein Teil von ihr – der höchst unvernünftige Teil ihres Herzens – konnte es nicht ertragen, ihn so kurz vor dem Sieg scheitern zu sehen.

„Er kann doch nicht etwa …“, flüsterte ihr Klient. „Oh Gott – da ist er!“ Den Ball immer noch in der Hand, schleuderte Ty ihn mit jedem Muskel seines Körpers von sich – und die Ballspitze überquerte die Ziellinie genau als er den Boden berührte.

Ty Calhoun, der Mann, dem sie vor zehn Jahren dummerweise ihre Jungfräulichkeit – und ihr Herz – geschenkt hatte, hatte gerade den Superbowl gewonnen.

* * *

Tys Teamkollegen begruben ihn in einer wilden Gruppenumarmung unter sich und hoben ihn dann auf ihre Schultern, um ihn zu feiern.

Für Momente wie diesen lebte er. Die kreischenden Fans, heiße Luder, die sich ihre BHs vom Leib rissen und auf das Spielfeld warfen. Sein ganzes Leben lang hatte Ty ein Star, ein Held sein wollen. Jetzt, mit seinem ersten Sieg beim Super Bowl, war er das. Und das konnte ihm niemand mehr nehmen.

Irgendjemand sprühte Champagner auf ihn und als er sich ihn mit dem Handrücken aus den Augen wischte, traf ihn der Anblick einer Blondine mit üppigen Kurven in der Zuschauertribüne wie der Schlag. Sein Herz raste, fast genauso schnell wie in dem Moment, als er sich der Ziellinie genähert hatte.

Hatte er Halluzinationen? Hatte sie nach so vielen Jahren beschlossen, ihm zu vergeben?

Die Frau strich sich die Haare aus dem Gesicht und sein Herz wurde schwer. Es war nicht Julie. Natürlich war sie es nicht. Ty verfluchte sich im Stillen dafür, dass er so ein jämmerlicher Idiot war.

Nach so langer Zeit sollte er nicht noch immer an sie denken. An die eine, unglaubliche Nacht, die sie in der Highschool miteinander verbracht hatten.

Jene zwölf Stunden waren die einzigen gewesen, in denen sie je geredet, sich je geküsst und berührt hatten. Und doch war sie noch immer in seinem Kopf und machte ihn verrückt. Eigentlich hätten all die Supermodels und Playboy Bunnies, die sich in seinem

Bett die Klinke in die Hand gaben, sie ersetzen sollen. Und in manchen Nächten, wenn ihre Bewegungen beeindruckend genug waren, überzeugte er sich davon, dass es tatsächlich so war.

Aber heute war etwas anders.

Jemand schüttete ihm noch eine Flasche Schampus über den Kopf und er spielte seine Rolle, indem er lachte und seinen Coach abklatschte. Er zwinkerte dem Kameramann zu, in der Gewissheit, dass sein Gesicht auf allen großen Leinwänden des Stadions zu sehen war und die Frauen verrückt machte. War Julie wohl irgendwo auf einer Super Bowl Party und feierte den Sieg der Outlaws? Hatte sie seinen spielentscheidenden Touchdown gesehen? War sie beeindruckt?

Genug! Das war der beste Tag seines Lebens und er würde Julie vergessen, den Sieg genießen und sich von der Welt verehren lassen.

Ein Reporter hielt ihm ein Mikrofon unter die Nase, während eine Sicherheitskraft gerade einen verwahrlosten Mann zurückhielt, der versuchte, aufs Feld zu laufen. Er weinte und sah aus, als hätte er seit einer Woche nicht gebadet und seine Kleider noch länger nicht gewechselt.

Die monatelangen Aufenthalte in der Reha-Klinik, zu der Ty seinen Vater über die Jahre hinweg gezwungen hatte, hatten einen Scheißdreck gebracht. Ty wusste, was jetzt folgte. Das, was in Momenten wie diesem immer folgte.

„Ich bin sein Vater!“, beklagte sich der Mann bei den Security-Leuten. „Ich habe ihm alles, was er kann, beigebracht.“

Nein, dachte Ty, *ich habe trotz dir herausgefunden, wie ich ein gottverdammter Football-Held werde.*

Vergiss die Vergangenheit! Er hatte seine Freunde, unzählige bildhübsche Frauen und mehr Geld, als er ausgeben konnte. Gerade hatte er den Super Bowl gewonnen und jetzt würde er feiern gehen.

Ob er sich danach fühlte oder nicht.

⋆ ⋆ ⋆

Fünf Monate später wurde Ty viel zu früh von seinem Handy geweckt. Er ignorierte es, aber egal, wer am anderen Ende der Leitung war, er rief unermüdlich alle dreißig Sekunden wieder an. Er streckte die Hand aus, öffnete ein Auge und schaute sich die ID des Anrufers auf dem Display an.

Outlaw Management. Was zum Teufel war los?

Außerhalb der Saison störte niemand einen Outlaw vor dem Mittag. Mit Sicherheit nicht vor 8 Uhr. Diese Leute zahlten ihm zwar seine Rechnungen, aber er war derjenige, der die Sitzplätze füllte, nicht die Typen im Anzug. Große Spieler – großes Fernsehen, das war das Entscheidende für die Werbeleute. Sean, der Geschäftsführer der Outlaws, sollte Ty jetzt lieber den

Hintern küssen als ihn zu nerven.

Ty ging ans Telefon. „Hast du je versucht, einen Bär aus dem Winterschlaf zu wecken?"

„Du musst zu uns ins Büro kommen, Ty."

Ty zog in Erwägung, ob er auflegen sollte, aber es war nicht nötig, ausfallend zu werden. „Wir sehen uns in zwei Wochen, Sean. Im Trainingscamp. Ciao."

Ein Sprecher mit starkem Südstaatenakzent kam ans Telefon. „Du bewegst lieber deinen Arsch hierher, Junge, und zwar dalli!"

Wer zum Teufel war das? Noch nie hatte jemand so mit ihm geredet. Das wagte niemand.

„Und du wärst …?", fragte Ty kühl.

„Bobby Wilson, dein neuer Besitzer. Willst du deinen Job behalten, dann bist du in sechsundfünfzig Minuten in meinem Büro."

Ty hängte auf und rief umgehend seinen Agenten Jay an. Er hatte den entscheidenden Touchdown beim Super Bowl erzielt! Kein Teambesitzer der Welt würde so mit seinem Star reden. Nicht, wenn er wusste, was gut für ihn war.

Jay sagte: „Lassen wir dem Typ seine Laune. Finden wir heraus, was er im Schilde führt."

Zum Glück war Ty nach seinem Zockerwochenende in Las Vegas noch bester Laune, und als er geduscht in sein Wohnzimmer trat, war er fast froh, dass er so früh aufgestanden war. Sein Anwesen inmitten der Klippen bot aus der Vogelperspektive einen Blick auf den blauen Himmel über dem Pazifischen Ozean: keine Spur vom üblichen Nebel der Bucht. Er schaute durch die deckenhohen Fenster zu den Farallon-Inseln hinüber und beobachtete die Surfer beim Wellenreiten, während unten am Strand Kinder spielten.

Ein paar Typen saßen in seinem Wohnzimmer und ballerten mit der Xbox herum, ein anderer lag bewusstlos auf einem der Wildledersofas.

Ty holte sich eine Flasche O-Saft aus dem Sub-Zero Einbaukühlschrank. „Wer gewinnt?"

AJ murmelte etwas Unverständliches vor sich hin und haute dann mit dem Daumen mehrere Male schnell hintereinander auf einen roten Knopf.

Ty sah es gern, wenn seine Freunde sich bei ihm amüsierten. Als Kind hatte er seine Freunde wegen seinem stockbetrunkenen Vater nie mit in den Wohnwagen bringen können, deshalb hatte er die meisten Abende und Wochenenden bei ihnen zu Hause verbracht. Ihren Müttern hatte es nichts ausgemacht, ein Maul mehr zu stopfen, aber oft war er sich wie ein Blutegel vorgekommen, der versuchte, in die perfekten Familien der anderen einzudringen. Jetzt stand seine Tür immer offen. Es war immer Partyzeit. Selbst um 8.30 Uhr an einem schönen Junimorgen lagen drei heiße Bräute draußen an seinem Pool und aalten sich in der Sonne. Zu dumm, dass er seinen neuen Chef treffen musste, ansonsten hätte er sich zu ihnen gesellt.

* * *

Die Standuhr in Bobby Wilsons Büro schlug genau in dem Moment neun Uhr, als Ty sich in einen übergroßen Ledersessel niederließ und sein Agent das Gleiche tat. Der neue Chef der Outlaws war am Telefon und saß mit dem Rücken zu ihnen.

Schlicht und einfach ein Machtspiel, und nicht einmal ein besonders originelles. Es hätte Ty auf die Palme bringen können, aber er hatte gelernt, dass man sich in die denkbar schwächste Position brachte, wenn man Gefühle zeigte.

Er hatte Sean noch nie nervös gesehen. James, der Cheftrainer der Abwehr, sah auch etwas verschreckt aus. Keiner von ihnen erwiderte seinen Blick.

Ty hatte im Kopf bereits eine Liste von Teams, die sich den Hintern dafür aufreißen würden, ihn zu übernehmen. Ganz gleich, was der neue Besitzer gegen Sean und James in der Hand hatte, um sie wie kleine Mädchen zum Zittern zu bringen – jetzt war Ty an der Reihe.

Schließlich legte Bobby auf und drehte seinen Stuhl weg von dem Spiegelglasfenster, das einen Ausblick über die gesamte Bucht von San Francisco bot. „Da ist er, in Fleisch und Blut. Der berüchtigte Ty Calhoun."

Ty zog eine Braue hoch. Bobby Wilson war ein Schlägertyp wie aus dem Bilderbuch. Wutschnaubend, wahrscheinlich, weil er genau dort, wo es darauf ankam, nichts in der Hand hatte.

„In echt bist du ja noch hübscher." Bobby stand auf, sodass sein dicker Bauch der Schwerkraft nachgab und über seine breite, glänzende Gürtelschnalle fiel.

„Ich hatte eine hübsche Mutter", sagte Ty, obwohl er dachte, dass er sie auf der Straße nicht erkannt hätte, wenn er sie sehen würde. Das einzige Foto, das sein Vater von ihr aufbewahrt hatte, war zu verblichen und zerkratzt.

Bobby lächelte und entblößte viel zu perfekte Zähne. „Ich mag es, wenn ein Junge nett von seiner Mama spricht."

Ty spürte die Gallenflüssigkeit in seinem Magen. Alle, die dem Football – oder Promizeitschriften – folgten, wussten, dass Ty keine Mutter hatte. Und im Übrigen auch keinen nüchternen Vater.

„Ich habe gesehen, wie du diesen entscheidenden Touchdown gemacht hast", fuhr Bobby fort, „und ich habe meiner Frau gesagt: ‚Schatz, der Junge kann sicherlich Football spielen. Er weiß, wie man den Ball wirft und richtig schnell rennt und Leute dazu bekommt, T-Shirts und Hot Dogs zu kaufen.' Die Gemahlin liebt ihre Diamanten, weißt du, und stimmte mir zu, dass ich das Team an Ort und Stelle kaufen sollte. Und ich war mit meinem neuen Einkauf ganz schön zufrieden – bis ich gestern dein Bild im *Las-Vegas Review-Journal* gesehen habe."

„Das war 'ne heiße Stripperin, oder?", sagte Ty gleichgültig.

Bobby Wilsons Gesicht wurde fast dunkelrot. „Ich weiß, du denkst, du kannst mich verarschen, mein Sohn, und ich weiß, dass meine traditionellen Familienwerte dich einen Scheißdreck interessieren, aber ich werde so ein Verhalten in keinem meiner Teams dulden."

Ty wusste, dass der große, reiche Teameigentümer ein sofortiges „Ja, Sir!" erwartete. Durch sein jahrelanges müheloses Schikanieren hatte Bobby offensichtlich vergessen, wie man sich etwas erarbeitet.

„Du hättest mal den Arsch ihrer Freundin sehen sollen", sagte Ty. „Foxy und Roxy sind immer zu zweit und halten einen ganz schön auf Trab – aber sie sind es wert."

Bobby brauchte nicht zu wissen, dass nicht er, sondern seine Kumpel die Stripperinnen hatten anmachen wollen und dass er weder kontrollieren konnte, wer ein Foto von ihm mit einer fast nackten Frau auf dem Schoß machte, noch beeinflussen konnte, dass die Zeitungen die Bilder ablichteten. Das war der Preis des Star-Daseins.

Bobbys Augenlider senkten sich und auf seine Lippen trat ein höhnischer Ausdruck. „Ich glaube, ich spreche etwas zu schnell für dich, mein hübscher Junge."

Ty lächelte und enthüllte dem Arschloch seine Zähne. „Je langsamer, desto besser", sagte er und bereitete sich im Geiste auf die Reihenfolge der Teams vor, die Jay anrufen sollte.

„Wir stellen einen Imageberater für dich ein. Du hast zwei Wochen Zeit, um dein Leben in Ordnung zu bringen, oder du verpisst dich aus meinem Team."

Ty lachte. „Du meinst wirklich, ich lasse mich die nächsten zwei Wochen von irgendeinem PR-Fuzzi beschatten?"

Bobby sah außerordentlich erfreut aus. „Eigentlich betrachte ich das lieber als eine Beziehung zwischen Häftling und Gefängnisleiter."

„Wenn du uns für einen Augenblick entschuldigen würdest, mein Schützling und ich möchten uns draußen beraten", sagte Jay, der eingriff, bevor Ty antworten konnte.

Bobbys Knopfaugen glühten vor Boshaftigkeit. „Nehmt euch alle Zeit, die ihr braucht."

Ty hatte sein Leben damit verbracht, Gegner zu bezwingen, die sein Blut wollten, und er verließ das Büro mit leichter Anmut und voller Selbstvertrauen. Er ging weiter durch den Haupteingang, direkt einen

Block weiter zum nächsten Starbucks.

„Ich kann nicht glauben, dass ich für dieses Arschloch auf meinen morgendlichen Kaffee verzichtet habe." Ty gefiel die Vorstellung nicht, die Outlaws und San Francisco zu verlassen, aber es war die naheliegendste Lösung für einen fiesen Eigentümer, der ihm das Leben zur Hölle machen würde.

Jay nickte. „Ich stimme dir zu, der Typ ist ein totaler Schwachkopf. Er hat ein bisschen Geld mit Erdöl gemacht und jetzt meint er, er kann das heißeste Team der Liga übernehmen. Aber nur, weil er seinen Spielern gegenüber eine konservative Haltung einnimmt, heißt das nicht, dass wir die Dinge überstürzen sollten."

Ty zog eine Braue hoch. „Rash würde ihm das Herz aus der Brust reißen."

Jay hob die Hand. „Unter anderen Umständen wäre ich der erste gewesen, der diesem Typ mit Gewalt zu Verstand gebracht hätte …"

„Aber?"

„Seit Jahrzehnten habe ich keine so gute Chancen für die Outlaws gesehen, den Super Bowl zweimal in Folge zu gewinnen."

Was Jay sagte, stimmte. Mit einem weiteren Sieg beim Super Bowl würde er direkt in die Hall of Fame aufgenommen werden. Als könnte er spüren, wie Ty weich wurde, fügte Jay hinzu: „Außerdem sind deine

Freunde alle hier. Ich weiß, wie sehr du diese Stadt liebst."

Ungebeten kam Ty ein Gedanke in den Sinn: *Sie ist noch hier.* Er konnte nicht glauben, dass eine Frau, die er seit mehr als einem Jahrzehnt nicht gesehen hatte, tatsächlich in seine Umzugspläne hineinspielte.

„Außerdem", fuhr Jay fort, „wurde mir gesagt, Julie Spencer sei die Beste in dem Geschäft. Ich denke, es wäre gar nicht schlecht, wenn sie ein paar Wochen hier wäre."

Ty blinzelte kräftig. *Julie Spencer?* Er wusste, dass sie Imageberaterin war, aber niemals wäre ihm in den Sinn gekommen, dass sie eines Tages zusammenarbeiten würden.

Jay sabberte. „Und ich habe gehört, sie soll auch glühend heiß sein."

Sie hätten mit Bobby Wilson hart verhandeln sollen, aber ein plötzlich auftauchendes Bild von Julies langen, um ihn geschlungenen Beinen und ihren perfekten Brüsten in seiner Hand verdrängte alle rationalen Gedanken.

„Gut. Das mache ich", sagte er und warf seinen leeren Becher in den Müll. „Aber sie ist die einzige Imageberaterin, mit der ich zusammenarbeiten werde. Wenn es ihr nicht gelingt, dann verlasse ich die Stadt – langfristig. Richte das den Outlaws von mir aus, okay?"

Kapitel 2

Julie stand an den Stufen zum Eingang ihres gerade erst erworbenen Bürogebäudes und fühlte sich stolz und nervös. Während sie in den Dampf von ihrem fettarmen Caffè Latte pustete, schaute sie zur Bay Bridge, wo die Fischerboote in den Hafen einliefen, während frisch gebackene Mütter Kinderwägen den Landungssteg entlangschoben, und lächelte. Sie würde höllisch viel arbeiten müssen, um die horrend hohe Monatsrate ihres Darlehens abzuzahlen, doch es war die richtige Entscheidung gewesen, das schmale Haus mit Steinfassade am Wasser zu kaufen. Dafür hatte sie ein Bauchgefühl.

Sie würde nur eine Weile lang ein bisschen weniger wählerisch bei der Auswahl der Klienten sein müssen und so viel Arbeit wie möglich annehmen müssen. Keine große Sache. Das hatte sie schon früher getan und das würde sie wieder tun. Julie wusste, was für ein Glück sie hatte, dass sie ihren Job so liebte. Sie ging in der Herausforderung, Imageberater zu sein, so richtig auf, und der Aufbau ihres Unternehmens versetzte sie in einen richtigen Rauschzustand. Gerade hatte sie zwei weitere Teilzeitassistenten eingestellt und geplant, innerhalb von zehn Jahren ein fester Bestandteil der ganz großen Liga zu werden. Amy, ihre sanftmütige beste Freundin von der Stanford –und vor fünf Jahren die erste Angestellte – steckte ihren Kopf hinter den hellen roten Flügeltüren hervor. Eine Feng Shui-Beraterin – ein Geschenk ihrer Mutter – hatte die Farbe empfohlen, um Julies Tür mehr Geschäftsenergie einzuhauchen. Julie hatte eine Schwäche dafür, ihrer Mutter das Gefühl zu geben, Teil ihres Lebens zu sein, und zum Glück mochte sie Rot.

„Entschuldige, dass ich dich schon störe, bevor du überhaupt richtig da bist“, sagte Amy, „aber ich glaube, du solltest diesen Anruf hier annehmen.“

„Einer unserer Klienten?“, fragte Julie.

„Nein“, sagte Amy in offensichtlicher Aufregung. „Jedenfalls noch nicht.“

Große Klienten hießen großes Geld! Vielleicht würde ihren finanziellen Sorgen ein Ende gesetzt werden.

„Der Geschäftsführer der Outlaws erwartet dich am Telefon“, schloss Amy.

Ein Gefühl des Unbehagens packte Julie. Obwohl ihr Büro nur wenige Häuserblöcke von dem neuen Stadion in der Nähe der Bucht entfernt war, ging sie nie zu einem Spiel der Outlaws. Das konnte sie nicht, wo doch ihr größter Fehler der Star-Quarterback des Teams war.

Der Caffè Latte gerann angesichts einer düsteren Vorahnung in ihrem Magen. Sie hätte blind sein müssen, um Tys Fehlverhalten den Medien gegenüber nicht zu bemerken.

Julie hatte sich unter dem Türrahmen in Sicherheit gebracht, als würde sie sich vor einem Erdbeben schützen, ohne zu einem Gedanken oder einer Bewegung in der Lage zu sein.

Wie konnte sie die wichtigste – und verhängnisvollste – Nacht ihres Lebens je vergessen?

* * *

Zehn Jahre zuvor …

Es war der Abend ihres Highschool-Abschlusses und Julies Lehrer hatten ihr alle dazu gratuliert, als Abschiedsrednerin auserkoren worden zu sein. Im Herbst würde sie die Stanford University besuchen und selbst wenn sie weniger als zwei Stunden von zu Hause entfernt sein würde, war sie ganz aufgeregt über die Chance, wegzukommen und ein neuer Mensch zu werden.

Irgendwie hatte sie das Alter von achtzehn Jahren erreicht, ohne je wirklich geküsst worden zu sein. Klar, ein betrunkener Typ hatte sie einmal auf einer Party solange von oben bis unten besabbert, bis sie ihn verscheucht hatte, aber das zählte nicht. Niemand würde ihr glauben, wenn sie die Wahrheit gestehen würde. Aber das würde sie natürlich ohnehin nicht. Welchen Sinn hatte es, dass sie sich in den letzten vier Jahren sorgfältig ihr Image aufgebaut hatte, wenn sie es dann wieder kaputt machte, indem sie in die Welt posaunte, dass sie nicht in der Lage war, auf einen Typ anziehend zu wirken, selbst wenn ihr Leben davon abhinge.

Ganz besonders nicht auf einen superheißen Typ wie Ty Calhoun, dachte sie, als sie am Rande der aus der Kontrolle geratenen Abschlussparty stand und am leicht sauren Punsch nippte. Vier Jahre lang waren sie sich in den Fluren begegnet, aber sie hatte nie mit ihm gesprochen. Sie besuchte die Kurse für Hochtalentierte, während er mit Nachhilfe gerade so seine Kurse bestand. Als bester Footballspieler einer Highschool des Landes war Ty ständig von Teamkameraden und Cheerleader-Groupies umgeben. Seine Gefolgschaft. Und sie hätte ihren Treuhandfonds verwetten können, dass er es mit jedem dieser Mädchen getrieben hatte.

Sie hörte ihn lachen, als er in einem Kreis von Mitschülern tanzte. Etwas an seinem Lachen jagte ihr einen Schauer den Rücken herunter und versetzte ihr einen Schlag in die Magengrube. Julie war keine soziale

Außenseiterin, hatte sich aber auf wilden Partys nie wohlgefühlt, keinen Gefallen an Alkohol gefunden und war nie in die Verlockung von Joints oder Zigaretten geraten.

Sie hatte nicht vor, die Kontrolle zu verlieren, auf die sie ihr Leben aufgebaut hatte. Wenn Alkohol oder Drogen ihre Zunge lockerten, wer weiß, was sie dann sagen würde? Was würde sie sich eingestehen müssen? Zu schnell würde das Kartenhaus ihres Lebens einstürzen und alles würde ruiniert sein. Und doch fühlte sie sich so unsagbar schrecklich von Ty, einem ganz bösen Jungen, angezogen.

Zum Glück spielte Ty mit der sündigen Verlockung, die er verkörperte, nicht in der gleichen Liga. Wenn es so etwas wie einen Magneten für Sexbomben gab, dann Ty. Kein Highschoolschüler sollte so groß sein, so breite Schulten oder so verruchte dunkle Augen haben.

Aber sie würde ihren letzten Abend an der Highschool nicht damit verbringen, irgendeinen Typen von der Seite anzuschmachten und Ty mit einem sinnlosen Verlangen dabei beobachten, wie er sich beim Tanzen eng an die Schlampen aus seiner Klasse schmiegte. Das war zu jämmerlich.

Sie fand den nächstgelegenen Ausgang und stieß die Tür auf. Wenige Sekunden nachdem sich die Tür hinter ihr geschlossen hatte, hörte sie sie wieder aufgehen. Über ihren Rücken lief ein Schauer, der nichts mit der Brise zu tun hatte, die von der Bucht herübergeweht kam. Taumelnd löste sie sich vom Anblick der Golden Gate Bridge. Gegen das Metallgeländer der Terrasse gelehnt, sodass sie dessen Kälte auf ihrer überhitzten Haut spürte, beobachtete sie den Jungen, den sie so lange begehrt hatte, dabei, wie er langsam und stetig auf sie zukam.

So oft hatte sie von diesem Moment geträumt. Von dem Moment, in dem Ty sie endlich bemerken und sie fragen würde, ob sie seine Freundin sein wollte und wo er sagte, dass er nicht mehr ohne sie leben konnte. Sie hätte es praktisch choreographieren können.

Aber jetzt, wo er vor ihr stand, jetzt, wo sie in seine unglaublich braunen Augen sah und ihm nah genug war, um seinen Arm zu berühren, wenn sie es wollte, konnte sie kaum noch unten von oben oder Schwarz von Weiß unterscheiden und sich genausowenig an ihren eigenen Namen erinnern.

„Ich bin Ty“ sagte er und sie nickte dümmlich.

„Ich weiß.“

Seine umwerfenden Lippen hoben sich zu einer perfekten Kurve. Aus der Nähe war er sogar noch schöner, wie ein lebendig gewordener griechischer Gott.

„Du bist Julie“, sagte er und sie sagte wieder „ich weiß“, sodass sie sich wie ein absoluter Schwachkopf anhörte.

„Weißt du, was ich machen will, Julie?“, fragte er und sie konnte ihn nur anstarren.

Ihre Lippen teilten sich kaum merklich, als sie die Luft anhielt und darauf wartete, was er zu sagen hatte. Seine Augen hielten sie gefangen und ihre Begierde kam der Verzweiflung nah.

„Ich will dich küssen.“ Seine Stimme wurde zu einem Flüstern. „Eigentlich will ich, dass du mich küsst.“

Sie blinzelte ihn plötzlich verängstigt an. Sie konnte nicht küssen. Was war, wenn er sie auslachte?

Sie würde sterben, wenn er sie auslachte.

„Willst du mich denn nicht küssen, Julie?“

Seine Stimme war seidig und heiß und sie vergaß alles – außer, wie sehr sie ihn begehrte.

„Doch“, sagte sie. „Das will ich“

„Gut.“

Dieses kurze Wort erschütterte sie mit seiner Intensität. „Gut“, sagte er wieder und sie spürte, wie etwas Heißes zwischen ihre Oberschenkel trat. Sie wollte ihn mehr als sie je etwas in ihrem Leben gewollt hatte.

Sie näherte sich dem Jungen, in den sie so verknallt war, und stellte sich auf Zehenspitzen, um seinen sündhaft perfekten Mund zu erreichen. Er neigte den Kopf nach unten und sie streckte eine Hand aus, um sein schönes, kantiges Kinn zu streicheln und ihren Daumen über seine Wangen gleiten zu lassen, wobei sie den leichten Flaum der Haare fühlte, der sein Kinn überzog.

Sie war so überwältigt, allein von dieser Berührung Haut an Haut, dass sie ganz vergaß, dass sie ihre Lippen auf seine pressen sollte.

Es war gut, dass Ty die Lust nichts Fremdes war, denn er wartete nicht darauf, dass sie sich aus ihrer Trance befreite. Stattdessen sprach er über das, was er wollte – und sie liebte es, das zu sein, was er wollte.

Er drehte ihr Gesicht mit seinen Händen, seine Lippen strichen über ihre sensible Haut und die göttlichen Empfindungen, die sie verspürte, ließen sie erschauern. Sie wollte seinen vollen, perfekten Mund mit ihrem berühren und ihr Verlangen war derb und verzweifelt, als ihre Lippen ihn fanden. Und ihre Zunge. Er schmeckte nach wilden Sommernächten, einer Spur von nicht identifizierbarem Alkohol und Leidenschaft. Eine intensive Welle der Lust überkam sie, als sie sich küssten und seine Zunge einen sensiblen Fleck an ihren Mundwinkeln fand. Sie schmiegte sich enger an ihn und rieb instinktiv ihre Hüften an ihn, sodass sein Ständer über ihren Bauch strich.

„Genug mit dem Herumtrödeln“, knurrte er und nahm ihren Mund grob und hart. Je mehr er ihr gab, desto mehr wollte sie. Sie stieß ihre Zunge, Zähne und

Hände mit einer Rage in ihn, die der seinen in nichts nachstanden. Er hob sie in seine Arme und legte ihre Beine um sich. Obwohl jederzeit jemand hätte herauskommen und sie sehen können, gab Julie sich dem Himmel hin.

Tys Zunge tanzte mit ihrer und fand noch sensiblere Stellen, von dessen Existenz Julie noch nicht einmal geahnt hatte. Sie umfasste sein Kinn wieder, um besseren Zugang zu seinem köstlichen Mund zu haben. Und dann zerrten ihre Hände an seinem Hemd und rissen es auf.

„Ich habe die Schlüssel von einem Boot."

Langsam ließ er sie aus seinen Armen gleiten, sodass ihre sanften Konturen gegen seine harten Muskeln gepresst wurden. Er griff nach ihrer Hand und sie hätte schwören können, dass sie den Steg zur Marina fliegend zurücklegten. Alles fühlte sich so unwirklich, perfekt und zauberhaft an.

Sie stiegen in eine riesige Yacht und seine großen Hände umfassten ihre Taille im pinkfarbenen trägerlosen Partykleid.

„Gott, siehst du gut aus!", sagte er, als er sie hochhob und sie durch den kurzen Flur in die Kabine trug.

Er trat die Tür auf und ein riesiges King-Size-Bett zwang sie dazu, den Blick abzuwenden. Doch sie würde nicht vor dem, was sie wollte, zurückschrecken.

Nicht heute Abend. Sie schlüpfte aus ihren Pumps und ließ sich von ihm rücklings aufs Bett legen und sich ansehen, als wäre sie das Schönste, was er je gesehen hatte.

Himmel, seine Brust war ein Meisterwerk. Ihre Finger strichen über seine gebräunte Haut und als ihr Mund eifersüchtig wurde, fuhr sie mit der Zunge über seine Brustmuskeln und über seine Brustwarzen, die unter ihren Lippen hart wurden. Er stöhnte und ließ seine Hände durch ihr Haar gleiten, als sie ihre Zähne auf ihn niederließ. Sie fuhr mit den Händen an der Rückseite seines Shirts entlang und streifte es über seine breiten Schultern, dann küsste er ihre Augenlider und ihr Kinn und biss ihr ins Ohrläppchen.

Innerhalb von Sekunden lagen sein Shirt und seine Hose auf dem Boden, auch wenn er nie aufhörte, sie zu küssen. Nur mit Boxershorts bekleidet und mit seinen heißen, nackten Beinen gegen sie gepresst, krallte er seine Daumen unter das Korsett ihres trägerlosen Kleides.

Und dann – war es wirklich war, dass ihr das geschah? – war sein Mund auf ihrer Brustwarze, heiß und feucht. Wie hatte sie so lange leben können, ohne das hier zu spüren?

Sie presste ihre Hüften gegen seine Oberschenkel und etwas Feuchtes durchnässte ihr Höschen und ihr dünnes Kleid.

Irgendwie genierte sie sich nicht: Mit Ty zusammen zu sein war das Natürlichste der Welt. Er ließ das Kleid über ihre Hüften gleiten und bewegte seine Hände auf die gewölbten Linien ihres Bauches zu. Er spielte mit dem Gummibund ihrer Panties und ihre Beine spreizten sich als Aufforderung dazu, alles zu nehmen, was er wollte.

Seine warme Hand rutschte tiefer, an ihrem Schambein vorbei. Langsam ließ er erst einen Finger, dann zwei, über ihren privatesten, geheimsten Punkt streichen. Sie hatte sich schon selbst berührt, aber nie hatte es sich so angefühlt. Nie hatte sie sich gefühlt, als würde die ganze Welt auf dem Kopf stehen, als wäre Blau Grün und Gelb Rot. Er verschlang ihr Stöhnen der Ekstase in seinem Hals und ließ seine Finger weiter nach unten gleiten, immer weiter, bis er schließlich einen davon in sie schob.

Seine Berührung war ein sinnlicher Durchbruch aller Mauern, die Julie jemals um sich, ihren Körper, um ihr Herz gebaut hatte. Sie wollte ihn jetzt in sich haben, ohne weiteres Vorspiel.

Mehr als alles andere wollte sie, dass er sie so sehr liebte, wie sie ihn seit jeher geliebt hatte.

„Bitte“, flehte sie ihn an.

Aber statt sie an Ort und Stelle zu nehmen, folgte sein Mund dem Weg seiner Hand und küsste ihren Bauch und den Bund ihres Höschens.

„Bitte“, flüsterte sie erneut, damit er wusste, dass sie es nicht mehr länger aushalten konnte. Sie biss sich so heftig auf die Lippe, dass sie blutete und konnte kaum verhindern, dass ihrer Kehle ein Schrei der erotischen Frustration entwich. Am Ende, als sie ihre ganze Geduld aufgebracht hatte, schob er den Spitzenstoff von ihrer Wölbung und bedeckte sie mit seinem Mund.

Da entfuhr ihr ein langes, leises Stöhnen. Julie hatte keine Verteidigung mehr. Weil seine Zunge den Mittelpunkt ihrer Erregung umkreiste. Weil seine Finger in sie hinein- und aus ihr hinausglitten. Sie hätte verrückt werden können, so groß war der Rausch der Lust, der von ihr, ihrem Körper und ihrer Seele Besitz ergriff. In diesem Moment hätte sie ihm alles versprochen; alles was er tun musste, war, sie darum zu bitten. Doch Gott sei Dank redete er nicht, sondern küsste, saugte und leckte sie zwischen den Beinen.

Ihre Hüften hoben sich vom Bett und als sie zwischen seinen Zähnen und seiner Zunge explodierte, schrie sie: „Ty!“

Er streifte sich ein Kondom über und dann drückte der harte Kopf seines Penis gegen ihre feuchte Stelle, an der sein Finger und seine Zunge gewesen waren. Sie wollte ihn anfassen, wollte fühlen, ob sein Schaft genauso hart – und heiß – war, wie sie ihn sich vorstellte. Alles an Ty war dafür geschaffen, sie verrückt zu machen.

„Bitte“, sagte sie wieder, „ich will dich berühren. Ich will dich kosten, so wie du mich gekostet hast.“ Er keuchte und nahm ihre Lippen, während er seine Oberschenkel zwischen ihre Beine drängte.

„Ich muss in dir sein. Jetzt.“

Und sie war bereit für ihn, mit dem verzweifelten Drang, ihn in sich aufzunehmen. Mit einem Stöhnen, das zur einen Hälfte Schmerz, zur anderen Genuss ausdrückte, drückte Ty seine Eichel gegen sie.

„Bist du sicher, dass du reinpasst?“, fragte sie.

Er sagte nur: „Perfekt!“, als er beim nächsten Atemzug ganz in sie eindrang. Er weitete sie und es schmerzte heftig, aber auf einmal tat es gar nicht mehr weh.

Sex, stellte sie fest, war wundervoll.

Ihre Hüften bewegten sich gemeinsam und als er bis ins Unmögliche in ihr wuchs, schwoll die Ekstase, die sie nur wenige Minuten zuvor verspürt hatte, wieder im unteren Teil ihres Bauches an. Er tauchte in sie ein und wieder heraus, erst schnell, dann langsam, und mit jedem Stoß, mit jedem Kuss nahm sie ihn mit einer ebenso großen, mächtigen Leidenschaft auf.

Er hielt über ihr inne, seine Muskeln spannten sich unter ihren Fingerkuppen. Er würde in ihr explodieren, so wie sie, als sein Mund auf ihr gewesen war. Es war alles, was sie brauchte, um wieder in Ekstase versetzt zu werden.

Nichts in ihrem Leben war je so gut gewesen.

⋆ ⋆ ⋆

Gott, was war sie doch für ein Dummkopf gewesen. Alles, was sie wollte, war, den Tag zu vergessen, an dem sie Ty Calhoun begegnet war. Sie war jetzt nicht mehr grün hinter den Ohren und gewiss nicht die Art von Frau, die sich jemals wieder von dem Charisma und dem perfekten Körperbau eines heißen Sportlers würde anziehen lassen.

Julie arbeitete nie mit Sportvereinen. Sie vertraute professionellen Athleten nicht, wie konnte sie also andere Menschen davon überzeugen, ihnen zu vertrauen?

Sie würde die Outlaws einfach an jemanden von der Konkurrenz weiterleiten, der bestimmt überglücklich über solch ein langfristiges Geschäft wäre. Schließlich gerieten Athleten ständig in Schwierigkeiten und ihre Teams zahlten immer jemanden dafür, dass er sie vor dem Publikum wieder „geradebog".

Und Julie würde versuchen, nicht um das Geld zu trauern, dass sie sich durch die Lappen gehen ließ. Ihr drehte sich der Magen um, als sie ihr Headset aufsetzte und Hallo sagte.

„Hier ist Sean McGuire von den Outlaws. Unser Team muss einen guten Imageberater für Ty Calhoun anheuern und wir denken, Sie sind die Richtige."

Sie unterdrückte ein Japsen, erklärte ihm, dass sie keine Kapazität mehr hatte, um sie als Klienten anzunehmen und verwies ihn dann an ein anderes Unternehmen.

„Wir verdoppeln Ihr Honorar. Wir verdreifachen es."

Verdreifachen? Wenn sie diesen Auftrag der Outlaws annahm, würden ihre finanziellen Nöte eine dunkle Erinnerung sein.

Als könnte er ihre Unschlüssigkeit spüren, sagte Sean: „Alles, worum ich Sie bitte ist, dass Sie zu einem Meeting kommen, bevor Sie Nein sagen. Wir brauchen Sie."

Waren in ihrem Kopf alle Sicherungen durchgeknallt? Würde sie wirklich diese riesige Summe ablehnen, besonders wenn dieser Job das Sprungbrett zu anderen großen Klienten sein konnte?

Aber selbst wenn sie keine persönliche Geschichte mit Ty verbunden hätte – wie konnte irgendjemand von ihr erwarten, dass sie ihn von einem Playboy in einen soliden, zuverlässigen Mann verwandelte? Diese Aufgabe war zu viel für einen einzigen Menschen. Und wie peinlich und unprofessionell wäre es, wenn sie herausfinden würden, dass sie einer seiner ersten Groupies gewesen war?

Besonders eines, das nur eine Nacht überdauert

hat?

„Sehen Sie“, brach Sean das eiserne Schweigen, „Ty Calhoun braucht Sie. Dringend. Ich flehe Sie an!“

Ihrer Lunge entwich sämtliche Luft. Ty *brauchte* sie? Nun, schon einmal hatte er so getan, als würde er sie brauchen und die Lust und das, was sie für Liebe hielt, hatten sie so blind gemacht, dass sie *ihn* auch gebraucht hatte. Was für ein riesiger, enormer Fehler war das doch gewesen!

Nichts würde Ty jemals dazu bringen, sich zu ändern. Aus dem zu schließen, was sie gehört hatte, war er noch genauso egoistisch, genauso verkorkst und noch der gleiche fiese Frauenheld wie in der Highschool. Oh, sie verstand, dass die Frauen Ty retten wollten, und seine Eskapaden als böser Junge machten ihn noch attraktiver, gefährlicher und schutzbedürftiger denn je.

Doch sie hatte nicht im Geringsten den Wunsch, einen bösen Jungen zu erziehen. Sie mochte Männer, die intelligent, gepflegt und zurückhaltend waren.

Leider deutete Sean ihr Schweigen als Zustimmung, denn er sagte: „Wir sind in zwanzig Minuten in Ihrem Büro“, bevor er auflegte.

Julie starrte lange verwirrt auf das Telefon, dann riss sie sich das Headset ab und warf es auf ihren Glasschreibtisch.

„Amy“, rief sie, „du musst ein Meeting von mir

übernehmen." Aber als sie den Kopf in das Büro ihrer Freundin steckte, war es leer.

„Amy ist gerade zu einem Arzttermin gegangen", sagte ihre neue Empfangsdame mit einem hilfsbereiten Lächeln.

„Ach stimmt, danke", sagte Julie und hasste es, wie sie über ihre Gedanken stolperte – das passierte ihr normalerweise nicht.

Reiß dich zusammen!

Dieses Meeting würde sich nicht von jeder anderen schwierigen Situation unterscheiden. Sie würde kühl, gefasst und unerschütterlich sein. Egal, was Ty sagen oder tun würde, sie würde sich nicht ködern lassen. Sie verspürte nichts als Mitleid für den Mann, der er geworden war. Einem Jungen konnte für seine Handlungen verziehen werden, aber ein Mann musste die Verantwortung für sein Leben übernehmen. So wie die Medien seine wilden Partys, seine Strafzettel fürs Rasen und seine Abende mit Stripperinnen darstellten, konnte einer verantwortungsvollen Person nichts ferner sein als Ty. Egal, wie gut er aussehen würde, wenn er hereinkam – ihr einziges Gefühl für ihn würde Mitleid sein.

Während sie ihr Make-up auffrischte, kontrollierte, dass ihre Netzstrümpfe keine Laufmasche hatten, und ihre zehenfreien Pumps aus schwarzem Lackleder polierte, erinnerte Julie sich daran, dass alles, was sie für ihn empfunden hatte, vor langer Zeit gestorben war. Und nichts würde diese unsinnigen Gefühle wieder zum Leben erwecken.

Kapitel 3

Ty folgte Sean durch eine rote glänzende Tür in Julies Büro und schaute noch nicht einmal auf den hübsch zur Schau gestellten Hintern der Empfangsdame. Nicht heute. Heute ging es nur um Julie.

Er schaute in die Büros mit Glaswänden weiter hinten und war nicht überrascht zu sehen, dass Julie offensichtlich etwas erreicht hatte. Sie war immer darauf aus gewesen, Erfolg zu haben und sich das zu nehmen, was sie wollte. Und dann sah er sie, wie sie ihre Bürotür aufstieß und schnurstracks auf sie zukam. Eine Welle der Emotionen rollte über ihn herein – Verlangen, Hoffnung, Schmerz, Lust – und er wusste, dass es nur einen Weg gab, um damit fertig zu werden: sie zu verdrängen.

Die Hitze schoss ihm direkt in die Leisten. Selbst in ihrem bis ganz oben zugeknöpftem Sweater und dem knielangen Rock stellte Julie alle anderen Frauen, mit denen er zusammen gewesen war, in den Schatten. Sie war immer noch die Messlatte, mit der er das weibliche

Geschlecht bewertete, und alle anderen kamen schlecht dabei weg. Ganz schlecht.

Ihre Beine schienen ihr bis zum Nacken zu reichen und waren weder spindeldürr noch übermäßig muskulös. Sie hatte runde Waden, in die er seine Zähne vergraben wollte, die erotischsten Kniescheiben, die er je gesehen hatte, und ihre Oberschenkel hätten selbst einen Mönch auf die Probe gestellt. Und ihr fantastischer Hintern sorgte für das perfekte Verhältnis von Taillen- zu Hüftumfang. Sie waren genau das Richtige zum Anpacken, wenn sie im Bett auf ihm – oder unter ihm – ritt.

Ty ließ seinen Blick über ihre Taille bis zu ihrem Busen wandern. Verdammt, von Brüsten wie diesen konnte ein Mann sich sogar dazu bewegen lassen, Gedichte zu schreiben. Marilyn Monroe hätte harte Konkurrenz gehabt, wenn Julie in den Fünfzigern gelebt hätte.

Letztendlich erreichte sein Blick ihr Gesicht und begegnete eiskalten Augen, die ihn musterten, als wäre er ein Käfer unter dem Mikroskop.

Einer, den sie unter ihrem sexy Stilettoabsatz zerdrücken wollte.

Okay, sie war immer noch sauer auf ihn. Eigentlich keine große Überraschung. Blitzartig flammte ein Schuldgefühl in seiner Brust auf und er konnte es nicht fassen, dass er sich nach so vielen Jahren noch schlecht für etwas fühlte. Bei der Abschlussfeier hatte es den üblichen Mix aus Trinken, Tanzen und Sex gegeben. Der einzige überraschende Unterschied war, dass er den Sex mit einer Jungfrau gehabt hatte.

Mit Little Miss Perfect.

Mit dem einzigen Mädchen, das er immer begehrt hatte, von dem er aber wusste, dass er es nie würde haben können.

Nie war er gut genug für sie gewesen und ein einziger Anblick ihres Gesichtsausdrucks sagte ihm, dass alles Geld, jeglicher Ruhm und jeder Erfolg der Welt daran nichts geändert hatten.

⋆ ⋆ ⋆

Julie kochte, als Ty ihr die Hand entgegenstreckte. Wie konnte er es wagen, in ihr Büro zu kommen, als hätte er ihr nie das Herz aus dem Leib gerissen und es über Bord geworfen? Ihre letzten Worte am Morgen nach der Abschlussfeier hallten immer noch in ihrem Kopf nach.

Ich hasse dich. Ich werde dich immer hassen. Und ich will dich niemals wiedersehen.

Zehn lange Jahre später war ihr immer noch nichts Raffinierteres oder Treffenderes eingefallen, was sie hätte sagen können. Denn ihr Herz war in eine Million, eine Milliarde Stücke zerbrochen. Denn er hatte ihr ihre Jungfräulichkeit geraubt, um sie dann auf die erniedrigendste Art und Weise in weniger als vierundzwanzig Stunden abzuservieren. Dieser Bastard.

In Julies Hinterkopf flüsterte eine Stimme: *Bist du wirklich sicher, dass er sie dir geraubt hat? Hast du als verzweifelte Jungfrau sie ihm nicht praktisch aufgedrängt?*

Soweit es sie etwas anging, konnte diese Stimme – zusammen mit Ty – zur Hölle fahren.

Julie zwang sich dazu, seine Hand so distanziert wie möglich zu schütteln und erkannte einen weiteren wichtigen Grund für ihre Wut: Selbst nach vielen harten Lebensjahren war Ty Calhoun, auch wenn er auf der Skala der Menschlichkeit ganz tief gesunken war, absurderweise immer noch der schönste Mann, der ihr je unter die Augen gekommen war.

Er war ein heißer, attraktiver Teenager gewesen. Und jetzt, zehn Jahre später, hatte er die Statur eines Kriegers. Unter seinem edlen Hemd und seiner überteuerten Jeans zeichneten sich seine durchtrainierten Muskeln hart und fest ab. Sein Kiefer war so kräftig geworden, dass er seiner männlichen Schönheit einen groben Schliff verlieh und die kurzen Stoppeln auf seinem Kinn lenkten ihre Aufmerksamkeit auf seine Lippen, die ein unglaublich sinnliches Versprechen bargen.

„Freut mich, Sie kennen zu lernen“, log sie und verabscheute sein Schmunzeln genauso wie die Tatsache, dass ihr Körper immer noch so verräterisch auf seine Berührung reagierte.

Verdammt!

Julie zog ihre Hand zurück und rief sich in Erinnerung, dass sie die volle Kontrolle über die Situation hatte.

„Also, Julie“, sagte er langsam, „ich kann nicht glauben, dass du dich nicht an mich erinnerst.“

Am liebsten hätte sie ihm das lässige Grinsen aus seinem perfekten Gesicht gewischt, während sie in seinem Blick nach dem kleinsten Anzeichen von Reue suchte. Nichts. Genauso, wie sie es sich gedacht hatte.

Einmal Arschloch, immer Arschloch.

Sie hob herablassend eine Augenbraue und neigte das Kinn leicht, so als würde sie versuchen, ihn in ihrer langen Liste unbedeutender Bekanntschaften unterzubringen.

„Ach ja, jetzt erinnere ich mich“, sagte sie, erfreut darüber, wie lässig sie klang. „Bist du nicht mit mir zur Highschool gegangen?“

„Na klar bin ich das“, antwortete er und sie konnte spüren, wie er sie mit seinen Augen verhöhnte, konnte fast seinen Gedanken hören, wie jämmerlich sie nach so vielen Jahren noch immer war, als sie versuchte, so zu tun, als ob sie ihn nicht kennen würde. Wahrscheinlich dachte er, sie war nach Hause gerannt, um sich für ihn umzuziehen und trug sexy High Heels und Netzstrümpfe, um es darauf anzulegen, ihn zu verführen.

Sean musterte die beiden mit zusammengekniffenen Augen. „Ihr beiden kennt euch?"

„Jepp", sagte Ty zeitgleich mit Julies Erklärung: „Kaum."

„Wir hingen mit anderen Leuten ab", erklärte Ty. „Sie war Jahrgangssprecherin und hat die Uni in Stanford besucht. Eine dieser geistreichen Personen, die immer nur Gutes tun."

„Und er war eine Sportskanone", fauchte Julie.

Sean lachte. „Na zum Glück! Sportskanonen zahlen mein Gehalt, wissen Sie? Aber Fakt ist, wir brauchen Sie, damit bei uns wieder alles nett und fein wird. Wegen der Medien, der Fans und besonders wegen des neuen Teameigentümers, der ein vollblütiger Konservativer aus den Südstaaten ist."

Julie führte die beiden Männer in ihr geräumiges, farbenfrohes Büro und war sich bewusst, dass Ty alles in sich aufsog. *Ich wette, keines deiner Püppchen weiß, wie man eine eigene Firma leitet, stimmt's?*

Sean vergeudete keine Sekunde länger, um sein Angebot zu machen. „Es ist offensichtlich, dass Sie keine sehr hohe Meinung von Sportlern haben. Oder von Ty."

Julie musste fast lachen. Das konnte man direkt nennen! Es war eine beeindruckende und verwirrende Taktik. Sie nickte. „Das stimmt."

Ein merkwürdiger Ausdruck huschte über Tys Gesicht, bevor er ihn rasch mit seiner mir-ist-alles-auf-der-Welt-egal-und-ja-ich-bin-so-gutaussehend-geboren-worden-Maske verdeckte.

„Perfekt“, antwortete Sean. „Sie sind genau die richtige Person für diesen Job.“

Die Köpfe von Ty und Julie drehten sich überrascht zu Sean.

„Also ich sehe das so“, erklärte Sean. „Da Sie weder Football noch unseren Starspieler mögen, wissen Sie genau, womit andere Leute ein Problem haben. Sie verstehen die Probleme. Jetzt müssen wir sie nur loswerden.“

„Er feiert zu wild und schläft mit zu vielen Flittchen“, erklärte Julie unverblümt. „Selbst wenn man ihn herausputzt und ihn ein paar nette Dinge vor der Presse sagen lässt, wird das keinen großen Unterschied machen. Weder für die Öffentlichkeit noch für den neuen konservativen Boss.“

„Du hast mich wohl immer im Auge, Julie?“, fragte Ty großspurig.

„Sie haben recht“, sagte Sean, ohne Ty Beachtung zu schenken. „Er ist hartes Stück Arbeit. Aber er ist auch das Beste, was der Football im letzten Jahrzehnt gesehen hat. Wir wollen ihn nicht verlieren. *Ich* will ihn nicht verlieren. Er ist nicht nur der beste Quarterback weit und breit, sondern auch mein

Kumpel. Also frage ich Sie noch einmal: Würden Sie ihn bitte als Klienten übernehmen?“

Ty warf Julie einen Blick zu, der sagte: *Siehst du, ich bin immer noch die heißeste Partie der Stadt, Baby.* Sie unterdrückte den Drang, diesem selbstgefälligen, sexy Mistkerl einen klobigen Briefbeschwerer aus Glas entgegenzuschleudern.

„Ich bitte Sie, mir Ihren Preis für zwei Wochen mit Ty zu nennen“, fuhr Sean fort. „Wir gewähren Ihnen auch weitere Gratifikationen – ein Auto, was Sie wollen – zusätzlich zu einem Spitzenhonorar. Ohne Sie können wir sein Image nicht verbessern und den großen Boss glücklich machen.“

Sie antwortete ruhig: „Ich habe Ihnen schon gesagt, dass meine Firma zur Zeit ausgelastet ist. Ich rufe gern eine Reihe anderer Imageberater an, während Sie warten.“

„Hast du Angst vor mir?“

Tys Worte waren nur ein Haarbreit vom Spott und ein Haarbreit von einer erotischen Provokation entfernt. Julie spürte, wie ihre Lippen sich zu einer schmalen Linie zusammenzogen. Sie zwang sich dazu, die Muskeln in ihrem Gesicht zu entspannen.

Auf *diesen* Trick würde sie ganz gewiss nicht mehr hereinfallen.

„Du bist mir so oder so nicht wichtig genug, um eine Meinung von dir zu haben“, sagte sie kühl.

So schlagkräftig und selbstsicher, wie die Worte aus ihrem Mund kamen, glaubte Julie sogar selbst daran. Und das bedeutete … dass sie den Job annehmen *konnte*. Sie wusste jetzt genau, wer er war, also bestand nicht die Chance, dass er sie noch einmal an der Nase herumführen konnte.

Als Gegenleistung für eine höhere Vergütung, als sie sich jemals hätte vorstellen können, würde sie zwei Wochen mit einem Mann verbringen, für den sie als Jugendliche nur ein unbedeutendes Abenteuer von vielen gewesen war – und dieses Mal würde sie ihn lachend zurücklassen.

Kapitel 4

Was habe ich getan? Da sitze ich ja schön in der Bredouille!

Die Gedanken in Julies Kopf überschlugen sich, während sie Tys protzigem Maserati in ihrem günstigen Prius folgte. Fast hätte sie Sean zurückgerufen, um ihm zu sagen, dass sie einen Fehler begangen hatte, dass sie der letzte Mensch auf Erden war, der versuchen konnte, Ty auf den Pfad der Tugend zu bringen, dass sie einen anderen Imageberater finden mussten – irgendeinen, Hauptsache nicht sie.

Wie sollte sie die nächsten zwei Wochen überstehen? Allein schon die nächste Stunde war besorgniserregend, denn sie fühlte bereits, wie sich eine wohlvertraute Wärme zwischen ihren Schenkeln ausbreitete und die Spitzen ihrer Brüste sensibel darauf reagierten, dass sie gegen die Körbchen ihres Spitzen-BHs rieben.

Fünf Minuten mit Ty in ihrem Büro hatten gereicht, um ein zitterndes Häufchen Hormone aus ihr zu machen. Und sie waren noch nicht einmal allein gewesen. Wie in der Welt sollte sie sich zusammenreißen, wenn es nur sie beide gab?

Und wie konnte sie ihr Höschen anlassen, wenn er in der Nähe war?

Er fuhr mit seinem unsinnig teuren Auto auf einen der sechs Parkplätze in der Garage eines der spektakulärsten Häuser, die sie jemals gesehen hatte und sie flüsterte vor sich hin: „Du willst mich wohl auf den Arm nehmen!“

Julie war mit Geld aufgewachsen. Viel Geld. Und doch hatte sie nie etwas so Beeindruckendes gesehen wie Tys von Wasser umgebenes Anwesen in San Franciscos Stadtviertel Seacliff. Seit Jahrzehnten wurden die Häuser hier für 15 bis 20 Millionen Dollar verkauft – nur um dann abgerissen zu werden, um den sprießenden prunkvollen Luxusvillen Platz zu machen. Die Bauwerke aus Glas und Stahl wirkten in dieser einst von architektonischen Meisterwerken geprägten Gegend oft fehl am Platz.

Überraschenderweise sah Tys Haus nach einer echten, wenn auch umgebauten, Villa aus den 1920er Jahren aus. Julie hätte ihr erstes Planungstreffen lieber in ihrem Büro abgehalten, wo ihre Mitarbeiter sie vor seinem Charme hätten beschützen können. Ein überfülltes Restaurant wäre noch besser gewesen. Alles außer Tys persönlichem Königreich. Aber er hatte darauf bestanden.

„Wo ich jetzt dein Top-Klient bin, solltest du mich doch kennen lernen, oder?“, sagte er.

Dass er so leicht die Kontrolle über sie und die Situation übernommen hatte, hatte sie so verärgert, dass ihre Antwort scharf gewesen war. „Ich nehme an, ich muss alles sehen, das falsch ist, bevor ich anfangen kann, Veränderungen vorzunehmen. Welcher Ort wäre besser geeignet als dein Haus? Das ist mit Sicherheit eine Schatzkiste voller Überraschungen.“

Wieder flammte ein Schmerz in seinen Augen auf, bevor er ihn verbergen konnte. Wie schaffte er es bloß, ihr das Gefühl zu geben, sie sei die Böse? Er war derjenige, der sie verletzt hatte. Nicht andersherum. Sie blieb einen Augenblick zu lang hinter dem Lenkrad ihres Autos sitzen, sodass er ihr die Tür öffnete und seine Hand ausstreckte. Sie wollte seine Hilfe nicht, auch wenn er überraschenderweise etwas sehr Zuvorkommendes tat.

„Vielleicht muss ich dir nicht absolut alles über angemessenes Verhalten beibringen“, sagte sie, als sie anstelle eines Dankeschöns ihre Hand in seine legte.

Während sie in seiner Einfahrt stand, hatte sie das Gefühl, sie hätte den Boden unter den Füßen verloren. Sie hatte nie gewollt, dass ihr Ty noch einmal so nah kommen oder sie so ansehen würde – als würde er sich wünschen, dass sie ihn küsste, wie als er es getan hatte als sie achtzehn waren und sie so entzückt über seine Aufmerksamkeit gewesen war.

Und jetzt standen sie hier, als hätte es die letzten zehn Jahre nicht gegeben. Denn immer noch verzehrte sie die gleiche klägliche Begierde und Verzweiflung.

Rasch zog sie ihre Hand zurück und er hob seine als Zeichen der Kapitulation.

„Ich weiß, es ist eine ziemlich böse Überraschung mit mir arbeiten zu müssen. Wenn du dich lieber nicht um mich kümmerst, dann sag es einfach, Julie. Ich bin sicher, das Team kann jemand anderen finden, der mein Leben in Ordnung bringt."

Sie hörte die Provokation aus seinen Worten heraus und starrte ihn an.

„Oh nein, ich bin dieser Probe durchaus gewachsen", sagte sie und ihr fiel plötzlich ein, dass sie eigentlich diejenige sein sollte, die hier die Kontrolle hatte, nicht er. Aber als sie seine wunderschön gepflasterte Auffahrt entlangging und wusste, dass seine Augen auf das Wiegen ihrer Hüften und die Kurven ihrer Waden in High Heels gerichtet waren, bedankte sie sich im Stillen bei dem Engel, der ihr dabei geholfen hatte, heute Morgen eines ihrer aufreizendsten Business-Outfits ausgewählt zu haben. Man stelle sich nur vor, sie hätte an PMS gelitten und diesen altmodischen braunen Hosenanzug angezogen, den sie schon seit Monaten hatte weggeben wollen.

Gott, wäre das peinlich gewesen.

Seine Eingangstür stand offen und sie fragte sich, ober er seinem Dienstpersonal antrainiert hatte, die Tür zu öffnen, Champagner auf Eis zu stellen und sein Bett mit Laken aus Seide zu beziehen, sobald sie ihn mit einer Frau heimkehren sahen.

Julie wusste, dass sie nicht mit den heißen Ludern mithalten konnte, mit denen er normalerweise ausging, aber irgendwie hoffte ein verborgener Teil von ihr tatsächlich, dass seine Angestellten denken würden, dass sie Ty rumkriegen konnte und nicht nur eine Geschäftspartnerin war, die für ihre Tätigkeit bezahlt wurde.

Trotzdem konnte sie von seinem Haus und seinem Grundstück nur beeindruckt sein. Schon das Foyer bot eine der schönsten Aussichten von ganz San Francisco. Zu ihrer Rechten glitzerte die Golden Gate Bridge rot im Sonnenlicht, während die Brandung und die Farallon-Inseln der Villa direkt gegenüber lagen. Er hatte es sicher weit gebracht.

Trotz ihrer unschönen Vergangenheit bewunderte sie, was er alles erreicht hatte. Von einem Leben in einer Wohnwagensiedlung zu all diesem hier. Für alles, was sie besaß, hatte sie gearbeitet, aber sie hatte nie um Geld oder Respekt kämpfen müssen. Nicht so wie er.

Eine große Motoryacht fuhr an seinem Haus vorbei, als sie spürte, wie er sich hinter ihr bewegte.

Plötzlich war sie wieder achtzehn, stand am Geländer der Marina in Sausalito und wusste, dass der Junge, den sie anhimmelte, nah genug war, um ihn berühren zu können.

„Es ist wunderschön“, sagte sie.

„Noch schöner, als ich es mir vorgestellt habe“, war seine leicht schroffe Antwort an ihrem linken Ohr.

Sie glaubte nicht, dass er über den Ausblick von seinem Haus sprach. Julie konnte seinen Atem auf ihrer Haut, sein Herz an ihrem Rücken spüren. Nichts wollte sie mehr, als sich zu ihm umzudrehen und sich dem unglaublichen Genuss seiner Berührung hinzugeben.

Genau in dem Moment, als sie dachte, sie würde sich keine Sekunde länger mehr davon abhalten können, die dümmste Tat ihres gesamten Lebens zu begehen, drangen Rufe aus dem großen Zimmer ins Foyer. Das war für sie das Stichwort, um Ty zu entkommen und sie stürzte in die imposante Küche. Nicht weit hinter der riesigen Kücheninsel mit Granitplatte sah sie drei große Männer in unterschiedlichen Stadien der Verwahrlosung, die im Wohnzimmer auf bunten Matten tanzten und dazu weiße Konsolen vor dem Fernseher schwangen.

„Alter!“, sagte einer von ihnen zu Julie und Ty, ohne über die Schulter zu sehen. „Ich habe Alex gerade total übertrumpft. Ich hab euch doch gesagt, ich bin der König von Dance Dance Revolution."

Ty grinste und lehnte sich gegen ein Spülbecken. „Darauf kannst du wirklich stolz sein, Kumpel."

Sie ignorierte den albernen Teil von ihr, der sich die Schuhe abstreifen und zu der Musik tanzen wollte, die aus Tys riesigem Flachbildschirm dröhnte und sagte kühl: „Ich würde gerne deine Freunde kennen lernen."

„Leute, das ist Julie."

Alle drei Männer – soweit man drei Typen ohne Shirt, die sich seit über vierundzwanzig Stunden nicht rasiert hatten und ein Videospiel für Kinder spielten, als Männer bezeichnen konnte – fuhren herum, um Tys Groupie der Stunde kennen zu lernen. Die Augen des Tanzkönigs leuchteten auf und er pfiff, während er sie von oben bis unten betrachtete und dann wieder zurück nach oben auf ihre Brüste schaute. „Oh, hallo, hübsche Dame", sagte er schließlich, als es ihm gelungen war, seinen Blick von ihrem Busen abzuwenden und Augenkontakt aufzunehmen.

Im Gegenzug schenkte sie ihm ihr förmlichstes Lächeln. „Angenehm."

Tys unglaubliches Anwesen war nicht mehr als ein besseres Verbindungshaus. In so einer Umgebung würden sie kein bisschen Arbeit zustande bringen. Und außerdem: Machte es ihm denn gar nichts aus, dass seine Freunde sein Essen konsumierten, sein Haus in Unordnung brachten, mit seinen Spielsachen spielten, ihm aber nicht einmal genug Respekt entgegenbrachten, um die Eingangstür zu schließen oder ihre Pizzakartons wegzuwerfen, wenn sie fertig waren?

Ohne sich damit aufzuhalten, Rücksprache mit Ty zu halten – schließlich war er ihr Klient und ihr Wort war von jetzt an Gesetz – ging sie zur Couch hinüber und begann, Shirts, Socken und Schuhe zwischen Daumen und Zeigefinger aufzulesen.

Fragen wie „Und wem gehört das?“ und „Ist das deins?“ mischten sich mit den elektronischen Beats, die aus dem riesigen Fernseher drangen.

Während die drei sehr verwirrten Männer sich artig anzogen, fand sie die Fernbedienung unter einem abgelegten Sweatshirt und drückte auf den An-/Aus-Schalter.

Sie nahm an, dass die Typen, die nun in zerknitterter Kleidung vor ihr standen, ebenfalls Footballspieler waren. Doch auch wenn sie pralle Muskeln hatten und einer der Männer sich den Buchstaben O auf eine Seite des Kopfes rasiert hatte, schienen sie kaum furchterregender als kleine Jungs.

„Warum geht ihr nicht nach Hause, duscht, esst etwas und ruht euch ein bisschen aus?“, empfahl sie ihnen.

„Wer bist du?“, fragte einer der Männer.

Sie lächelte. „Ty und ich haben eine lange Geschichte.“

Alle Anwesenden fingen gleichzeitig an zu grinsen, also fügte sie hinzu: „Er hat mich gebeten, Ordnung in diesen Saustall zu bringen“, und schaute dann demonstrativ auf ihre kollektive Unordnung.

Aus den Augenwinkeln sah sie Ty mit den Schultern zucken und sie musste ein Kichern zurückhalten, als der größte, stämmigste und am gemeinsten aussehende Typ sagte: „Ich weiß nicht, wen du hier als Sau bezeichnest, Alter, aber ich bin dann mal weg.“

„Ich auch“, sagten die anderen, aber erst, nachdem sie sich noch ein paar Flaschen Soda und Doughnuts mit auf den Weg nach draußen genommen hatten.

„Zieht bitte die Tür hinter euch zu“, rief sie ihnen nach und fühlte sich herrlich prüde.

Leider wusste Ty ganz genau, wie er ihr die Freude an ihrer neu entdeckten Lust, anderen einen Tritt in den Hintern zu versetzen, verderben konnte. „Du musst meinen Pool kontrollieren“, sagte er genau in dem Moment, in dem eine umwerfende junge Frau mit langen Armen und Beinen, riesigen nackten Brüsten und einer winzigen Taille aus seinem Whirlpool stieg. Und es gab nicht nur eine Amazone, die in ihrer halbnackten Perfektion am Pool lag, sondern zwei.

Julie wusste, dass sie attraktiv war, aber in einem Schönheitswettbewerb mit Frauen wie diesen würde sie garantiert den Kürzeren ziehen.

Ihr zweiter Gedanke war noch merkwürdiger.

Zum ersten Mal kam ihr der Gedanke, dass es eine ziemliche Last für Ty sein musste, so attraktiv zu sein. Und auch noch so reich und erfolgreich. Wie konnte er wissen, ob diese Leute echte Freunde waren? Ob sie ihn wirklich mochten und seine Witze lustig fanden?

Unglaublich. All dieses gebräunte, straffe Fleisch und das Silikon machten sie so verrückt – sie hatte tatsächlich fünf Sekunden damit verbracht, Mitleid für einen Mann zu empfinden, der alles hatte.

Aber warum musste alles in seinem Leben so sinnlos übertrieben sein? Ja, er war ein Junge aus einer Wohnwagensiedlung, dem es jetzt gut ging, aber konnte er nicht auch für andere Menschen etwas Gutes tun, anstatt nur für sich und seine ebenso netten Freunde?

Und dann musste sie lächeln. Denn soeben war sie darauf gekommen, wie sie Ty geradebiegen würde: nicht nur in den Augen der Öffentlichkeit, sondern auch in seinem eigenen Interesse. Er würde den Sommer damit verbringen, anderen etwas Gutes zu tun. Auch wenn sich jede Faser seines Körpers dagegen sträubte.

Die erste Station dieses Zuges war es, die restlichen Blutegel zu entfernen und sie zurück ins Wasser zu werfen. Bye-bye, Mädels!

Mit ungebrochener Freude sagte Julie: „Hallo Ladies, ich bin die neue Kreuzfahrtdirektorin. Freut mich, euch kennen zu lernen."

Die barbusige Rothaarige rümpfte die Nase. „Äh, wir sind nicht auf einer Kreuzfahrt."

Julie lachte nicht, das wäre geradezu gemein gewesen. „Nein, nur eine Redewendung." Sie klatschte in die Hände. „Wie auch immer, euer Freund Ty muss sich um viele wichtige Dinge kümmern, also befürchte ich, ihr müsst euch auf den Weg machen."

Die Blondine nahm sich die Sonnenbrille ab. „Kann ich irgendwie helfen?"

Ty lächelte Julie an. „Cindy ist sehr gut darin, Anweisungen zu befolgen."

Es war ein Wunder, dass Julie kein Feuer aus den Ohren schoss. Die lebhafte Vorstellung davon, wie dieses Mädchen Ty berührte und alles das mit ihm anstellte, was sie vor so vielen Jahren getan hatte und von dem sie hoffnungslos träumte, es noch einmal für ein Jahrzehnt tun zu können, hätte sie fast umgebracht. Julie wäre der Blondine am liebsten an die Gurgel gesprungen, hätte ihr das Silikon aus den Brüsten gerissen und dafür gesorgt, dass sie sich Ty nie wieder weiter nähern würde als auf eine Meile Abstand.

Stattdessen lächelte Julie und sagte:„Keine Sorge. Ich rufe dich an, falls wir dich für irgendetwas brauchen." *Zum Beispiel, wenn seine Toilette geputzt werden muss.*

Verstohlen beobachtete sie Ty, um zu sehen, ob er

geiferte, während die Mädchen sich ihre ziemlich spärliche Bekleidung wieder anzogen. Merkwürdigerweise schien er sich gar nicht weiter für die Show, die sie ihm boten, zu interessieren. Stattdessen zückte er sein BlackBerry, rief seine E-Mails ab und schrieb schnell eine Nachricht. Selbst als sich beide Mädchen gegen seinen Arm pressten und ihm einen Kuss auf die Wange gaben, hob er kaum den Blick.

Sie hatte nie jemanden kennen gelernt, der weibliche Kurven so schätzte wie er. Wie war seine Gleichgültigkeit diesen Frauen gegenüber also zu erklären? Welcher Mann auf Erden würde nicht dafür sterben, auf der Stelle Sex mit ihnen zu haben?

Ty steckte sein BlackBerry zurück in die Tasche und grinste sie an. „Ganze Arbeit! Besser hätte ich selbst hier nicht aufräumen können."

Sie runzelte die Stirn. Er sollte eigentlich nicht froh darüber sein, dass sie seine Freunde hinauswarf. Sie hatte versucht, ihm unter die Haut zu gehen, ihn ein bisschen in Rage zu versetzen.

Und er sollte definitiv nicht seine Aufmerksamkeit auf sie richten und sagen: „Sieht so aus, als wären wir zwei jetzt allein."

Was habe ich getan?

Verdammt, es war ihr eigener Fehler gewesen, zu denken, dass sie cleverer war als Ty. Oder dass sie auch nur die geringste Chance hatte, ihm zu widerstehen.

Kapitel 5

Es törnte ihn an, Julie dabei zu beobachten, wie sie sich wie die Chefin aufführte, auch wenn er ziemlich sicher war, dass sie diese Wirkung nicht beabsichtigt hatte. Er wusste, dass sie ihm den Eindruck geben wollte, dass sie das Spiel leitete und er ließ überaus gern zu, dass sie sich benahm, als würde sie ihn an der kurzen Leine halten. Aber er war glücklich, dass sie seine Freunde aus seinem Haus geschmissen hatte. Natürlich genoss er es, ständig Party zu machen, das Gefühl zu haben, in einem Resort mit Bikini-Girls am Pool und mit endlosen Vorräten an Essen und Getränken erster Sahne zu leben. Aber manchmal wurde es etwas langweilig.

Manchmal wollte er einfach ein bisschen alleine sein. Sein Lächeln ausschalten, das Herumalbern sein lassen, dem Druck entkommen, mit den Frauen ausgelassen und sexy zu sein. Wäre er ein netter Typ gewesen, hätte er Julie gesagt, dass er nicht mit Cindy oder ihrer Freundin geschlafen hatte. Aber es gefiel ihm, Julie eifersüchtig zu sehen. Noch mehr genoss er es zu sehen, wie sie sich darum bemühte, die Eifersucht zu unterdrücken und so zu tun, als würde sie sich nicht darum kümmern, mit wem er ins Bett ging oder wie groß die Brüste dieser Frau waren.

Und ob sie das tat! Und darüber war Ty extrem froh.

Er hatte nicht viel Zeit damit verbracht, sich schlecht zu fühlen oder sich zu wünschen, jemand anders zu sein. Schon seit langer Zeit war er immun gegen Beleidigungen. So war es eben, wenn man unter einem Dach mit einem Betrunkenen aufwuchs. Aber irgendwie hatte es an ihm genagt, als sie gesagt hatte, er sei wertlos. Stark genug, um es zu spüren. Sicher war sie nur eine Schwärmerei aus der Jugend, die durch die Tatsache an Bedeutung gewonnen hatte, dass er sie nach einer gemeinsamen prickelnden Nacht nicht mehr gesehen hatte. Aber trotzdem wollte er sie beeindrucken. Und zwar nicht nur mit seinem Haus und seinem Konto. Das war nicht genug.

Er würde sie in sein privates unterirdisches Heiligtum führen. Abgesehen von dem Mann, der es gebaut hatte, war noch niemals jemand unter seiner Garage gewesen. Ty hatte den Raum selbst entworfen und eingerichtet, damit er seinen Bedürfnissen an Tagen, wo er nicht zum Feiern aufgelegt war, gerecht wurde.

„Also“, sagte sie, „wo sollen wir uns hinsetzen, um dein neues Programm anzugehen? Wir sollten auch deinen Agenten anrufen.“

Sie beäugte den langen Esstisch, wahrscheinlich in der Hoffnung, dass sie sich an das eine und er an das andere Ende setzen konnte.

Keine Chance.

„Ich habe den perfekten Ort.“ Fast musste er lachen, als sie die Augen misstrauisch zusammenkniff. Sie war immer noch scharfsinnig, und ein Luder mit Verstand war eine höllische Kombination.

„Folge mir!“

Sie schlängelten sich durch das Haus und in seine geräumige Garage. Er drückte einen Knopf an der Wand und ein anderthalb Meter großes Stück des Fußbodens öffnete sich und brachte eine Marmortreppe zum Vorschein.

„Willst du mich veralbern?“, fragte sie und wich entsetzt zurück. „Ich folge dir garantiert nicht nach da unten.“

Er lachte. „Was denkst du denn, was ich vorhabe? Dich in Stücke zu schneiden und in meinem Tiefkühler zu lagern?“

„Natürlich nicht. Aber …“

Ihre Wangen färbten sich rot und Ty ergänzte das Ungesagte selbst in seinem Kopf. *Aber du könntest mich küssen und es könnte mir gefallen. Und es könnte damit enden, dass wir uns die Kleider vom Leib reißen. Noch einmal.*

Irgendwann würden sie über ihre Vergangenheit reden müssen. Da war etwas Großes passiert und das konnte nicht ewig ignoriert werden. Aber es war zu früh.

Sie war wie ein scheues Pferd, immer zur Flucht nach vorn bereit. Zum Glück war Ty mehr als bereitwillig, Julies Flüsterer zu sein.

* * *

Zu sagen, dass sie nervös war, als sie die lange, spärlich beleuchtete Treppe hinabstieg, war untertrieben. Was, wenn Ty ein genauso Irrer wie Picasso war und die Wände mit verschiedensten SM-Bildern behängt hatte? Was, wenn er dort unten SM-Zubehör hatte? Julie war nicht sicher, was darunter fiel, aber sie nahm an, dass Peitschen und Ketten und Lederkleidung mit Öffnungen an verschiedenen Stellen nicht zu weit entfernt waren.

Ihr schauderte. Sie sollte entsetzt über die Vorstellung sein, dass Ty etwas mit SM zu tun hatte. Warum fühlte sie sich also so hilflos ihrer Erregung ausgeliefert, wenn sie sich vorstellte, sich für ihn in Leder zu kleiden? An einen Bettpfosten gefesselt zu werden, während er sie beobachtete?

Ty schaltete das Licht an und Julie japste geschockt

nach Luft.

Warme, dunkle Holzregale rahmten das Zimmer ein und die dicken Wälzer mit Ledereinband wirkten abgenutzt, ihre Buchrücken so knittrig, als wären sie viele Male gelesen worden. Die Wände zeigten atemberaubende Kunstwerke impressionistischer Meister: Matisse, Degas, Renoir. Sie wusste zwischen einem Druck und einem Original auf Leinwand zu unterscheiden und Tys Gemälde waren echt. Sie konnte ihre Überraschung nicht verbergen.

„Ist das wirklich ein Original von Rodin?“

Er nickte und irgendwie gelang es ihm, ihren Blick von den überwältigenden Schätzen abzuwenden, damit sie ihn ansah. Niemand hatte sie je so überrascht. Sie wusste nicht mehr, was sie denken, was sie sagen sollte.

„Diese Skulptur ist mein wertvollster Besitz“, sagte er, während er ehrerbietig mit den Fingern über ein Ballettschläppchen der einen halben Meter großen Bronzeskulptur einer Ballerina fuhr.

Da, wo Julie eitle Selbstzufriedenheit vermutet hatte, gab es in Wirklichkeit etwas ganz anderes: Ehrfurcht. Ihr verräterisches Herz machte einen Sprung in ihrer Brust und Julie musste sich zusammenreißen, um das Biest in ihrem Inneren, das Ty wieder lieben wollte, zu bezwingen.

Nein, nein, nein!

Nur, weil sie von dem beeindruckt war, was er besaß, hieß das noch lange nicht, dass sie von ihm beeindruckt war. Wie hatte er so viele unglaubliche Stücke sammeln können? Oder hatte ein Designer ihm gesagt, dass großartige Kunstwerke seine Gäste beeindrucken würden?

Sie schüttelte den Kopf. Sein Hobbyraum trug die Prägung eines Mannes, der ganz genau wusste, was ihm gefiel. Sie wollte nicht das Gefühl haben, gerade ein Teil gefunden zu haben, das unmöglich in das Puzzle passte, das sie schon fertiggestellt hatte. Sie wollte nicht denken, dass Ty eine andere Seite oder, möge Gott ihr vergeben, Tiefsinn hatte. Sie ging durch den Raum, verweilte bei den Büchern, den Bildern, den anderen Skulpturen.

„Hast du keine Angst, dass deine Freunde die auf einer deiner Partys kaputt machen?" Ihr Ton ließ sie zusammenzucken. Sie hatte nicht so verkrampft und kleinlich klingen wollen, aber Ty hatte sie im Laufe des Tages aus dem Gleichgewicht gebracht.

„Ich meine: Alles hier ist unbezahlbar. Unglaublich. Ich würde das alles für mich behalten wollen." Er blieb weiter vor dem Werk von Rodin stehen. Sie hätte sich das wunderschöne Stück liebend gern aus der Nähe angesehen, was bedeutete, dass sie sich neben ihn stellen musste – ein äußerst unratsamer Schritt.

Ty wartete mit seiner Antwort, bis sie nur noch

wenige Zentimeter entfernt war. „Meine Freunde waren nie hier unten. Niemand anderes ist jemals hier unten gewesen."

Sie runzelte die Stirn. „Wovon redest du? Du hast mich doch hergebracht." Er lächelte und ihr Atem verließ zischend ihren Körper.

„Ich weiß", sagte er und sie spürte, wie ihre Knie schwach wurden.

Jämmerlich. Sie wich einen Schritt zurück, dann noch einen, bis sie gegen das pompöseste, weichste karminrote Sofa der Schöpfung stieß. Selbst die Einrichtung in diesem Zimmer fesselte sie, und das sagte einiges, denn sie hatte immer klare, zeitgenössische Linien geschätzt. Sie setzte sich hin und schloss die Augen genussvoll. Nirgendwo hatte sie je besser gesessen, sich so geborgen gefühlt. Himmel, es war alles viel schlimmer als sie gedacht hatte – sie war nicht nur seiner Kunst verfallen, sondern hatte jetzt auch etwas mit seiner Couch zu laufen.

„Bequem, oder?", fragte er und lehnte sich, seine gebräunten, muskulösen Arme über der Brust verschränkt, gegen die Bücherregale.

Er sah aus wie ein Löwe in seiner Höhle, der all das, was seines war, mit tiefer, ungebremster Freude betrachtete. Würde er sie so ehrfurchtsvoll streicheln, wie er es mit dem Werk von Rodin getan hatte? Würde er sie genauso staunend ansehen wie das Bild von

Monet?

Glücklicherweise befahl ihr der Selbsterhaltungstrieb, sie solle ihre „seriöse-Geschäftsfrau-Brille“ aus dem Aktenkoffer nehmen, sodass sie einen Plan für seine Imageaufbesserung ausarbeiten konnten. Und sie so verdammt noch mal heil aus seinem Haus kommen würde.

Am besten mit intakter Kleidung.

„Okay, warum kommen wir dann nicht zum Geschäftlichen?“

„Mit Vergnügen“, stimmte er zu.

Obwohl er auf der Couch gegenüber saß und seine langen Beine auf das alte Kaffeetischchen legte, traute sie ihm nicht.

Wie konnte sie, wenn das Wort „Vergnügen“ wie eine klare und direkte Aufforderung zur Sünde klang. Sie zückte einen Stapel Ausschnitte aus Zeitungen und Zeitschriften. „Sean hat mir das hier gegeben und mir gesagt, dass es mir dazu dienen wird, einen Eindruck von deinem bisherigen Image zu bekommen.“ Sie holte ein besonders belastendes Foto heraus, das ihn bei einem Zungenkuss mit einer äußerst unbekleideten Brünetten zeigte. „Beeindruckendes Material.“

Er grinste. „Du hast recht. Der Arzt, der diese Brüste geschaffen hat, war ein Künstler.“

Fast hätte sie gelacht, doch sie musste ihn geradebiegen, nicht dazu ermutigen, ein Witzbold zu sein.

„Meine Aufgabe ist es, dafür zu sorgen, dass solche Fotos hier nicht mehr gedruckt werden. Weißt du, was der erste Schritt in diese Richtung ist?"

„Die Verleger bestechen?"

„Du brauchst nicht Dr. Oberschlau zu spielen."

„Dann stell keine dummen Fragen."

Sie sog scharf die Luft ein.

Er nutzte ihre vorrübergehende Stille, um sich neben sie zu setzen. „Sieh mal, Schätzchen", sagte er und sie hasste es, dass es ihr so gefiel, wenn er ein Kosewort benutzte, besonders, wo er sie doch gerade beleidigt hatte. „Keiner von uns ist ein Dummkopf."

Sie presste die Lippen aufeinander und versuchte aufzuhören, auf seinen Mund zu schauen, aber seine Augen waren kein Stück besser als seine schönen Lippen.

„Nenn mich nicht Schätzchen", sagte sie mit sachlichem Ton, obwohl sie spürte, dass er wusste, dass er sie genau da hatte, wo er sie haben wollte. Der Löwe umkreiste seine Beute.

Plötzlich war alles vorbei und er ließ sich entspannt gegen die Sofalehne fallen.

„Ich sollte mich nicht mit dir anlegen", sagte er, „und ich entschuldige mich dafür, dass ich ‚dumm' gesagt habe. Weißt du, es ist so: Die meiste Zeit meines Lebens hat man mich wie einen hirnlosen Sportler behandelt. Nach einer Weile wird das ganz schön langweilig."

Julie wurde durch seine Worte nicht nur auf der Stelle ein Dämpfer versetzt, sondern sie fühlte sich auch wie ein absoluter Vollidiot. Er hatte sie nicht angemacht. Sie war nichts Besonderes für ihn.

Er hatte sich nur mit ihr angelegt.

Sie sollte die Tatsache feiern, dass sie es zu guter Letzt doch schaffen würde, voll bekleidet und unbeschadet aus seiner unterirdischen Höhle zu entkommen. Warum war sie dann nicht glücklicher darüber?

Warum war ihr zum Heulen zumute?

„Und ich entschuldige mich für den ‚Dr. Oberschlau'", zwang sie sich zu sagen. Mit der Absicht, wieder in die Spur zu finden, fuhr sie fort: „Ich glaube, das Beste für dein Image wäre, an einer Reihe von Wohltätigkeitsveranstaltungen in der Gegend teilzunehmen."

„Solange sie nicht dem Football Camp nächste Woche in die Quere kommen."

„Mir kommt es vor, als würdest du es nicht bis ins Camp schaffen, wenn du dich nicht um diese Sache bemühst", erklärte sie.

Tys Augen blitzten auf und für einen Moment war er wieder das Raubtier. „Hast du dich je in etwas geirrt?"

„Wie bitte?“, fragte sie.

Er kam näher. „Ich glaube, meine Frage war ziemlich klar.“

Sie schluckte und versuchte, ihre Lippen zu lecken. „Selten.“

„Ok, na dann: Warst du jemals überrascht?“

Er hatte sie gerade erst überrascht, als er sie in sein privates Heiligtum geführt hatte und sie war überrascht gewesen, wie stark ihr Körper nach all den Jahren auf die Nähe zu ihm reagierte.

„Nein“, sagte sie, aber ihre Stimme war schwächer.

Dieses Mal war sein Lächeln unartig. „Ein Glück, dass es für alles ein erstes Mal gibt.“

Sie hätte zum anderen Ende der Couch rutschen, oder noch besser, die Treppe hoch und zur Tür hinaus rennen sollen. Alles, Hauptsache weg von dieser sinnlichen Anziehung, die er auf sie ausübte.

„Ich wurde schon einmal überrascht“, sagte Ty und schien keine Antwort darauf zu erwarten – was durchaus positiv war, da sie momentan nicht in der Lage war, eine zu geben.

Sie war zu sehr damit beschäftigt, sich daran zu erinnern, wie man atmete, wie man den Kopf gerade hielt, wie man sich nicht an seine Lippen schmiss, ihm alle Kleider vom Leib riss und ihn anflehte einen an Ort und Stelle zu nehmen!

Er beugte sich hinab und sagte: „Fragst du dich

nicht, was mich überrascht hat, Julie?"

„Nein." Aber was sie eigentlich meinte war: *„Ja, oh ja!"*

Er fuhr mit einem Finger über ihre Wange und sagte: „Du."

Sie war so benommen von seiner Berührung – davon, wie er sie ansah, als wäre sie alles, was er sich wünschte –, dass sie vergaß, zu rennen. Sie vergaß, dass sie ihn hasste. Dass er nur dazu gerüstet war, sie zu verletzen, egal, wie gut die Gefühle waren, die er in ihr auslöste.

Ihr Schweigen amüsierte ihn, das erkannte sie an seinem lässigen Grinsen und an der Art, wie seine Finger sich über ihre Lippen bewegten. Sie fühlte sich rundherum merkwürdig, als hätte sie ihren echten Körper, ihr Gehirn irgendwo anders gelassen.

„Willst du denn nicht wissen, warum?", fragte er.

Unbedingt.

Aber das konnte sie nicht zugeben. Nicht einmal jetzt, wo sie sich ihm fast hingegeben hatte, indem sie seine Hand nicht weggeschoben und ihm nicht die Leviten gelesen hatte, weil er die Grenze zwischen Klient und Berater überschritten hatte. Wenn sie sprach, würde sie nur sich selbst und ihre Begierde verraten. Sie versuchte, den Kopf zu schütteln, aber alles, was ihre kleine Bewegung erreichte, war, dass seine Finger einmal ganz über ihre Lippen strichen.

Direkt in Richtung Wahnsinn.

Sie musste etwas sagen. Ihm mitteilen, dass sie nur für das Geschäftliche hier war, ganz ausschließlich.

Sie räusperte sich. „Ich kümmere mich nicht um unsere Vergangenheit, Ty. Nur um die Zukunft – in der du dich wie ein unbescholtener Star verhältst und ich das Honorar für erfolgreich geleistete Arbeit bekomme. Der einzige Grund, aus dem ich hier bin, ist, dich in einen anständigen Menschen zu verwandeln und dafür zu sorgen, dass solche Fotos nie wieder vorkommen."

Noch nie zuvor hatte sie so viele Lügen in einem Atemzug erzählt.

Kapitel 6

Julie nach unten mitzunehmen und sie mit seiner Kunst und seinen Büchern zu überraschen, war ein Geniestreich gewesen. Er musste sich bei Bobby für die ausgezeichnete Idee bedanken, eine Imageberaterin anzuheuern. In all diesen Jahren hatte ein Teil von ihm gehofft, Julie würde inmitten der Massen eines Footballstadions auftauchen. Wer hätte gedacht, dass Bobby Wilson der Drahtzieher bei ihrem längst fälligen Wiedersehen sein würde?

Sie war so sexy, wenn sie aus der Fassung geriet und so tat, als würde sie ihn nicht genauso begehren wie er sie. Ty konnte sich nicht entsinnen, wann er sich das letzte Mal so amüsiert hatte.

„Okay", sagte er, seine Lippen nur einen Zentimeter von ihren entfernt. Offensichtlich dachte sie, er würde sie jetzt küssen, aber das konnte er nicht. Jedenfalls noch nicht. Es war unbedingt notwendig, dass sie ihn zuerst küsste. Ansonsten würde sie *„Foul"* schreien und ihn beschuldigen, die Situation ausgenutzt zu haben. „Du sagst mir, was ich tun muss und ich mache es."

Ihre Augen weiteten sich angesichts seiner plötzlichen Kehrtwende und sie sah mehr als nur etwas enttäuscht aus. Sie hatte geglaubt, er würde sich auf sie stürzen und ihre Lippen nehmen, sie kosten, sie unter sich festhalten, während sie in Ekstase stöhnte.

Ein bisschen Geduld, das musste sie lernen. Denn manchmal war eine lange Vorfreude das abschließende Feuerwerk wert.

Julie fasste sich schnell wieder. „Gut. Perfekt. Ich freue mich, dass wir der gleichen Meinung sind. Zunächst einmal brauchst du ein bisschen Übung darin, auf Bildern konservativ auszusehen."

Er runzelte die Stirn. „Und wie sieht dein Plan aus?"

„Wir beauftragen einen Medienberater, der dir beibringt, wie du auf Fragen antwortest und für Fotos posierst."

„Das ist ein nettes Angebot, aber ich glaube nicht, dass ein Medienberater mir bei meinem Problem helfen kann."

Ihre Augenbraue schoss hoch. „Und was wäre das Problem? Die Tatsache, dass du zu reich bist? Oder zu gut aussiehst? Oder vielleicht, dass du zu erfolgreich bist? Du Ärmster!"

„Falls du es nicht bemerkt hast: Frauen können mir

nicht widerstehen."

Ihre Augen wurden zu Schlitzen. „Oho!"

„Wenn sie sich mir an den Hals schmeißen, ganz gleich, was ich tue, dann solltest du mir eine andere Umgangsform mit ihnen beibringen."

„Du meinst, eine andere, als in der Öffentlichkeit mit ihnen zu knutschen?"

Ihre schlagefertige Bemerkung war richtig bissig – was bedeutete, dass sie endlich auf dem richtigen Weg waren. Er liebte es, dieses kleine Feuer in ihren Augen zu sehen, denn er wusste, dass es etwas Großartiges im Bett versprach. Und sein Schlafzimmer war definitiv die Richtung, in die sie sich bewegten, ob sie sich darüber bewusst war oder nicht.

„Sieh mal, deshalb ist deine Gesellschaft ja auch so erfolgreich. Du weißt genau, wie du eine Situation mit wenigen einfachen Worten bewältigst."

„Jetzt komm mal auf den Punkt!"

Es sollte nicht so leicht gehen, dachte er. Das sollte es wirklich nicht.

„Küsse wie dieser", sagte er und hob die Zeitschrift, „sind die Art, wie ich mein ganzes Leben lang geküsst habe. Anders kann ich es nicht."

Sie hob die Augen zur Decke. „Wenn du irgendjemand anderes wärst, wüsste ich, dass du Spaß machst."

Er hielt einen langen Moment die Luft an, als sie

innehielt.

„Aber bei dir denke ich, du könntest das durchaus ernst meinen.“

Er hielt ein Lächeln zurück. Beim First Down hatte er schon fünf Yards erzielt. Die nächsten fünf würden genauso einfach sein.

„Also, sagen wir, ich sitze mit einer Frau, die etwas von mir will, auf dem Sofa. Nehmen wir an, die Kameras laufen und jemand schießt ein Foto, das am nächsten Tag in der Presse ist.“

„Glaubst du wirklich, dass ich so eine Art von Rollenspiel mit dir mache? Ich fange an, mich zu fragen, was in deiner Parallelwelt passiert.“

Dieses Mal konnte er sich das Grinsen nicht verkneifen. Es war schon viel zu lange her, seit er so ein unterhaltsames Gespräch mit irgendjemandem geführt hatte, und mit dem anderen Geschlecht erst recht. Seine Kumpel tranken meistens, hingen herum und spielten Videospiele. Und die Frauen versuchten entweder, ihm an die Wäsche zu gehen oder an sein Konto zu kommen, oder sie wollten ihn dazu kriegen, sie an die Wäsche oder das Konto eines anderen Footballspielers heranzuführen.

„Na klar“, sagte er. „Du musst das heiße Luder sein. Und dann musst du mir beibringen, wie ich dir widerstehe.“ Er ließ den Blick auf ihre Brüste sinken. „Mach dir keine Sorgen, weil bei dir alles natürlich ist.

Das wird mich ganz und gar nicht abhalten. Echt, falsch, Hauptsache, sie passen hier rein."

In der Hoffnung, sie zum Lachen und nicht zum Gehen zu bringen, winkelte er die Hände in der Luft an und bewegte sie leicht, als würde er ein leichtes Gewicht darin halten.

„Du hast nicht wirklich gerade so getan, als würdest du ein Paar Brüste betasten, oder?" Glückliche-rweise sah sie eher amüsiert als verärgert aus.

„Du weißt doch, wie wir Sportler sind. Also, zurück zu deiner Rolle als heißes Luder."

„Als wäre ich dumm genug, um auf so etwas hereinzufallen."

Er tat ganz unschuldig. „Worauf?"

Sie machte den Mund auf. Und wieder zu.

Ihre Unterlippe war prall und er wollte sanft seine Zähne in das empfindliche Fleisch senken, um zu sehen, ob sie zittern würde, ob ihre Brustwarzen sich als Antwort verhärten würden.

Die Sache war die: Sie wussten beide, dass er sie in die Ecke gedrängt hatte. Denn mit Bombensicherheit würde sie nicht sagen: *„Du versuchst nur, mich dazu zu kriegen, dich wieder zu küssen und mit dir zu schlafen."* Sie war nicht nur Little Miss Perfect, sondern war auch viel zu stolz, um sich für den Fall zu rüsten, dass sie abblitzen würde.

Sie hatte offensichtlich auch keine Ahnung davon,

dass kein zurechnungsfähiger Mann auf Erden sie abblitzen lassen würde.

„Gut“, sagte sie schließlich knapp und klang sauer. „Was tue ich nicht für mein Unternehmen“, murmelte sie. Sie schüttelte ihr Haar aus, streckte die Brust raus und machte einen Schmollmund. „Genau wie bestellt: ein heißes Luder, aber ohne Flittchen als Beilage!“

Ty hatte noch nie versucht, eine Frau zu verführen, während er lachte. Sex war immer eine ziemlich ernste Angelegenheit gewesen. Wenn auch nie eine Herausforderung – er hatte immer versucht, die Frage zu beantworten: „Wie schnell kann ich abhauen, wenn wir fertig sind?“ Sehr selten hatte er mit jemandem Sex in seinem eigenen Haus. Denn es war schwieriger, eine Frau rauszuwerfen als den Hosenschlitz zu schließen und wegzufahren.

„Okay“, sagte er, „schmeiß dich an mich ran!“

„Du wirst das schwer glauben können, da wir jetzt in Tys schräger Welt sind, aber ich habe nicht die leiseste Ahnung, wie ich mich an jemanden ranschmeißen sollte.“

„Nicht einmal an deinen Lieblings-Footballstar?“

„Ich habe keinen Lieblings-Footballstar“, sagte sie. „Auch nicht vom Baseball, Basketball oder Hockey. Gerard Butler finde ich allerdings ziemlich süß. Vielleicht kann ich so tun, als wärst du er?“

Ty hätte Gerald Butlers Kopf am liebsten an der

Backsteinwand zertrümmert. Er konnte es nicht fassen, dass er tatsächlich auf einen Schauspieler eifersüchtig war.

Offensichtlich gab es ein erstes Mal für alles, wenn es um Julie Spencer ging.

„Dann tu eben so, als ob ich Gerald Butler wäre", presste er zwischen den Zähnen hervor.

Sie streckte ihre Hand aus. „Hallo, ich bin Julie Spencer. Deine Filme sind wirklich super. Besonders dieser ausländische, wo du den Vater eines kleinen Jungen spielst."

„Das ist alles? Versuchst du nicht, ihm an die Wäsche zu gehen? Wo war die Schmeichelei? Der Finger, der seinen Arm entlangfährt? Der Ich-will-es-die-ganze-Nacht-mit-dir-tun-Blick?"

„Du hast nichts davon gesagt, dass ich ihm an die Wäsche gehen will."

„Ach nee!" Er rollte mit den Augen. „Was denkst du denn, was die ganzen Frauen auf all diesen Bildern versuchen, mit mir zu tun?"

„Es sieht so aus, als würdest du versuchen, ihnen an die Wäsche zu gehen, nicht andersrum."

Er zuckte die Achseln. „Manchmal ja. Aber nicht so oft wie du denkst." Das stimmte. Tendenziell war er eine laufende Dartscheibe, an die sich die Frauen immerzu und immer wieder warfen, bis eine davon schließlich für eine Nacht hängen blieb.

Ty hatte nie irgendeine bestimmte Frau wirklich begehrt – bis auf diese hier. Nur Julie. Er hatte sie gewollt, als er achtzehn war, und er wollte sie jetzt.

„Versuch es nochmal", sagte er mit möglichst ermutigender Stimme.

„Ich sehe immer noch nicht, warum das helfen sollte", wandte sie ein.

„Ich bin wie ein alter Hund. Du musst mir neue Tricks beibringen, oder?"

Das ließ sie sich eine Weile durch den Kopf gehen. Es gefiel ihm, ihr Gesicht zu beobachten, während ihr Verstand arbeitete. Es war, als würde sie einen Moment lang vergessen, die Kontrolle über alles zu haben, und wenn ihre weißen Zähne hervortraten, um auf ihre Unterlippe zu beißen, war sie anziehender als jedes noch so spärlich gekleidete Model.

„Ein Hund bist du definitiv."

Das würde er nochmal durchgehen lassen. „Also ist es jetzt Zeit, dass du dich an mich ranmachst. Keine Sorge, ich werde nicht lachen."

Sie schaute ihn wütend an. „Der einzige Grund, warum du diese kleine Übung nicht mit einer meiner Assistentinnen machst, ist, dass ich dir nicht zutraue, dass du dich bei ihnen benimmst."

„Pech für sie", sagte er. „Ich warte. Und denk daran: Du versuchst, mir an die Wäsche zu gehen."

Mit einem resignierten Seufzen klimperte sie mit

den Wimpern und sagte mit hoher Mädchenstimme: „Oh Ty, du bist einfach mein absoluter Lieblings-Footballspieler, auch wenn ich letzte Nacht mit einem Haufen deiner Teamkollegen geschlafen habe."

Er konnte sich das Lachen nicht verkneifen.

Noch mehr klimpernde Wimpern. „Ich hoffe, das kommt jetzt nicht zu direkt rüber, aber würde es dir etwas ausmachen, wenn ich dir nur einen klitzekleinen Kuss gebe und meine Freundin ein Foto davon macht, sodass mir wirklich alle glauben, wenn ich sage, dass ich den großen Ty Calhoun geküsst habe?"

Julies Parodie traf die Sache etwas zu sehr im Kern. Wie viele der Frauen, mit denen er geschlafen hatte, sprachen wirklich so und hatten den Verstand einer Ameise?

Etwas ernster, als es gemeint war, sagte er: „Warum nicht? Ich bin dabei."

Julie fiel aus ihrer Rolle. „Du hast gesagt, du würdest mich nicht auslachen."

Er hob die Hände. „Habe ich etwa gelacht?"

„Nein, aber wenn ich mich aufführe wie ein Volltrottel, dann kannst du hier nicht einfach den ernsten Mann geben. Du musst dich selbst spielen."

„Und jetzt sagst du mir, wie ich mich spielen soll? In Ordnung, ich weiß, es hat keinen Sinn, dich zu unterbrechen. Wer bin ich denn?"

Sie fuhr mit der Hand durch die Luft.

„Offensichtlich bis du der typische überdrüssige, aber trotzdem notgeile Sportstar. Du denkst nur an deine eigenen Bedürfnisse, bist aber mehr als gewillt, mit einer völlig Fremden rumzumachen, um nach einem guten Spiel zu feiern."

Ty konnte sich nicht daran erinnern, wann ihm jemand zum letzten Mal so etwas wenig Schmeichelhaftes ins Gesicht gesagt hatte.

„Du glaubst wirklich, dass ich so bin, oder?"

Sie runzelte die Stirn und bemerkte vielleicht zum ersten Mal, dass sie mit ihren unverblümten Beurteilungen seine Gefühle verletzte.

Oder vielleicht machte sie es auch mit Absicht. Aus Rache oder so.

„Nicht nur du bist so, Ty. Alle Top-Sportler sind gleich."

Ty wollte ihr widersprechen, wollte ihr erzählen, wie viele Typen er kannte, die mehr Zeit damit verbrachten, sich um ihre Familien, Freunde und Bedürftige zu kümmern, als um ihre eigene Gesundheit. Er wollte ihr erzählen, dass sein Freund Tim zehn Jahre lang als Defensive Tackle auf das Feld gegangen war und sich von den anderen die Seele aus dem Leib hatte prügeln lassen, weil er verzweifelt versuchte, seiner ganzen Großfamilie dabei zu helfen, sich von ihrem Leben in einer heruntergekommenen Stadt zu befreien. Er kannte Typen, die Football wie jede andere Arbeit betrachteten. Sie leisteten ihre Arbeitsstunden, gaben alles und kehrten dann zum Abendessen zu ihren Frauen und Kindern nach Hause zurück. Sie verschwendeten ihre Zeit nicht in Bars oder mit Groupies. Sie verdienten ihr Geld mit stiller Kraft. Aber er wusste, dass es keinen Sinn hatte, ihre Meinung über Profi-Athleten oder über ihn ändern zu wollen. Denn sie hatte sich schon vor langer Zeit ihre Meinung gebildet.

Außerdem musste er zugeben, dass sie bei den meisten Männern, die er kannte, gar nicht falsch lag. Sogar bei ihm – am Anfang seiner Karriere.

Er fuhr sich mit den Fingern durch das Haar. „Okay, dann spiele ich die übertriebene Version von mir selbst.“

Er warf ihr einen hungrigen, fordernden Blick zu. „Auf einen Kuss von dir habe ich schon mein ganzes Leben gewartet, Baby. Komm, setz dich auf meinen Schoß – aber nur, wenn du unter dem kurzen Rock hier nichts trägst.“

Sie presste die Oberschenkel zusammen – eine kaum wahrnehmbare Bewegung, die er wahrscheinlich übersehen hätte, wäre er nicht völlig auf sie eingestimmt gewesen. Oder besser gesagt darauf, wie sehr er sie begehrte.

„Das ist besser“, sagte sie. „Den Kuss überspringen wir und arbeiten direkt an deiner Reaktion.“

Damit würde er sie nicht davonkommen lassen. „Nicht realistisch genug. Ich dachte, Rollenspiele funktionieren nur, wenn alle ganz in ihrer Rolle aufgehen?"

Ihr Gesichtsausdruck sprach Bände. Er hatte recht. Sie würde ihm einen Kuss geben müssen, um ihm die „richtige" Verhaltensweise übereifrigen Fans gegenüber zu lehren.

„Gut", konterte sie und einen himmlischen Moment später hatte sie sich wieder in das Wunderweib verwandelt. Sie schmiegte sich, Oberschenkel gegen Oberschenkel, an ihn. War er bemitleidenswert, weil er tatsächlich anfing zu schwitzen? Nur, weil er ihr Bein durch die Jeans hindurch spüren konnte?

Ja! Das war er.

Sie fuhr ihm mit den Händen durch das Haar und zog seinen Kopf an ihren herab. Aber in letzter Sekunde schaute sie ihm in die Augen. Schlagartig war das Wunderweib verschwunden und ließ Julie zurück. Es war diese Pause in letzter Sekunde, die ihn fast tötete. Er wollte sie. Jetzt. Er wollte ihren Mund nehmen, er konnte sie fast schmecken.

Zögernd presste sie ihre Lippen auf seine. Eine Million Blitze schlugen bei ihm ein. Es brachte ihn fast um, stillzuhalten. *Bitte*, flehte er und konnte kaum glauben, dass er tatsächlich betete, *bitte mach, dass sie nicht aufhört*.

Ty war sich nie sicher gewesen, ob irgendeines seiner Gebete auf dem Spielfeld jemals erhört worden war, oder ob er den entscheidenden Treffer im letzten Moment einfach durch Glück gelandet hatte. Aber als Julie begann, die Umrisse seines Mundes mit ihren Lippen zu erforschen und ihre Zunge herauskam, um von dem Fleck zu kosten, an dem sich seine Ober- und Unterlippe trafen, war sein Glauben an die Kraft des Betens gefestigt.

Ihr Atem war sanft und süß und er wollte keinen Muskel regen, wollte nichts tun, was diesen perfekten Augenblick ruinieren konnte. Ihr Mund näherte sich seiner Wange und den oberen Bartstoppeln. Eine ihrer Hände fuhr von seinem Haar zu seiner Wange und zu seinem Nacken, dann strich sie mit dem Daumen über die Vertiefung unter seinem Schlüsselbein, bevor sie sich dort mit dem Mund näherte. Fast wäre seiner Lunge ein Stöhnen entfahren, doch irgendwie hielt er es zurück. Wieder fand sie seinen Mund und dieses Mal war sie weniger zaghaft. Ihre Zunge kam heraus, neckte ihn, fuhr in ihn. Er konnte sich nicht eine Sekunde länger davon abhalten, sie zu verschlingen. Gerade, als er dabei war, die Kontrolle über die Situation zu übernehmen, hörte sie auf, ihn zu küssen und ihn mit ihren Lippen und Händen zu erforschen. Sie wich seinem Blick aus.

„Ganz im Gegenteil, Ty. Ich glaube, ich brauche dir

überhaupt nichts beizubringen." Sie klang, als wäre ihre Kehle zugeschnürt. „Du hast dich wacker geschlagen."

Hätte seine Lunge es ihm erlaubt, auch nur ein Wort herauszubringen, hätte er etwas gesagt. Nach einer langen Zeit brachte er schließlich erstickt heraus: „Willst du mich veralbern?"

Ihre Blicke trafen sich. „Du warst ein perfekter Gentleman. Gut gemacht."

„Hast du auch nur die geringste Vorstellung davon, wie sehr ich dich gerade begehre?", knurrte er. „Und zwar nicht wegen eines albernen Rollenspiels. Oder weil ich mir wünschte, du wärst ein Groupie."

Sie schüttelte den Kopf, versuchte ihr Portemonnaie zu nehmen und beobachtete entsetzt, wie es ihr aus den Fingern glitt und unter sein Couchtischchen fiel.

„Ich kann das nicht", flüsterte sie und er war nicht sicher, ob er ihre privaten Gedanken mithörte oder ob sie laut hatte sprechen wollen.

Alles, woran Ty denken konnte, während er sie ansah, war: *Seitdem ich dich das letzte Mal gesehen habe, habe ich jeden einzelnen Tag, jede einzelne Minute, jede einzelne Sekunde an dich gedacht.*

Stimmte das? Dachte er das wirklich? Oh Scheiße. Das tat er. Jetzt, wo sie hier saß, direkt vor ihm … Jetzt, wo sie ihn geküsst hatte, wusste er die Wahrheit.

Wenn sie wüsste, wie er sich wirklich fühlte, würde sie ihre Macht wie ein glänzendes Fleischermesser nutzen und es ihm ins Herz stoßen, um Vergeltung zu üben, wie sie glaubte, es verdient zu haben.

„Geh nicht!“, sagte er, anstatt ihr die dumme, verwirrende Wahrheit zu gestehen.

Kapitel 7

Sie konnte nicht gehen. Egal, wie verzweifelt sie es wollte – Ty war ihr erster Kuss gewesen. Ihr erster Orgasmus. Ihr erster Morgen im Bett mit jemand anderem. Die eine Nacht, die sie mit Ty verbracht hatte, hatte ihre Sinnlichkeit für mehr als ein Jahrzehnt geprägt. Sie hatte versucht, Männer wie ihn zu vermeiden, den Kampf jedoch verloren. Sie war mit unaufdringlichen Männern ausgegangen, hatte aber zu guter Letzt immer Affären mit charismatischen Charmeuren gehabt. Und doch war keiner von ihnen – ganz gleich, wie erfolgreich oder lustig oder charmant sie waren – jemals an die wenigen Stunden herangekommen, die sie in Tys Armen verbracht hatte.

Nur ein Dummkopf hätte ihn im Namen des „Rollenspiels" tatsächlich geküsst. Wie hatte sie vergessen können, dass Scham und Begierde solch ein schreckliches Paar darstellten? Und dass die Begierde immer siegte?

Sie war nicht in der Lage gewesen, sich zurückzuhalten. Und sie hatte ihn geleckt und gebissen und er hatte nichts gemacht.

Nichts.

Dann hatte er gefragt: *„Hast du auch nur die geringste Vorstellung davon, wie sehr ich dich gerade begehre?"*, und eine lächerliche Hoffnung war in ihrem Innersten zum Leben erweckt.

Dieses Mal war sie eine Erwachsene. Sie konnte sich das von ihm nehmen, was sie wollte, und heil wieder gehen, oder?

Vielleicht war ein weiterer Kuss das Richtige, um diesen sinnlichen Höhenflug zu beenden, in dem sie sich befanden. Hochwahrscheinlich würden sie sich ansehen und sich gewahr werden, dass sie der Sache mit der Abschlussfeier viel mehr Bedeutung beimaßen, als sie eigentlich hatte. Sobald sie einen echten Kuss hinter sich hatten, würden sie einfach gemeinsam daran arbeiten, Tys Image so aufzupolieren, dass sein Boss damit zufrieden war und dann zufrieden jeder seinen eigenen Weg gehen.

Aber klar doch, sagte ihr Herz, aber sie hörte gar nicht zu. Sie war zu beschäftigt mit der Hoffnung, ihn davon zu überzeugen, sich bei der Aufgabe „sie zu begehren" gut anzustellen.

Kühn bewarf sie ihn mit einem Pressefoto nach dem anderen. „Ich kann nicht glauben, dass ich dich daran erinnern muss, wie du deine Fans *wirklich* küsst.

Wie kann ich dir beibringen, wie du dich benehmen sollst, wenn du dich nicht so verhältst wie normalerweise?“

Seine Mundwinkel regten sich und in seinen Augen blitzte so etwas wie Erleichterung auf.

„Ich habe Frauen, die ihre Arbeit ernst nehmen, schon immer respektiert.“

„Danke“, sagte sie und einen Moment später hatte er sie auf seinen Schoß gezogen und raubte ihr den Atem aus der Lunge.

Seine Zunge stürmte ihren Mund und brachte ihrer das Tanzen bei, während seine großen, starken Hände sich um ihren Po legten.

„Ist das besser?“, murmelte er, während er seinen Mund über den hochsensiblen Punkt am Ansatz ihres Ohres wandern ließ.

Sie konnte nicht antworten. Er steckte ihren ganzen Körper in Flammen. Zum Glück waren seine Hände genauso unartig wie sein Mund. Durch ihre maßgeschneiderte Bluse fühlte sie die Hitze seiner Handfläche eine Millisekunde bevor sein Daumen über ihre Brustwarze strich.

Ihr Körper bäumte sich unter seiner erfahrenen Berührung verzweifelt auf. Sie streckte die Arme nach ihm aus, nahm sein atemberaubend hübsches Gesicht zwischen die Hände und küsste ihn. Während er sie streichelte und liebkoste und Reißverschlüsse und

Knöpfe öffnete, verlor sie sich in seinem Kuss.

Sie konnte nicht klar denken, als er sie küsste, als er sie anstelle ihrer ausgezogenen Bluse mit seinem Mund bedeckte, ihr Schlüsselbein küsste, um dann den Fleck zwischen ihren Brüsten zu suchen, nachdem er ihren BH-Verschluss geöffnet hatte. Endlich – oh Gott, es hatte nicht schnell genug gehen können – umfasste er ihre Brüste mit beiden Händen, drückte sie zusammen, fuhr mit seiner Zunge, mit den rauen Borsten seines Kinns und seiner Wangen über ihre Nippel.

Kleine Seufzer drangen aus ihrer Kehle, aber sie konnte sie genauso wenig zurückhalten wie sie verhindern konnte, zwischen den Beinen feucht und schwer zu werden. Sie war nahe dran, ihn anzuflehen, eine Hand unter ihren Rock, in ihr Höschen gleiten zu lassen. Eine Berührung und sie würde explodieren. Das war alles, was sie wollte.

Ty war alles, was sie wollte.

Seine Stimme erreichte sie tief und rau von der Stelle zwischen ihren Brüsten. „Du hast den schönsten Körper, den ich je gesehen habe."

Julie wölbte ihm ihren Busen entgegen und wechselte die Position, sodass ihr Rock sich um ihre Taille legte, und setzte sich rittlings auf ihn.

Sie setzte sich mit einem lustvollen Seufzer auf seine unter der Jeans verborgene harte Erektion. Alles, was sie tun wollte, war sich so gegen ihn zu pressen, während er an ihren Brüsten saugte.

Mit einem Stöhnen zog er sie noch näher an sich heran. Julie liebte alles: die Art, wie er ihren Namen immer wieder flüsterte, während er an der sensiblen Haut ihrer Brüste leckte und nippte; die Art, wie seine Jeans an die freiliegende Haut unter ihren Netzstrümpfen rieb; die Art, sich so nass, so erregt, und so voller Verlangen zu fühlen, dass sie fast explodierte.

Sie war kurz davor, kurz vor der Befriedigung, die sie in all diesen Jahren vermisst hatte. Sie konnte den Gipfel sehen, sie kletterte direkt darauf zu, als Ty sagte: „Oh nein, das geht nicht", und sie umdrehte, sodass sie mit dem Rücken auf der Couch lag.

Sie schaute orientierungslos und verwirrt zu ihm auf. War sie nicht gerade mit Ty unter sich drauf und dran gewesen zu kommen? Schnell beantwortete er ihre stille Frage.

„Meine Jeans bekommen nicht die Befriedigung, die ich für mich selbst haben will", sagte er, als er ihr den Rock abstreifte.

Ihre Schuhe waren bereits verschwunden und langsam streifte er ihr mit einer Geduld, von der sie sich wünschte, dass er sie nicht hätte, die Strumpfhose über die Hüften, der Scheide entlang, ihre unglaublich empfindlichen Oberschenkel hinunter und schließlich über ihre Knie, Waden und Fußsohlen.

Ein Teil von ihr wollte *„Schneller!"* rufen, doch

bevor sie dem Drang nachgeben konnte, sagte Ty: „Ich mag dein Höschen.“

Reizwäsche war ihre größte Schwäche. Seide aus Frankreich, Spitze aus Italien. Sie hatte sie nicht gekauft, um die Männer, mit denen sie schlief, anzutörnen. Ihr gefiel einfach das Gefühl von luxuriösem, sinnlichem Stoff auf ihrer Haut. Es war ihre Art, die sexy Frau in sich zu würdigen.

„Aber nackt mag ich dich noch lieber“, sagte er, als er ihr die Panties abstreifte und auf den Plüschteppich fallen ließ.

Alles, was sie wollte, war, dass er seinen Finger in sie steckte – das würde genügen. Aber er hatte Regeln nie befolgt. Nicht in der Schule, nicht auf dem Spielfeld, und auch jetzt nicht.

Sein Mund senkte sich heiß und schwer auf ihre Unterlippe und ihre Hüfte streckte sich ihm entgegen. Starke, schwielige Hände umfassten ihren Hintern und zogen sie näher heran. Julies Körper folgte seinem Kommando umgehend und sie drückte ihr Fleisch in seine Zähne, gegen seine Zunge.

Und dann fanden seine Finger sie, rieben sie und glitten erst über sie und dann endlich tief hinein.

„Ty“, stöhnte sie, sein Name wie ein Gebet nach einem Wunder, als die ersten Wellen sie niederstreckten. Kein Orgasmus war je so intensiv gewesen, nicht einmal damals zu Zeiten der Highschool auf der

Yacht. Sie versuchte sich auf die nächste Woge der Lust gefasst zu machen, hatte aber angesichts des ständigen Angriffs von Tys Zunge, Fingern, der Art, wie er näher kam und sich dann entzog, um ihr noch mehr zu geben und sie höher und höher zu bringen, nicht die Mittel dazu.

Ihr Gehirn setzte aus, als er sie mit seinen Händen immer härter ritt und mit seinem Mund immer höher brachte.

Dann drang ihr Gehirn wie von Wunderhand durch den Nebel der Gefühle. Woher war dieses Mädchen, das alles für diesen Orgasmus tun würde, gekommen? In all den Jahren war sie im Verborgenen geblieben. Seit der Nacht, in der dieser böse Junge ihr das Herz gebrochen hatte.

Von einer Sekunde auf die andere brach der Zauber der Wollust in sich zusammen.

Mit übermenschlicher Kraft schubste sie ihn ans andere Ende der Couch. Sie schlüpfte in ihre Kleider und obwohl sie wusste, dass seine Augen nie, nicht eine Sekunde lang, von ihrem Gesicht wichen, obwohl sie wusste, wie hart er hinter dem Reißverschluss seiner Jeans war, obwohl sie beide, nach dem was passiert war, noch außer Atem waren, sah sie ihm nicht ins Gesicht. In die Augen. Hätte sie ihm in seine wunderschönen Augen geschaut und das Verlangen darin gesehen, wäre sie ihm auf den Schoß gesprungen und hätte ihn wieder geritten als ginge es um eine Goldmedaille.

„Ich kann das nicht mehr." Sie rannte die Treppe hoch, Schuhe und Brieftasche in den Händen. „Du wirst mit Amy zusammenarbeiten müssen. Sie ruft dich an, um über den neuen Plan zu sprechen."

Sie versuchte, den Knauf zu drehen, um ihm zu entkommen, aber die Tür war abgeschlossen. In wilder Entschlossenheit hämmerte sie mit den Fäusten an die Tastatur.

„Mach auf, verdammt noch mal!", schrie sie.

Ty trat hinter sie, um den Code einzugeben und als sich die Tür mit einem Piepen öffnete, stürmte sie mit einer Geschwindigkeit, die sie sich nicht zugetraut hätte, hinaus und zu ihrem Auto.

Sie konnte Ty nie wieder sehen.

Niemals.

Kapitel 8

Ty war so hart, dass es schmerzte.

Es überraschte ihn nicht, dass Julie geflohen war, bevor sie die Tat zu Ende bringen konnten. Und in Wirklichkeit hatte er es trotzdem voll und ganz genossen, entschied er, als er das kalte Wasser der Dusche anstellte. Denn auch wenn er nicht in den Genuss gekommen war, in sie einzudringen, so hatte er doch in anderer Hinsicht Steine aus dem Weg geräumt.

Schon sie zu küssen war tödlich.

Und diese Brüste. Ein Mann konnte sich in ihr verlieren, so zart war ihre Haut, so köstlich schmeckten ihre Nippel. Das eisige Wasser hatte vorübergehend eine magische Wirkung auf seine Libido, also band er sich ein Handtuch um die Taille und dachte über seinen nächsten Zug nach.

Sie wollte nicht mehr mit ihm zusammenarbeiten, aber er wollte ihr nah sein. Gab es etwas, das Julie garantiert dazu bringen würde, umgehend zu ihm zu kommen? Und, wenn alles gut lief, auch dort zu bleiben?

Eine plötzliche Gewissheit brachte ihn zum Grinsen. Er wusste ganz genau, was er tun musste.

Oh ja, er würde Julie sehr bald wiedersehen.

* * *

Julie ging in Amys Büro, schloss die Jalousien und ließ sich auf den dick gepolsterten Stuhl in der Ecke fallen.

Amy hörte auf zu tippen. „Oh, oh. Was ist denn los?"

„Ich habe gerade etwas sehr Schlimmes getan."

„Wie schlimm?"

Julie biss sich auf die Lippe. Sie war der Boss. Sie sollte das Vorbild für professionelles Verhalten sein. Und was hatte sie getan?

„Ich habe mit einem Klienten geschlafen."

Innerhalb von Sekunden war Amy aufgesprungen und saß Julie gegenüber am Kaffeetisch. „Das hast du nicht!"

Julie nickte, jämmerlich, aber noch immer energiegeladen und aufgewühlt von dem überwältigenden Orgasmus, den Ty ihr nur wenige Minuten zuvor beschert hatte.

„Oh doch, das habe ich ganz gewiss."

Amys Gesicht war ein Bild von Ungläubigkeit. „Mit wem sollst du denn geschlafen haben? Ehrlich gesagt kann ich mir nicht einen unserer Klienten ohne

Kleidung vorstellen." Sie hielt inne. „Gott sei Dank!"

Ihre Stimme war kaum mehr als ein Flüstern, als Julie gestand: „Wir haben heute Morgen einen neuen Klienten bekommen. Erinnerst du dich?"

„Heute Morgen? Die Einzigen, die heute angerufen haben, sind die vom Footballteam. Die Outlaws."

Amys Augen wurden groß, als sie plötzlich begriff. Julie sagte nichts, sie wartete nur darauf, dass ihre Freundin sich kurz ausrechnete, welcher Spieler der Outlaws am ehesten einen Imageberater brauchte.

„Ty Calhoun?" Amys Stimme rutschte einen Ton höher. „Völlig unmöglich. Das hättest du nicht getan. Du hasst Football. Du hasst Sportstars. Sogar die unglaublich heißen wie ihn." Sie fächerte sich Luft zu. „Puh, auch wenn der Mann echt heiß ist."

Amy wusste nichts von Julies Vergangenheit mit Ty; so wie auch kein anderer. Nicht einmal ihren engsten Freunden hatte sie je gestehen wollen, dass sie so naiv und so erbärmlich verliebt in jemanden gewesen war, der ihre Liebe nie erwidern würde. Es war Zeit zum Beichten.

„Versprich mir, dass du mich nicht dafür hasst, dass ich dir noch nie etwas davon erzählt habe. Ich bin nicht begabt dafür, Geheimnisse zu teilen. Besonders solche, die mich dumm aussehen lassen." Sie hielt einen langen Augenblick inne. „Es ist so: Ich kannte Ty Calhoun einmal. Vor langer Zeit."

„Wann? Ich kenne dich seit dem College, ich habe praktisch jeden Typ gesehen, mit dem du ausgegangen bist. Und ich würde mich definitiv daran erinnern, wenn er dich ausgeführt hätte."

„Wir waren auf der gleichen Highschool."

„Oh."

Julie war erstaunt, wie viele Bedeutungen ein kurzes Wort annehmen konnte.

„Wir haben nicht zusammen abgehangen. Jedenfalls nicht bis zur Abschlussparty."

Amy legte sich mitfühlend die Hand aufs Herz. „Bitte sag mir nicht, dass er derjenige war, an den du deine Jungfräulichkeit hast verlieren wollen."

Julie hatte sich nie dümmer gefühlt. „Alles schien so anders an jenem Abend. Er war anders. Es ist überflüssig, dir zu sagen, dass es zwischen uns nicht funktioniert hat."

„Das erklärt also, warum wir nie Verträge mit Athleten annehmen." Amy ging in den Problemlösungsmodus. „Was soll ich für dich tun?"

Nie hatte Julie ihre beste Freundin und rechte Hand mehr geschätzt. „Ich kann ihn nie wieder sehen."

„Das habe ich mir gedacht. Und ich kann mir auch denken, dass du die Outlaws nicht an eine andere Firma abtreten willst, oder?"

„Natürlich nicht. Ich brauche das Geld für das Bürogebäude."

„Okay, dann betrachte Ty von jetzt an als mein Problem.“ Amy grinste. „Und du kannst dir absolut sicher sein, dass ich dafür, dass er dich verletzt hat, schmerzhafte Rache an ihm nehmen werde.“

Endlich fand Julie zu ihrem Lächeln zurück. „Gut. Und danke!“

Amy spielte ein paar Sekunden mit ihrem Ehering und Julie wusste, was sie fragen wollte.

„Ich weiß schon, was du fragen willst“, sagte sie ihrer Freundin. „Es war großartig.“

Amy lachte und half Julie so dabei, sich endlich von ihrem Selbstmitleid zu befreien. „Danke, dass du mir davon erzählt hast. Ich bin schon so lange verheiratet, da muss ich ersatzweise durch dich leben.“

Während sie sich in ihre Arbeit stürzte, wartete Julie den restlichen Tag darauf, Erleichterung zu verspüren. Ty war jetzt Amys Problem. Sie würden alle Treffen außerhalb des Büros abhalten; Amy würde ihn auf Wohltätigkeitsveranstaltungen begleiten; sie würde diejenige sein, die ihm beibrachte, wie er seinen Fans vor den Kameras keusch in die Wangen kneifen oder, noch besser, ihnen die Hand schütteln konnte.

Aber die Erleichterung kam nicht. Während sie an diesem Abend ihre South-Beach-Diät-Single-Mahlzeit zu sich nahm, ertappte sie sich dabei, wie sie sich Sorgen über Tys Wirkung auf ihre Freundin machte. Konnte irgendeine Frau diesem Charme, dieser sinnlichen Kraft, die er ausstrahlte, widerstehen? Was, wenn Amy sich in ihn verliebte? Ty war der Frauenmagnet schlechthin – selbst eine intelligente, verheiratete Frau wie Amy würde sich nicht retten können. Was, wenn Ty sich zwischen Amy und ihren Mann Jon stellte? Falls das geschah, würde Julie es sich nie verzeihen, dass sie ihn auf ihre Freundin angesetzt hatte. Hätte sie einen männlichen Mitarbeiter gehabt, hätte sie Ty augenblicklich an ihn abgegeben.

Julie hasste es, wie unzureichend alles in ihrem Leben und ihrer Firma wirkte – kaum zwölf Stunden nachdem Ty zurück in ihr Leben geplatzt war. Sie war glücklich gewesen, verdammt. Sie hatte ruhige Abende zu Hause, angenehme Dates und hin und wieder Affären erlebt, die schnell im Sand verliefen. Wie langweilig das jetzt im Vergleich zu ihm wirkte. Seine Villa war eine Ganztagsparty und selbst sein privater unterirdischer Raum übertraf ihr schlichtes, schnörkelloses Haus gegenüber vom Golden Gate Park.

In dieser Nacht konnte sie nicht schlafen und fragte sich, warum sie sich überhaupt die Mühe gemacht hatte, ins Bett zu gehen. Sie versuchte sich zu überzeugen, dass ihre übermäßige Energie nichts weiter war als Verärgerung darüber, dass Ty sie manipuliert hatte, um sie ins Bett zu kriegen – aber jede Zelle in ihrem Körper nannte sie eine Lügnerin.

Sie hatte den Job angenommen, war zu ihm nach

Hause gefahren, hatte sich von ihm alle Kleider vom Leib reißen lassen, weil sie wieder mit ihm ins Bett wollte. Sie war so wild darauf gewesen, noch einmal mit ihm Sex zu haben, dass sie ohne zu zögern alle Prinzipien aufgegeben hatte, nach denen sie ihr Leben lebte. Genau wie beim ersten Mal.

Wie war es möglich, dass Ty sie innerhalb von fünf Sekunden jeden Halt verlieren ließ? Alles, wofür sie so hart gearbeitet hatte?

Und schlimmer noch: Warum wünschte sie sich nichts mehr, als ihn bei sich zu haben, in ihrem Bett, wo er dafür sorgte, dass sie seinen Namen schrie? Besonders, da sie doch geschworen hatte, dass sie nie wieder mit ihm in einem Raum sein würde?

* * *

Ty war es langweilig. Strip Clubs hatten großen Spaß gemacht als er einundzwanzig war, aber im Laufe der Jahre fühlte er sich immer mehr wie ein dreckiger alter Sack, der jungen Tänzerinnen in Stringtangas und Fransen, dabei zusah, wie sie ihre Brüste schüttelten. Er hatte mehr als einen gerechten Anteil an Groupies gehabt, 20-Dollar-Scheine in unzählige Stringtangas gesteckt. Nach einer Weile verschwammen die Gesichter der Frauen miteinander.

Und doch versuchte er so auszusehen, als würde er sich prächtig amüsieren. Darauf kam es heute Abend schließlich an. Er hatte seine Freunde angerufen und ihnen gesagt, sie würden sich im Hustler Club treffen. Es war Pflicht, inmitten nackter Frauen auf einer Party zu sein, bei der die Leute betrunken genug waren, um ihre Handys zu zücken und Fotos von ihm zu machen.

Manche würden versuchen, Geld aus dem Schnappschuss zu machen und dann hätte er Julie genau dort, wo er sie haben wollte.

Bis dahin, so vermutete er, würde er weiter Dollar-Noten in die Stringtangas der Tänzerinnen stecken müssen, vielleicht sogar einen Lap-Dance oder zwei bekommen und ein paar persönliche Opfer bringen, um den Schein aufrecht zu erhalten. Er grinste und freute sich schon darauf, sie morgen in aller Herrgottsfrühe in Bobbys Büro zu sehen.

* * *

Das Telefon klingelte um 7 Uhr morgens und riss Julie aus einem tiefen Schlaf. Samstag war der einzige Tag, an dem sie es sich erlaubte, nach dem Sonnenaufgang aufzustehen. Aber da sie das Gefühl hatte, erst wenige Minuten zuvor eingeschlafen zu sein, war sie völlig orientierungslos, als sie zum Hörer griff.

Ein Südstaatenakzent war das Letzte, was sie erwartet hatte. „Ms Spencer?“

Sie setzte sich rasch im Bett auf und strich sich das Haar aus dem Gesicht. Es konnte keinesfalls Gutes bedeuten, wenn der neue Eigentümer der Outlaws sie Samstag in aller Herrgottsfrühe anrief. Sie schluckte die Sägespäne in ihrem Mund herunter.

„Am Apparat."

„Ich dachte, ich hätte sie angeheuert, damit sie den besten Spieler in meinem Team gerade biegen?"

Was hatte Ty getan? Denn egal, was es war, eines musste sie ihm lassen: Er hatte ganz schweres Geschütz aufgefahren, um zu schießen.

Direkt auf ihre Brust.

„Ja, Sir", sagte sie. „Mr Calhoun und ich haben uns gestern kurz getroffen, um über unseren vorläufigen Plan zu sprechen."

„Gehörten zu ihrem Plan auch nächtliche Besuche in Strip Clubs, meine Liebe?"

Strip Clubs? Oh Gott. Entsetzen und Schmerz bohrten sich durch ihre Brust. Er war von ihrem fast nackten Körper direkt zu dem nackten Körper einer Fremden übergegangen.

Sie wusste, dass sie ihm nichts bedeutete, aber es tat weh, wenn er ihr mit dieser Gewissheit ins Gesicht schlug.

Bevor sie es schaffte, ihr Gehirn auf eine Antwort vorzubereiten, sagte er: „Wir erwarten Sie in meinem Büro. Nicht wahr, Mr Calhoun?"

Aus der Ferne hörte sie Ty rufen: „Hey Julie! Letzte Nacht hast du dir einen Riesenspaß entgehen lassen."

Seine Nerven waren fast so stark wie sein Ego.

„Bin schon auf dem Weg“, stieß sie hervor, aber die Leitung war schon tot.

Während sie einen Geschwindigkeitsrekord beim Duschen, Anziehen und Schminken aufstellte, ließ sich Julie durch den Kopf gehen, welche verschiedenen Weisen es gab, um Ty umzubringen. Aber sie konnte an nichts denken, was ihrem Geschmack nach blutrünstig genug war oder eine ausreichend lange Folter vorsah.

Sie wollte Blut und würde es, in Herrgottsnamen, bekommen.

Kapitel 9

„Guten Morgen, mein Sonnenschein."

Tys fröhlicher zu-hübsch-für-sein-eigenes-Wohl-und-auch-für-ihres-Gruß hätte das Lächeln, das Julie sich aufs Gesicht gezwungen hatte, fast zum Bröckeln gebracht.

Nach einem nächtlichen Trinkgelage war es einfach nicht fair, dass er so gut aussah. Immer noch war er ein unwiderstehliches Bündel aus Muskeln und Hitze, seine langen gebräunten Finger strichen über die Armlehne seines Stuhls, als wünschte er sich, statt des kalten Leders warme Haut zu streicheln.

Wenigstens gab sie vor ihrem Erzfeind und dem sehr mächtigen, ziemlich unattraktiven Mann, der sie angeheuert hatte, um ein Wunder zu vollbringen, ein hübsches Bild ab. Sie hatte schon viele Männer wie Bobby Wilson kennen gelernt – Männer, die stolz darauf waren, so nervtötend wie möglich Macht auszuüben. Zweifelsohne waren Frauen, die solche Männer überlisteten, nicht einfach nur übertrieben schön, sondern auch weiblich und überaus elegant.

Ihre Bluse war ansprechend ohne übermäßig aufreizend zu sein, und wenn es den richtigen Moment gab für den kurzen Rock in Pink, der um ihre Knie schwang, und für die Schuhe mit den niedlichen Schleifen hinten am Absatz, dann war es dieses Meeting.

„Ich hoffe inständig, dass ich Sie nicht bei Ihrem Schönheitsschlaf gestört habe, Ms Spencer", sagte Bobby.

Julie glaubte ihm nicht eine Sekunde. Er wüsste liebend gern, dass er ihr mit seinem Anruf das ganze Leben ruiniert hatte.

„Es war eine Freude, von Ihnen zu hören", sagte sie und ließ zu, dass er ihre Hand mit seinen feuchten Fingern umschloss.

Bobbys Händedruck war schlaff wie ein toter Fisch. Entzückend.

Sie lächelte noch strahlender und vertraute auf ihre Fähigkeit, den Teameigentümer einzuwickeln. Ty war nicht der Einzige mit Charisma in seinem Bereich. Der Unterschied war, dass sie genau darauf achtete, bei wem sie es einsetzte.

„Bitte setzen Sie sich", sagte Bobby und deutete auf einen gepolsterten Stuhl, der Julies Geschmack nach viel zu nah an Ty stand.

Aber andererseits war sogar derselbe Bundesstaat

noch zu nah, um sich wohlzufühlen, wenn es um ihn ging. Sie ließ sich nieder und überschlug die Beine – weitaus geschmeichelter von der offensichtlichen Wertschätzung in Tys Augen, als sie es hätte sein sollen. Obwohl sie mit ihrer Kleidung Bobby hatte beeindrucken wollen, war es ihr nicht zuwider, dass auch Ty sie – und all das, was er niemals wieder anfassen und küssen würde – geifernd bewunderte.

Bobby schaute von Julie zu Ty hin und her. „Also, wenn ihr beiden nicht das hübscheste Paar außerhalb eines Miss America Wettbewerbs seid …"

Julie war beunruhigt. Gab es irgendeinen Weg, um charmant davon abzulenken?

Ty sagte: „Komm schon, Boss, wir wissen beide, dass ich Julie nicht das Wasser reichen kann."

Verdammt, er sollte ihr keine Komplimente machen und sie noch dazu vor diesem schrecklichen Chef in Schutz nehmen.

Bobby setzte sich auf den Rand seines alten Schreibtischs, der unter ihm knackte. „Zu schade, dass ich Sie nicht unter angenehmeren Umständen kennen gelernt habe, Ms Spencer."

Ihr Herz hämmerte alarmiert, doch Julie war ein Ass darin, nach außen eine gefasste Haltung zu bewahren. Still und geduldig wartete sie darauf, dass Bobby fortfuhr.

„Sehen Sie, hübsche Dame, ich habe geglaubt,

wenn ich Sie als Imageberaterin für diesen jungen Hengst einstelle, dann sind die Tage gezählt, an denen ich mich mit der peinlichen öffentlichen Zurschaustellung seiner Zuneigung zu jungen Damen mit ordentlichem Vorbau beschäftigen muss."

Sie nickte. „Natürlich haben Sie das."

„Ich bin nichts anderes als ein fairer Mann", sagte er. „Deshalb freut es mich, Ihnen die Chance zu geben, mir zu erklären, wie es dazu gekommen ist, dass diese Fotos letzte Nacht geschossen wurden."

Er reichte ihr einen Stapel mit der Druckversion von verschiedenen Klatschseiten im Internet. Auf allen Fotos war Ty beim Herumtollen mit Frauen mit unmöglich großen Brüsten und schmalen Taillen zu sehen.

Ty beugte sich über seine Stuhllehne, um sich die Bilder anzuschauen. „Mein Haar ist schon etwas zu lang, meinst du nicht? Vielleicht sollte ich es bald mal schneiden lassen."

Wollte er sie *auf den Arm nehmen*? Gestern hatte sie fast zugelassen, dass sie in seinem Haus miteinander schliefen, und jetzt, wo sie Bilder von ihm mit anderen nackten Frauen sah, erwartete er tatsächlich, dass sie ruhig dasitzen und seine Haare kommentieren würde?

In Ordnung. Dieses Spiel konnte man auch zu zweit spielen. „Ich bin sicher, diese Frauen können dir Tipps geben, wie man mit unerwünschtem Haar umgeht."

Er lehnte sich extrem selbstgefällig zurück. „Auf einen guten Brazilian Style habe ich schon immer gestanden."

Julies Gesicht stand in Flammen, bevor sie etwas dagegen tun konnte. Es hatte keinen Sinn, sich bei ihrem neuen Chef zu entschuldigen; in Situationen mit so unmöglichen Klienten wie diesem war es immer besser, die Wahrheit zu sagen.

„Mr Wilson, ich befürchte, dass Mr Calhoun ziemlich unberechenbar ist."

Bobby nickte, offenbar erfreut über ihre Äußerung. „Warum sprechen Sie nicht einfach das aus, was wir alle denken? Er ist eine Katastrophe."

Ty unterbrach ihn. „Das denken wir gar nicht alle."

Julie lächelte süß und schaute Ty an. „Oh doch, das denken wir."

„Also, Schätzchen", fuhr Bobby fort, „wenn Sie nicht kompetent genug sind, um mein wildes Kind hier unter Kontrolle zu halten, dann können Sie auch gleich aufgeben."

Niemals. Julie hatte bisher jeden einzelnen Auftrag glorreich zu Ende gebracht. Für sie war kein Problem zu groß, keine Persönlichkeit zu ausgefallen, um ihr neuen Glanz zu verleihen und sie der Öffentlichkeit als neuen Menschen zu präsentieren. Aber sie wusste, dass es einem Schwachkopf wie Bobby egal wäre, wie sie den Fall darlegen würde. Sie würde die Karte ihrer „Schönheit“ ausspielen müssen.

Langsam überschlug sie wieder die Beine, ließ ihren Rock ein Stück höher rutschen und bewegte dann ihre Knöchel auf und ab – ganz zum Stolz ihrer High Heels von Christian Louboutin.

Sie verlieh ihrer Stimme etwas Atemloses. „Nun, Mr Wilson, wir wissen beide, dass ich keinerlei Absicht habe, diesen Auftrag aufzugeben.“

Es überraschte nicht, dass Bobbys Augen es nicht viel weiter schafften, als bis zu ihren Oberschenkeln. Sie fuhr fort: „Von diesem Moment an können Sie darauf setzen, dass ich die persönliche Verantwortung für Tys Ansehen übernehme. Ich werde darüber wachen, als wäre es mein eigenes.“

Bobby nahm noch ein letztes Mal eine sorgfältige Untersuchung ihrer Vermögenswerte vor. „Ms Spencer, ich muss sagen, dass Sie sicherlich ein überzeugendes Bild abliefern.“

Sie lächelte. Obwohl sie solche niederen Taktiken verabscheute, war sie zu clever, um sie nicht zu nutzen, wenn es nötig war.

„Ich sehe nur ein Problem.“ Bobby entblößte seine Zähne, um etwas Ähnliches wie ein Lächeln aufzusetzen. „Ich verstehe nur nicht, wie irgendeine Person – besonders eine Frau, ohne Ihnen zu nahe treten zu wollen, Liebling – unseren wilden Jungen unter Kontrolle bringen soll. Ohne hieb- und stichfesten Plan.“

Hier stand ihr Ruf auf dem Spiel, abgesehen von der Abzahlung der nächsten Monatsraten für ihr Darlehen.

Plötzlich wurde sie von völliger Ruhe ergriffen und sie schlug die Hände auf dem Schoß zusammen.

„Ty zieht noch heute Vormittag bei mir ein. Die nächsten zwei Wochen lang werde ich ihn nicht aus den Augen lassen. Weder beim Training noch beim Essen noch bei Wohltätigkeitsveranstaltungen. Nie.“

Sie konnte sich jetzt nicht um Tys Reaktion sorgen, mit ihm würde sie später fertig werden. Möglichst mit einem spitzen Spieß.

Bobby sah skeptisch aus. „Bist du dabei, Superstar?“, fragte er Ty.

Ty, der auf dem Stuhl fläzte, verschränkte die Arme hinter dem Kopf, streckte sich und gähnte dann.

„Ich habe gestern nicht viel Schlaf abbekommen“, sagte er schließlich. „Ich freue mich auf ein reichliches Frühstück und ein weiches Bett.“ Er hob fragend eine Augenbraue in Julies Richtung. „Ich schätze, dein Bett ist genauso gut wie meins.“

In diesem Moment war Julie dankbar, dass sie von ihren Eltern gelernt hatte, wie man sich verstellte. Sonst wäre sie zur anderen Seite des Zimmers gestürzt und hätte Ty erwürgt.

„Ich habe ein zauberhaftes Gästezimmer für dich hergerichtet", log sie und streckte dann den Arm aus, um Bobby die Hand zu schütteln. „Ich bin froh, dass wir alles geregelt haben. Es war mir eine Freude, Sie zu sehen."

Wie zum Teufel sollte sie ihre Beine geschlossen halten, wenn sie Ty für ganze zwei Wochen rund um die Uhr bei sich haben würde?

Kapitel 10

Ty verließ Bobbys Büro als überglücklicher Mann. Und das nicht nur, weil Julies Rock ihren Hintern auf dem Silbertablett präsentierte. Wenn er gewusst hätte, dass ein paar Stripperinnen ihn so schnell in Julies Bett befördern würden – wen wollte sie denn mit diesem Quatsch vom Gästezimmer auf den Arm nehmen? –, hätte er ihr schon vor Jahren ein „Strippergram“ geschickt. Trotzdem war er kein totales Arschloch, ganz gleich, was sie glaubte.

„Das waren nur Bilder“, sagte er, als sie ins Freie traten.

Sie machte sich nicht einmal die Mühe, sich zu ihm umzudrehen und ihn anzusehen, sondern ging einfach weiter über den Parkplatz der Outlaws. „Das ist mir wirklich egal.“

Was natürlich das Gegenteil bedeutete. Es war zu dumm, dass er sich wie ein sexbesessener Idiot aufführen musste, um sicherzustellen, dass sie die nächsten zwei Wochen zusammen verbringen würden, aber es war der einzige Weg, damit sie sich besser kennen lernen würden. Die einzige Chance auf eine Beziehung.

Er blieb stehen und blinzelte in das helle Sonnenlicht, das von der Bucht kam. Was zum Teufel machte er da? Wieso dachte er über eine Beziehung nach? Er hatte nie weiter gedacht als eine Nacht. Was war es an Julie, das ihn dazu brachte, verrückte Gedanken zu haben und noch verrückter zu handeln?

„Steig ein!“, sagte sie und deutete auf eine Prius Limousine.

Er ging um das winzige Hybridauto herum.

„Ich bezweifle, dass ich da reinpasse“, sagte er anzüglich.

Ihre Miene verfinsterte sich. Scheiße. Zu spät erinnerte er sich daran, dass sie fast genau die gleichen Worte zehn Jahre zuvor zu ihm gesagt hatte – kurz bevor er ihr ihre Jungfräulichkeit genommen hatte.

Okay, Zeit zum Entschuldigen. Und er begann damit, seinen Maserati auf dem Parkplatz stehen zu lassen und sich in ihren klitzekleinen, umweltfreundlichen Wagen zu quetschen.

„Julie, ich meinte das nicht so, wie du denkst“, sagte er, während sie die Ausfahrt zur Bay Street nahm.

Sie schaute ihn wütend an. „Ich sage es ein letztes Mal, also versuche es in deinem stumpfsinnigen Kopf zu halten. Es ist mir egal, was du damit meintest. Oder was du dachtest zu meinen. Oder was du letzte Nacht mit einem Haufen überproportionierter Stripperinnen angestellt hast. Oder dass du alles in deiner Macht Stehende tust, um mich vor Bobby zu erniedrigen. Es ist mir einfach *egal*, Ty."

Im Handumdrehen hatte sie sich wieder gefangen. „Es. Ist. Mir. Egal." Auf den ersten Blick wirkte sie gefasst und ruhig.

Aber er war so auf sie eingestimmt, dass er fühlte, wie sie unter der Oberfläche kochte.

„Das Einzige, was mich interessiert, ist, wie du einen guten Eindruck machen kannst. Mein einziges Anliegen ist, das Bild zu verändern, das die Öffentlichkeit von dir hat. Bye-Bye, wildes Kind."

Da er ihr etwas schuldig war, beschloss er, nichts zu sagen, was sie noch weiter aufbringen würde. Noch nicht. „Du bist gut mit Bobby fertig geworden."

Das war kein hohles Kompliment: Er glaubte wirklich, dass sie seinen schmierigen Boss gut ausgespielt hatte. Ihr Aussehen einzusetzen war eine ausgezeichnete Taktik gewesen.

„Sportler", schnaubte sie. „Herrgott nochmal, wenn man will, dass sie sich an etwas erinnern, muss man es ihnen auf den Handrücken schreiben. Also, noch einmal: Ich bin nicht an deiner Meinung interessiert."

Schade, dachte Ty. Er würde ihr das Kompliment

machen, egal, ob sie es haben wollte oder nicht.

„Es ist nicht leicht, mit Männern wie Bobby zu verhandeln. Aber du hast ihn um den Finger gewickelt." Er schaute auf ihre Beine und ihre sexy Schuhe hinab. Gott, war sie heiß!

„Natürlich habe ich das. Deshalb muss ich ja zu guter Letzt auch zwei Wochen lang mit dir zusammenwohnen." Aus jedem Wort triefte Sarkasmus.

„Ein wahr gewordener Traum", sagte er, nur zum Teil aus Selbstspott.

„Mach dir nichts vor", sagte sie lachend. „Die Frauen, mit denen du deine Zeit verbringst, wollen dein Geld ausgeben, mit dir gesehen werden und von dir im Bett bedient werden. Das Zusammenwohnen mit dir ist der Preis, den sie zahlen müssen."

Er grinste, obwohl sie wahrscheinlich recht hatte. „Wenn die Belohnung groß genug ist …", sagte er. Da sie das Gespräch unter den Tisch fallen ließ, ging er davon aus, dass er gewonnen hatte.

Sie fuhren in seine Einfahrt. „Pack deine Taschen und beeil dich. Obwohl, wenn ich darüber nachdenke", sagte sie und musterte seine Kleidung, „glaube ich nicht, dass man dir diese Aufgabe anvertrauen kann. Ich packe deine Taschen."

Was zum Teufel sollte das? Sie musste die einzige Person auf Erden sein, die ein Problem damit hatte, wie er sich anzog. Ty wusste, dass er mit seinem

Cavalli Shirt und seiner Diesel Jeans großartig aussah.

Sie ging durch die offene Eingangstür und fragte einen seiner Kumpel, der gerade aus dem Whirlpool gekommen war: „Wo geht es zu seinem Schlafzimmer?“ Sie machte eine Daumenbewegung in Tys Richtung.

Jack schaute zu Ty, dann zu Julie, und erkannte schnell, wer der Boss war. „Die letzte Tür am Ende des Flurs auf der linken Seite“

„Danke.“ Julie rannte durch sein Haus als wäre sie die Besitzerin.

„Alter, du bist ja ein Glückspilz“, sagte sein Freund.

„Als ob ich das nicht wüsste“, sagte Ty grinsend. Und er würde sogar noch glücklicher werden.

„Du solltest wirklich eine Gebühr erheben“, sagte sie, als er sie im Flur einholte und blieb an der Schwelle zu seinem Schlafzimmer so plötzlich stehen, dass er fast in sie hineingelaufen wäre.

Die Dekoration war ein bisschen überkandidelt, aber was scherte es ihn? Die Master Suite war zum Augenschließen und für Sex gedacht. Außerdem schienen die Frauen, die er herbrachte zu erwarten, dass er alle Register zog. Laken mit Fadendichte 800, ein knisternder Kamin, Aussicht, eine Terrasse, eine Badewanne, die groß genug für seine halbe Mannschaft war, eine Dusche mit zehn Düsen.

Das Beste von allem war, dass er das Haus mit

seinem eigenen Geld gekauft hatte.

Was bedeutete, dass niemand es ihm wegnehmen konnte.

Julie hatte sich so fest an den Türrahmen geklammert, dass ihre Fingerknöchel weiß geworden waren. Irgendwie hatte er das Gefühl, dass sie dieser Prunk nicht umhaute. Sie war in einem schicken Haus aufgewachsen. Das Bett musste sie zum Ausflippen bringen und wahrscheinlich hatte sie unanständige Gedanken darüber, was sie mit ihm in den Laken anstellen wollte.

Wenn es um ihre Gunst, und somit um ihr Bett, buhlen wollte, musste er aufhören, sich mit ihr anzulegen. Aber er hatte schon zu lange Dr. Oberschlau gespielt, als dass er jetzt einfach damit aufhören konnte. Er legte ihr die Hand aufs Kreuz und schob sie sanft in das Zimmer. Er ging zum Bett, das die Haushälterin noch nicht gemacht hatte. Er lehnte das Kissen gegen das Kopfteil aus antikem Schmiedeeisen und schaute zu ihr auf.

„Ich könnte ein wenig Hilfe gebrauchen."

Sie blinzelte, ihre Augen wirkten fast wild. „Womit?"

„Mit dem Bett."

Sie wich zurück und er warf ihr einen wissenden Blick zu.

„Hat dir schon mal jemand gesagt, dass du

unanständige Gedanken hast?“

Unverzüglich wurde sie zur sittsamen Little Miss Perfect aus den Zeiten der Highschool, an die er sich erinnerte. „Natürlich nicht“, konterte sie.

„Alles, worum ich dich bitte, ist, mir beim Bettenmachen zu helfen.“

Er beobachtete, wie sie mit sich kämpfte und erkannte, dass sie seine Bitte nicht ausschlagen konnte. Das würde nur so aussehen, als hätte sie wirklich unanständige Gedanken.

Sie ging auf die andere Seite des Bettes und strich seine Laken missmutig glatt. Sie zog die Bettdecke über ihre Hälfte vom Bett, dann drehte sie sich um und ging schnurstracks in seinen begehbaren Schrank.

„Nein, nein und nochmals nein“, sagte sie, während sie Bügel herumschob und ihre Wut an seiner Kleidung abließ. *„Besitzt* du überhaupt irgendetwas Angemessenes?“

„Wenn du damit etwas Langweiliges meinst, nein.“

Herablassend deutete sie auf all seine Kleider. „Du kannst rein gar nichts davon tragen. Zumindest, wenn wir wollen, dass du jemals ernst genommen wirst.“

Er war überrascht, dass sie über seine Designerkleidung die Nase rümpfte – schließlich erkannte sie Qualität auf den ersten Blick. Was war also ihr Problem?

„Mach dir keine Sorgen über das, was Bobby gesagt

hat“, neckte er sie. „Du siehst immer noch besser als ich aus – egal, was ich trage.“

Sie schaute zur Decke auf, als würde sie um göttliche Führung bitten. „Es ist mein Job, dafür zu sorgen, dass du nicht so aussiehst, als müsste ein Pop-Sternchen an deinem Arm hängen, das deine Kleidung direkt vom Laufsteg gekauft hat.“

Nicht unbedingt das schmeichelhafteste Bild, aber es traf den Nagel auf den Kopf.

„Warst du in letzter Zeit auf einer Beerdigung?“, fragte sie.

Einer seiner Mundwinkel hob sich. „Soll das ein Hinweis sein?“

Sie runzelte die Stirn, bevor eine Erkenntnis in ihren blauen Augen abzulesen war. „Vielleicht“, sagte sie, „aber nur, wenn du mir Probleme machst.“

Es gefiel ihm, wenn sie ihn auch neckte. Mit einem Fingerwink forderte er sie auf, ihm zu folgen.

„Hier lang!“

Er brachte sie in ein kleines Kämmerchen auf der anderen Seite des Flures, in das sie zu zweit kaum hineinpassten. Ihm gefiel die Atmosphäre hier, wenn sie so dicht nebeneinander standen. Sie roch blumig und doch sinnlich. Er wollte sie an sich ziehen, ihr Haar atmen, es zur Seite streichen, ihren Nacken kosten, noch einmal aufs Neue herausfinden, welche ihre empfindlichsten Stellen waren. Er wollte einen dieser langweiligen Anzüge, die sie verrückt machten, wegschieben und sie hart und schnell an der Wand nehmen. Er konnte sich schon vorstellen, wie ihre Beine sich um seine Taille schlangen, sie den Kopf zurückwarf und wie gut es sich anfühlen würde, wenn er in sie eindrang.

„Gott sei Dank“, sagte sie, während sie einen schlichten marineblauen Nadelstreifenanzug hervorholte. „Ich habe befürchtet, du hättest gar keine Kleidung, die nicht einem Zuhälter zu gehören scheint.“

Das riss ihn aus seinen außerordentlich angenehmen Fantasievorstellungen. Aber vielleicht lag sie gar nicht falsch. Er hatte sich in der Designerkleidung, die seine Stilistin für ihn auswählte, nie richtig wohlgefühlt. Eigentlich hatte er auch gar keine Stilistin gewollt, aber sein Agent bestand darauf.

Offensichtlich war es gar nicht schlecht, Julie bei sich zu haben. Besonders, wenn sie ein wenig schmutzige Arbeit für ihn erledigte.

„Meine Stilistin wird nicht gerade froh über dich sein.“

Sie reichte ihm mehrere konservative Anzüge. „Sie ist gefeuert.“

Er hielt ein Lächeln zurück. Wen musste er noch loswerden? Der Typ, der ihm die Haare schnitt, war auch etwas nervig.

„Bring die hier nach draußen und dann hol alles,

was du noch brauchst", sagte sie. „Ich warte in deinem Wohnzimmer."

Bisher war ihm nicht bewusst gewesen, wie sehr er es satt hatte, dass alle seinen Aufforderungen ohne Widerspruch folgten. Irgendwie machte es ihn auch an, dass sie ihn so herumkommandierte. Aber sie in Schach zu halten war ein wichtiger Bestandteil des Spiels, von dem sie wahrscheinlich noch nicht einmal wusste, dass sie es spielten.

„Ich habe ein paar Badesachen, in die du vielleicht passt, falls du am Pool relaxen willst." Ihr angewiderter Gesichtsausdruck war so süß, dass er sie fast gepackt und ihn weggeküsst hätte.

„Erstens würde ich niemals einen dieser Bikinis mit Tanga von einer deiner ‚Freundinnen' tragen" – sie setzte das Wort in Anführungszeichen – „selbst wenn alles, was ich besitze, in Flammen aufgehen würde."

Er nickte. „Das ist cool. Hab schon verstanden. Mädchen mit unanständigen Gedanken wie du wollen immer nackt baden."

Sie ignorierte seine Stichelei. „Du hast fünfzehn Minuten, um deine Sachen zu packen, dann sind wir hier weg."

„Es gibt nur ein Problem dabei", sagte er.

Sie machte einen tiefen Seufzer, der ihren Brustkorb füllte und zauberhafte Dinge mit ihren Brüsten anstellte. „Warum bin ich nicht überrascht darüber, dass es ein Problem gibt? Was ist es dieses Mal?“

„Bobbys spontanes Treffen hat mein Training unterbrochen und das Training ist Teil meiner Jobbeschreibung.“

„Wie lange wird das dauern?“

„Hundert Bahnen dauern normalerweise eine dreiviertel Stunde. Ein paar Bahnen könnte ich schnell schwimmen, wenn du es eilig hast, irgendwohin zu kommen.“

„Nein“, sagte sie, „wir haben alle Zeit der Welt.“

Falsch. Ty war sich nicht sicher, dass zwei Wochen wirklich lang genug waren, um sie davon zu überzeugen, sich dem zu fügen, was sie wirklich wollte.

Ihn.

In ihrem Bett.

* * *

Sie konnte sich nicht entsinnen, wann sie sich zum letzten Mal so seltsam gefühlt hatte.

So gefühlsbestimmt.

So *erregt*.

Ty war nicht halb so dumm, wie sie es sich gewünscht hätte. Sie musste aufhören, bei jeder Kleinigkeit auszuflippen und ihm so endlos Munition zu geben, mit der er sie in seiner Macht hatte.

In den letzten vierundzwanzig Stunden war sie

wütender, glücklicher und befriedigter gewesen, als in den letzten zehn Jahren zusammengenommen.

Alles wegen Ty – verflucht sollte er sein.

Als sie das wuchtige Stahlbett gesehen hatte, erschienen ihr atemberaubende Bilder davon, wie sie gemeinsam nackt darauf herumrollten. Es ließ einen Dämon in ihr zum Leben erwecken, der sich wünschte, von Ty gefesselt werden, der scharf bei dem Gedanken wurde, wie sie, die Arme mit einer Seidenschlinge über ihrem Kopf zusammengebunden, nackt auf seinem Bett lag. Fast konnte sie sich hören, wie sie ihn anbettelte, sie härter, schneller zu nehmen.

Genug!

Von jetzt an würde sie ihre Hormone unter Kontrolle halten. Selbst wenn er sie vor Ekstase zum Schreien brachte, würde er ihr Herz am nächsten Morgen eiskalt zurücklassen.

Julie setzte sich auf eine Chaiselongue und legte die Füße auf den weichen Kissen ab. Sie holte einen Stift und einen Notizblock mit Lederhülle aus ihrer Tasche und beschloss, Tys Trainingszeit zu nutzen, um sich ein paar Stichpunkte zu ihren Plänen für seine Verwandlung zu machen, statt sich Sorgen zu machen und ihn anzuhimmeln.

Doch kaum hatte sie den Stift aufs Papier gesetzt, da kam Ty auch schon aus dem Haus. Sie hatte seinen Waschbrettbauch mit achtzehn für beeindruckend gehalten, aber die harten, gut definierten Muskeln, die sich nun in ihrer nächsten Nähe befanden, übertrafen alles, was sie sich hätte vorstellen können.

Irgendwo zwischen den scheinbar aus Stein gemeißelten Bauchmuskeln und dem dunklen Haarstreifen, der von seinem Bauchnabel bis in seine tief sitzenden Badeshorts führte, verschlug es ihr den Atem. Sie versuchte, den Blick abzuwenden, konnte aber nicht anders, als die imposante Form seines Trizeps, das Muskelspiel auf seinem Rücken und das tiefe Tal zwischen seinen Schultern zu bewundern. Die Spitze ihres Stiftes bohrte sich in ihre Handfläche, aber sie bemerkte es nicht einmal, so beschäftigt war sie damit, die Wollust, von der sie gepackt wurde, im Zaum zu halten.

Sie brannte darauf, ihn zu berühren. Sie verzehrte sich danach, ihn zu kosten, ihre Zunge über seine Hügel und Täler und seinen Waschbrettbauch fahren zu lassen.

Sie hob den Blick zu seinen Augen und erwartete einen siegessicheren Ausdruck. Er musste wissen, welche Macht er über sie hatte.

Aber anstelle von Triumph sah sie etwas Dunkles und Berauschendes in seinen dunkelbraunen Augen schimmern. Etwas, das ihr sagte, dass er sie genauso begehrte wie sie ihn.

Eine leise innere Stimme flüsterte ihr zu: *Nimm dir,*

was du willst. Benutze ihn, so wie er dich benutzt hat. Sie sprang von der Liege auf, wobei sie sich auf dem Steinfliesenboden fast den Knöchel verrenkte. Sie *konnte* dem Wunsch ihres Körpers nicht nachgeben. Sie musste sich in Erinnerung rufen, wie schlecht ihr das tat.

„Julie“, sagte er, seine Stimme eine Liebkosung.

Sie packte ihre Tasche und hielt sie sich wie einen Schutzschild vor. „Geh schwimmen. *Bitte!*“

* * *

Ty war der Typ für einen 30 Grad warmen Pool, aber heute brauchte er einen kalten Bergsee, um sich abzukühlen. Julie war nicht bereit – das war das Problem. Eine Sache war es gewesen, sie gestern in seiner unterirdischen Zufluchtsstätte zu verführen: Er hatte ihr beweisen wollen, dass sie nicht immun gegen ihn war, ganz gleich, was sie predigte. Aber vielleicht – nur vielleicht – war dies kein Spiel mehr.

Was wäre, wenn er sie wirklich um sich herum haben wollte? Was dann?

Er schwamm seine letzte Bahn und schüttelte sich dann wie ein Hund, bevor er zu seinem Handtuch griff. Er hatte eine Latte, die nicht mehr von ihm wich, seit er zum ersten Mal in ihr Büro gegangen war. Ehrlich gesagt wurde es langsam langweilig. Ohne ein Wort zu ihr zu sagen, ging er in die Dusche. Er konnte kaum glauben, dass er es sich selbst besorgen musste, wenn doch eine wunderschöne Frau bei ihm zu Hause war. Das hatte er seit Teenagerzeiten nicht mehr machen müssen.

Heißes Wasser prasselte auf ihn ein, während er sich gegen die Fliesen lehnte, zu seiner Erektion griff und sich vorstellte, wie sie nackt mit ihm unter der Dusche stand, das Wasser über ihren perfekten Busen lief und er die Tropfen von ihren Nippeln ableckte. Er würde dem Wasser, das über ihren Bauch und zwischen ihre Beine lief, mit seiner Hand folgen. Er würde einen Finger in sie stecken und sie würde eng und feucht sein und er würde auf die Knie sinken und sie mit seiner Zunge kosten. Und dann, wenn sie dabei sein würde zu kommen, würde er sie auf sich ziehen und sie würde ihn tief in sich aufnehmen, während ihre Körper nass und heiß gegeneinander rieben.

Ty stöhnte, umgeben von dem Glas und den Fliesen seiner Dusche, während das Sperma in seine Hand schoss. Nächstes Mal würde es keine Phantasie sein. Er würde das hier nicht allein machen.

Er würde in Julie sein.

Kapitel 11

Julie wollte sich wieder sicher fühlen, und der einzige Ort, an dem sie sich immer rundum wohl gefühlt hatte, war die Arbeit gewesen. Andererseits hatte sich noch nie ein sinnliches 1,90 Meter großes Muskelpaket in ihrem Büro herumgetrieben. Selbst ihre Mitarbeiterinnen waren nichts mehr als zitternde Hormonmassen gewesen, als sie ihnen Ty vorgestellt hatte – und das waren intelligente, clevere Frauen.

Sie las ihre E-Mails und versuchte Ty, der in ihren Bücherregalen, zwischen ihren Kunstwerken, auf ihrem Schreibtisch herumschnüffelte, zu ignorieren.

„Du hast dieses Unternehmen ganz allein aufgebaut?"

Sie schaute von der Tastatur auf. „Natürlich."

„Du brauchst nicht in die Defensive zu gehen. Das war nur eine Frage."

Sie schluckte einen Einwand herunter. Er hatte recht: Sie war tatsächlich in die Defensive gegangen. Es war nur so, dass alle immer davon ausgingen, dass ihre

Eltern ihr geholfen hatten. Aber sie nahm deren Freunde nie als Klienten an. Ihr beruflicher Erfolg war voll und ganz darauf zurückzuführen, was sie und ihre Mitarbeiter leisteten. Nicht, weil sie Daddys kleines Mädchen war, oder weil Mommy mit ihr bei Teekränzchen auf Kundenfang ging.

„Ich liebe das, was ich mache“, sagte sie schließlich.

Er nickte. „Ich auch. Es ist gut, wenn man seine Arbeit mag. Schrecklich, wenn man sie hasst.“

Das war tatsächlich eine richtige Unterhaltung, die nicht voller doppeldeutiger Anspielungen war. Aber eigentlich war sie sich nicht so sicher, ob ihr das gefiel. Wenn sie sich angifteten, machte wenigstens alles Sinn.

Bleib besser achtsam, sagte sie sich immer wieder.

Ihre Bürotür ging auf und ihre Empfangsdame zischte in die Gegensprechanlage: „Rachel Noah ist da.“

„Oh scheiße“, murmelte sie vor sich hin. Rachel hielt die Fäden für ein paar neue, ganz große Klienten aus der Politik in der Hand.

„Bitte sei nett zu ihr“, bat sie Ty. „Sag das Richtige. Nur dieses eine Mal.“

Er runzelte die Stirn. „Einen Kuss.“

Sie hatte kaum Zeit, seine Forderung zu verarbeiten und zu verstehen, dass es um einen Tauschhandel ging.

„Okay. Einen. Später.“ Sie schaute ihn grimmig an.

„Jetzt verpatze nichts!“

Julie lächelte und begrüßte Rachel vor ihrer Bürotür. „Ich freue mich, dass du hier bist“, sagte sie.

Rachel sah aus, als hätte sie Zitronen gelutscht. „Amy hat meinem Chef gesagt, dass sie für die nächsten Monate unseren Auftrag übernimmt, und er hat mich eine Stunde lang nur angeschrien. Ich hoffe, du hast eine gute Erklärung.“

Wenn es je den richtigen Moment dafür gab, um den Zauber von Tys angeborenem Charme und seinem gutes Aussehen zu nutzen, dann dieser. Ty wandte sich vom Fenster ab und im Handumdrehen wandelte sich Rachels Auftreten. Das, was sie wollte, war nicht länger Julies Kopf auf dem Silbertablett. Offensichtlich malte sie sich stattdessen gerade aus, wie sie einen umwerfenden NFL-Superstar in ihrem Bett hatte.

„Ich würde dir gern Ty Calhoun vorstellen, meinen neusten Klienten.“

Julie wusste ihre eigenen Kurven normalerweise zu schätzen. Aber neben so einer spindeldürren Frau zu stehen, die eher die Laufstege in Mailand hätte dominieren können als an politischen Kampagnen zu arbeiteten, war mehr als etwas deprimierend. Natürlich würde Ty mit Rachel schlafen wollen – welcher Mann würde das nicht?

Aber es war lächerlich, dass sie überhaupt darüber

nachdachte – schließlich hatte sie kein Anrecht auf Ty und wollte es auch nicht.

Wirklich nicht.

Ty sprühte nur so vor Charme, als er Rachel die Hand schüttelte und sie zu Julies Ledercouch führte.

„Freut mich, Sie kennen zu lernen“, sagte er und Julie dachte schon, die Frau würde an Ort und Stelle einen Höhepunkt erreichen.

„Julie hat mir so viel von Ihnen erzählt“, log er und sie warf ihm einen tief dankbaren Blick zu.

Rachel war merkwürdig still. Es war tröstend zu wissen, dass alle Frauen in Tys Anwesenheit ihren Verstand verloren.

„Ich befürchte, es liegt ein riesiges Missverständnis vor“, fuhr er fort. „Und ich würde es hassen, wenn jemand Julie oder ihre Firma dafür verantwortlich macht, dass Ihrem Projekt eine andere Beraterin zugeteilt wurde.“

Julie hielt ein Grinsen zurück, während sie beobachtete, wie Rachel angestrengt versuchte, sich zusammenzureißen. Kein Wunder, dass Ty mit allem davonkam: Er war unwiderstehlich. Das hatte er in der DNA.

„Ich würde gern mit Ihrem Chef sprechen, wenn Ihnen das helfen kann“, bot er an.

Kokett legte Rachel ihre Hand auf seinen Arm. „Würden Sie das wirklich tun? Ich weiß, dass er ein großer Fan von Ihnen ist. Vielleicht könnten wir mit ihm essen gehen und uns dann auf einen ganz privaten Drink absetzen."

Fast hätte Julie würgen müssen. Sie konnte diesem Unsinn nicht eine Sekunde länger zuhören. Wenn die beiden es wie die Kaninchen treiben wollten, gut. Aber nicht in ihrem Büro.

Sie hob ihre Ledertasche vom Boden auf und steckte einige Ordner hinein. „Also, ich freue mich wirklich, dass ihr beiden euch jetzt kennen gelernt habt, aber ich befürchte, Ty und ich haben viel Arbeit vor uns, wie du dir vielleicht vorstellen kannst. Und in den nächsten zwei Wochen ist er jeden Abend beschäftigt."

Ty begleitete Rachel vom dem Büro bis zum Empfangsbereich am Eingang. Julie hinkte hinterher.

„Ich freue mich schon auf unseren Drink", rief Rachel, als sie aus der Eingangstür schwebte.

„Sie ist tabu", warnte ihn Julie. „Wenn du sie sitzen lässt, wird sie mir die Schuld geben und sich mit ihrer Firma zurückziehen."

Sie gingen zum Parkplatz. „Keine Sorge! Sie ist nicht mein Typ."

Er war wieder ganz der Alte! „Wann wird dein Dickschädel endlich begreifen, dass ich nur an dir als Klienten interessiert bin und an nichts anderem?"

„Wenn du aufhörst, dich so zu benehmen wie du

dich benimmst."

Seine leise, sanfte Stimme traf sie an allen Stellen, die sie versucht hatte, vor ihm zu verbergen.

„Glaub nicht, dass ich es vergessen habe, Julie. Du schuldest mir einen Kuss. Das war der Deal."

Ihr Herz begann zu rasen. „Gut. Bringen wir es hinter uns", sagte sie, als wäre es ihr vollkommen egal gewesen.

Nur knapp widerstand sie dem Drang, ihre Lippen zusammenzupressen und ihm wie eine Zweijährige einen Kuss auf die Wangen zu drücken. Sogar sie wusste, dass das nicht die Abmachung war, die sie in ihrem Büro gemacht hatten, als Rachel hereingeplatzt war.

„Komm her", sagte er und sie wollte ihn küssen, wie sie niemals zuvor etwas gewollt hatte.

„Nicht hier. Nicht auf dem Parkplatz."

„Genau hier. Auf dem Parkplatz." Seine Augen hielten ihrem Blick stand. „Jetzt."

Sie konnte nicht mit ihm diskutieren. Schließlich war es sein Kuss, den er einforderte. Es war nur, dass sie sich in seiner unterirdischen Höhle nicht wirklich geküsst hatten. Ja, er hatte sie kommen lassen, aber dahinter hatte eine Herausforderung, ein Spiel der Überlegenheit gestanden.

Das hier würde ihr erster echter Kuss nach zehn Jahren sein. Und Julie wusste, dass es verdammt noch mal nichts gab, was sie tun konnte, um sich darauf vorzubereiten, was für Gefühle er zwangsläufig in ihr auslösen würde.

Langsam ging sie zu ihrem Wagen, an dem er stand. Als sie eine Armlänge entfernt war, streckte er die Hand aus und sie wusste nicht, was sie anderes tun sollte, als sich von ihm an sich ziehen zu lassen. Eine Hand umfasste ihren Brustkorb, die andere streichelte zärtlich ihren Nacken und umfasste sanft ihren Hinterkopf.

„Du hast einen Wahnsinnsmund", sagte er und das unerwartete Kompliment überraschte sie so sehr, dass sie vergaß aufzupassen, als er seine Lippen auf ihre senkte.

Sie spürte seinen Atem und schloss die Augen. Und dann – heiliger Gott – berührten seine Lippen ihren Mund und alles, was sie wollte, war, ihn zu kosten. Dass er sie kostete. Seine Lippen waren warm und so weich und perfekt und bevor sie wusste, wie ihr geschah, war ihre Zunge in seinem Mund und ihre Hände in seinem Haar und sie zog ihn näher an sich. Sie wollte *mehr* als nur einen Kuss, so viel mehr.

Er sog an dem empfindlichen Fleisch ihrer Unterlippe, sodass ihr ein Schauer über den Rücken lief. Seine Erektion presste sich gegen ihren Bauch und sie erwiderte den Druck. Dieser eine, einfache Kuss hatte sich in eine komplette Sucht verwandelt.

Unvermittelt und schonungslos entzog sie ihm ihren Mund, drückte seine Brust von sich und wich holpernd zurück.

Was konnte sie sagen, damit er glaubte, dass der Kuss ihr nicht so viel bedeutet hatte, wie es offensichtlich der Fall war? Sie musste etwas sagen, dem er nicht widersprechen konnte. Andernfalls – so sagte ihr ihr Gefühl – würde er sie davon überzeugen, schnurstracks mit ihm ins Bett zu gehen.

„Ich bin heute Abend verabredet“, eröffnete sie ihm, als sie das Auto entriegelte.

Zum Glück stimmte das. Wie peinlich wäre es gewesen, ein Phantom-Date zu erfinden, um nicht als absoluter Loser dazustehen.

„Großartig“, sagte er und sah dabei aus, als würde er den ganzen Tag lang Frauen ins Delirium küssen, ohne zweimal darüber nachzudenken.

„Ich freue mich schon.“

Ihr Schlüssel ging meilenweit an der Zündung vorbei.

„Bist du verrückt? Du kommst ganz bestimmt nicht zu meiner Verabredung mit!“ Dann erinnerte sie sich daran, dass sie Bobby gesagt hatte, sie würde Ty nicht aus den Augen lassen. „Oh Gott. Natürlich kommst du mit.“

Er lehnte sich auf dem Beifahrersitz zurück. „Ich bin sicher, ich finde eine andere Art, mich zu unterhalten, während du weg bist.“

Julie startete das Auto. „Oh, ich glaube, meine Verabredung heute Abend wird Unterhaltung genug sein“, sagte sie düster.

* * *

Ty war außerordentlich zufrieden darüber, für die nächsten zwei Wochen in Julies kleines Haus im oberen Teil von Noe Valley einzuziehen. Aber mit ihr zu einem Date zu gehen, war ein bisschen zu viel – besonders, weil er dem Unbekannten jetzt schon den Kopf einschlagen wollte.

Er fläzte auf ihrer Couch und zappte durch die Kanäle. Sie murmelte etwas davon, dass sie ein wenig Arbeit erledigen musste und drohte ihm: „Wage es bloß nicht, die Eingangstür zu öffnen! Ansonsten bringe ich dich zur Strecke und töte dich mit meinen Händen und vielleicht mit einem scharfen Messer“. Dann war sie in ihrem Arbeitszimmer verschwunden. Er rief ein paar seiner Freunde an, um ihnen mitzuteilen, dass er eine Zeitlang mit geschäftlichen Angelegenheiten zu tun hatte, er plauderte mit seinem Agenten über das gute Bild, dass er in der für Bobby und die Outlaws in der Öffentlichkeit abgeben würde, und dann fühlte er sich gelangweilt.

Und einsam.

Ty konnte sich nicht daran erinnern, wann er zum

letzten Mal mehr als fünfzehn Minuten allein gewesen war. Sein Haus war eine ständige Bühne. Die Party vom Vorabend wurde in einem ewigen Kreislauf am nächsten Tag am Pool fortgesetzt. Und bis gestern war er monatelang nicht mehr in sein Heiligtum hinabgestiegen. Stille machte ihn rastlos. Wenn er mit anderen Leuten zusammen war, konnte er einfach herumsitzen und ihnen beim Sprechen zuhören. Es war leicht, ihre Erwartungen an ihn zu erfüllen. Nicht so leicht war es herauszufinden, welche eigenen Erwartungen er hatte, deshalb hatte er aufgehört, sich darum zu bemühen. Aber aus irgendeinem Grund lag ihm etwas daran, was Julie dachte. Er wollte ihr zeigen, dass sie sich in ihm irrte.

Er schaltete den Fernseher aus und ging zu einem Bücherschrank hinüber. Warum sollte es ihn kümmern, ob sie glaubte, dass er ein Mensch war, für den sich ihre Mühe lohnte? Er brachte vielen Leuten viel Geld ein – den Outlaws, seinen Agenten. Er verschenkte mehr Geld an Wohltätigkeitsorganisationen, bedürftige Freunde und Teamkollegen, als es jemals jemand vermuten würde. Aber er war sich ziemlich sicher, dass Julie das alles wusste und nicht davon beeindruckt war. Sie dachte nicht, dass er in der Lage war, sich wie ein Gentleman zu benehmen.

Er grinste spöttisch über das Wort, als er nach einem abgenutzten Exemplar von *Der große Gatsby*, einem seiner Lieblingsbücher, griff. Dann legte er sich auf ihre Couch und ließ seine Beine hinten herunterhängen. Frauensofas und Spitzensportler vom Football waren selten eine gute Kombination. Dieses hier war ganz schön bequem, auch wenn es einen Meter länger hätte sein können.

Ein paar Stunden später hatte er fast den Höhepunkt der Geschichte erreicht, als er aufschaute und bemerkte, dass Julie in der Tür stand. Besser gesagt starrte sie auf das Buch in seinen Händen. Wahrscheinlich dachte sie, dass er gar nicht lesen konnte, dass die Bücher in seinem Hobbyraum im Untergeschoss reine Bühnenrequisiten waren. Aber er konnte keine Empörung aufbringen. Denn sie sah so umwerfend gut aus.

„Das ziehst du an?"

Sie löste den Blick vom Buch, fuhr sich mit den Fingern durch ihre sanften blonden Wellen und straffte dann die Schultern.

„Nein, das trage ich, wenn ich mir einen Sandwich mache. Für mein Date kleide ich mich später."

Ty war zu sehr damit beschäftigt sie anzusehen, um auf ihre sarkastische Bemerkung zu achten. Verdammt, sie war zauberhaft! Das kleine Ding aus roter Spitze, das sie trug, vermittelte den Eindruck durchsichtig zu sein. Es war die Art von Kleid, die die Männer den ganzen Abend lang anstarrten, um zu sehen, ob sie vielleicht mit einem bisschen Glück etwas sehen würden, was nicht für ihre Augen bestimmt war.

Und doch sah sie gar nicht billig aus, ganz im Gegenteil. Julie würde es nicht gelingen wie eine Schlampe auszusehen, selbst wenn jemand ihr eine Pistole an den Kopf hielte. An ihr sahen ein trägerloses rotes Kleid und provokante Stöckelschuhe sexy und klassisch zugleich aus.

„Du siehst umwerfend aus."

Ihre großen blauen Augen leuchteten voller Überraschung auf und Ty wurde bewusst, dass es ihm gefiel, sie zu überraschen. Sehr sogar. Endlich hatte er etwas getan, damit sie sich gut fühlte und nicht etwas, mit dem er sie verärgerte oder irritierte.

„Ich hoffe, der Typ ist es wert."

Nur so viel für den Moment, dachte er, als sie sich umdrehte und in die Küche ging. Er folgte ihr und öffnete den Kühlschrank.

„Fühl dich ganz wie zu Hause", sagte sie, und ihr Ton war erneut abfällig.

„Das könnte ich glatt tun", sagte er, während er Flaschen mit Biofruchtsaft verrückte. „Hast du irgendwas hier, mit dem ich auf dem Spielplatz nicht als Weichei abgestempelt werde?"

„Ich trinke nicht", sagte sie, prüde wie eine Nonne.

Sofort tauchte eine neue Phantasie in seinem Kopf auf. Wenn er es in ihr Bett schaffen würde, könnte er sie vielleicht davon überzeugen, die hochattraktive-Nonne-die-beschlossen-hat-in einem-unanständigen-roten-Kleid-eine-Auszeit-von-allem-was-sie-kennt-zu-nehmen-Rolle zu spielen. Na, *das* war doch eine hübsche bildliche Darstellung. Sehr hübsch.

„Und du solltest das auch lassen“, fügte sie hinzu, während er unter dem Reißverschluss seiner Jeans einen Ständer bekam.

Er brauchte einige Sekunden, um zu begreifen, wovon sie sprach. „Da dein Körper deiner Arbeit und allem Restlichen dient, verstehe ich nicht, warum Alkohol helfen sollte.“

Er griff zu einer Flasche Biokarottensaft, drehte den Verschluss auf und trank dann direkt aus der Flasche.

Ein angewiderter Ausdruck trat auf ihr Gesicht. Sie war wirklich zu leicht zu durchschauen.

Er brachte den nunmehr leeren Behälter zum Waschbecken und wusch ihn aus. „Ich stimme dir zu.“

Das ließ sie innehalten. „Warum trinkst du dann?“

„Das tue ich nicht.“

Ach, da war sie wieder, die Überraschung.

„Du erwartest wirklich von mir, dass ich dir glaube, dass du nüchtern in Stripclubs gehst?“ Sie schüttelte den Kopf. „Du bist verrückt.“

Sie brauchte nicht zu wissen, dass er zehn Jahre zuvor aufgehört hatte zu trinken. An dem Morgen, an dem sie gegangen und nie wieder zurückgekehrt war.

„Mein Vater war Alkoholiker.“

Sie nickte. „Das weiß ich. Aber ich nehme an, ich dachte …“

Die Klingel läutete und alles, was Ty sagen wollte, verlor sich in seiner plötzlichen Wut auf das Arschloch auf der anderen Seite der Tür, das glaubte, Julie berühren zu dürfen.

Für die nächsten zwei Wochen war Julie tabu.

Für alle außer *ihn*.

Kapitel 12

Es gab viele Gründe, warum dieses Zwei-plus-eins-Date mehr als demütigend hätte sein sollen: Die Tatsache, dass Ty einen Typen kennen lernte, der ihr sympathisch genug war, um mit ihm essen zu gehen; dass sie Dave erklären musste, dass Ty sie aus geschäftlichen Gründen ins Restaurant begleitete; dass der Besitzer des überfüllten Restaurants kein Problem hatte, einen größeren Tisch für „den großen Ty Calhoun und seine Freunde" zu finden, auch wenn die Leute zweieinhalb Stunden auf dem Gehweg Schlange standen; und dass Dave wahrscheinlich der größte Outlaw-Fan der Welt war und von jedem bedeutenden Spiel wusste, das Ty seit der Highschool bestritten hatte, dessen Spielbuch auswendig zu kennen schien und Julie nicht mehr angesehen hatte, seit sie ihm die Tür geöffnet hatte.

Aber das Demütigendste überhaupt war, dass Ty so ein Mitleid mit ihr hatte, dass er ihr immer wieder zu Hilfe kam.

In den letzten Stunden hatte sie jeden Bissen, dann jede Kaubewegung, dann jeden Schluck Wasser gezählt, weil selbst das interessanter war als Daves unaufhörliches Geplauder über Football.

Zu guter Letzt unterbrach Ty ihn. „Wusstest du eigentlich, dass Julie und ich zusammen auf der Highschool waren?"

Oh, oh. Daves Mund öffnete sich, sodass er wie ein Fisch an einem Angelhaken aussah. Was hatte sie bloß an ihm gefunden?

„Oh Mann, ich kann nicht glauben, dass du tatsächlich jede von Tys Bewegungen beobachten konntest, als er ein Teenager war. Das muss fantastisch gewesen sein."

Sie schüttelte den Kopf. „Ich bin nie zu Footballspielen gegangen."

Daves großer Mund wurde unglaublicherweise noch größer. „Du hast es verpasst, einen der großartigsten Highschool-Spieler aller Zeiten in Aktion zu sehen? Was hast du dir dabei gedacht?"

Was für ein Vollidiot! „Willst du wirklich wissen, was ich mir dabei gedacht habe, Dave? Oder würdest du lieber Ty fragen?", fragte sie zuckersüß.

Dave blinzelte verwirrt. „Okay." Er wandte sich Ty zu. „Warum ist sie nicht zu Footballspielen gegangen?"

Im Schummerlicht sah Ty unfassbar gut aus und Julie war sich sicher, dass jede Frau im Restaurant gerade einen Orgasmus bei seinem Anblick hatte. Sie wusste nicht, wie er das machte, sich von allen Leuten anstarren, sich von ihnen erforschen zu lassen. Sie hatte gern ihre Privatsphäre und konnte sich nicht vorstellen, sie aufzugeben.

„Julie hasst Football“, erklärte Ty Dave.

„Bist du verrückt?“, fragte er mit einem für einen Mann äußerst unattraktiven Piepsen.

Ty antwortet an ihrer Stelle. „Nicht jeder mag Sport. Du musst es respektieren, dass Menschen verschieden sind, dass sie ihre eigenen Interessen haben.“

Ty wandte sich von dem Vollidiot ab. „Wer ist dein Lieblingsschriftsteller, Julie?“

Irgendetwas in ihr erwachte zum Leben. „Noch lebend oder tot?“

„Tot.“

„Jane Austen.“

„Maler. Tot.“

„Mary Cassat.“

„Musiker. Tot.“

„Johnny Cash.“

Er lachte. „Echt?“

Sie zuckte die Achseln und lächelte zum ersten Mal an diesem Abend. „Ich war schon immer ein Fan von Rebellen.“ Wer hätte gedacht, dass Ty so nett sein konnte? Dass ihm tatsächlich etwas an ihren Interessen lag, dass er es ihr nicht übelnehmen würde, dass sie nicht wusste, was ein Safety war?

Offensichtlich interessierte sich Dave jedoch nicht für das neue Gesprächsthema. „Welche Pläne hast du für die nächste Saison, Ty?“

Ty gab dem Kellner ein Handzeichen. „Ich glaube, wir sind fertig. Danke.“ Er reichte ihm eine Kreditkarte. Sie wandte sich dem Versager des Abends zu und sagte: „Ich werde heute Abend erstmal früh schlafen gehen.“

Dave nickte, erfreut darüber, sich im Glanze seines Helden zu aalen, ohne zu bemerken, dass seine Sternstunde gerade zum Ende gekommen war.

Der Kellner kehrte rasch zurück und Ty unterschrieb die Rechnung, bevor er Julie die Hand anbot. Sie nahm sie glücklich an und ließ zu, dass er sie an sich zog.

Er flüsterte: „Sag gute Nacht, sei nett, und egal was du tust, lade ihn *nie* wieder zu dir ein.“ Seine Worte waren sanft und tröstend, gar nicht herrisch.

Dave haftete sich an Tys Fersen wie ein Welpe, der seinem Herrchen folgt. Julie bemühte sich darum, höflich zu sein und sagte: „Es war ein zauberhafter Abend, Dave, aber ich fürchte, ich muss morgen früh aufstehen. Gute Nacht.“

Es war nicht überraschend, dass er kaum in ihre Richtung schaute. „Gut. Großartig. Also, Ty, hast du Bock auf ein Bier? Ich könnte ein paar Freunde anrufen, damit sie kommen."

Ein Muskel in Tys Wange zucke und seine Stimme wurde kühl. „Sorry, wenn ich dich enttäusche, Kumpel, aber eine wunderschöne Frau wartet darauf, dass ich sie nach Hause bringe."

Julies Herz raste. Ty brauchte nicht ihr Ritter in glänzender Rüstung zu sein. Und doch fühlte es sich so gut an, wenn er sie als wunderschön bezeichnete.

Dave schüttelte voller Bewunderung den Kopf. „Wow! Du kriegst bestimmt alle heißen Bräute rum. Wer ist es denn?"

Tys Lippen verzogen sich spöttisch und Julie, die an das sorglose Grinsen gewohnt war, das alle verrückt machte, war verblüfft.

„Wir halten unsere Beziehung geheim", sagte er. „Sie ist noch nicht überzeugt davon, dass ich gut genug für sie bin."

Als Daves Kinnlade wieder herunterklappte, legte Ty seine große Handfläche auf Julies Kreuz und führte sie zum Ausgang und dann um die Ecke herum.

Sie war vollkommen zufrieden damit, Ty zu folgen, ganz gleich, wohin er sie führte, wenn es bedeutete, dass sie diesem Volltrottel entkam. Überrascht stellte sie fest, dass er sie gerade in eine kleine Pizzeria gebracht hatte.

„Zwei Stück mit komplettem Belag und einen Krug Coca Cola", sagte er einem vorbeikommenden Kellner, drängte sie in eine geschnitzte Holznische und setzte sich neben sie. „Sag mir bitte, dass das ein Blind Date war."

Ihr Magen knurrte. Der Kellner stellte zwei riesige Stück Pizza auf den Tisch. Sie nahm eins davon und atmete ein.

„Das würde ich mir wünschen." Sie nahm einen Bissen. Und dann noch einen. „Gott, schmeckt die gut."

Julie konnte nicht abstreiten, wie schön es war, Tys warmen, harten Körper zu spüren, der in der engen Nische eng an sie gedrückt war. Er beobachtete sie beim Essen, wobei seine Augen von ihrem Mund zu ihrem Hals und weiter zu dem Ansatz ihrer Brüste wanderten, die von ihrem roten Kleid zur Schau gestellt wurden.

Sie kam sich wie ein Dummkopf vor, weil sie sich überhaupt die Mühe gegeben hatte, sich für einen Blindgänger wie Dave aufzustylen, aber gleichzeitig war ein Teil von ihr glücklich, dass sie gut aussah. Auch wenn es albern war, gefiel es ihr, wenn Ty sie anschaute. Und noch mehr gefiel es ihr, wenn ihn das, was er sah, reizte.

Sie schaute auf ihren leeren Teller herab und dann auf seinen vollen. Sie war immer dazu erzogen worden, eine Dame zu sein. Und eine Dame aß nie mehr als ein Mann, hob nie die Stimme, brachte sich nie in eine unhaltbare Situation. Was Ty anging, hatte Julie alle drei Dinge getan. Und das Merkwürdigste war, dass sie sich kein bisschen dafür schämte. Sie fühlte sich sogar richtig gut.

„Isst du das noch?", fragte sie und schnappte sich das Stück, bevor er antworten konnte.

„Es gibt wenige Dinge, die erotischer sind als eine Frau, die isst", murmelte Ty und seine Worte fühlten sich wie eine Streicheleinheit an.

Ihre Brustwarzen erhärteten sich unter dem Stoff ihres Kleides.

Sie kippte einen großen Schluck Limonade herunter und wischte sich dann den Mund mit dem Handrücken ab. Oh Gott, sie liebte es, wie frei sie sich auf einmal fühlte.

„Ich sträube mich dagegen zu glauben, dass irgendeine der Frauen an deinem Pool etwas isst. Sie sind alle nur Rippen und Silikon."

Er schaute sie an. „Ich glaube nicht, dass ich diese Mädchen jemals als sexy bezeichnet habe, oder?"

Sie zwang sich zum Schlucken. „Ich habe das wohl nur angenommen."

„Die sind nicht mein Typ."

Der Lärm der Pizzeria verklang und sie fühlte sich, als wären sie die einzigen Menschen im Raum.

„Soweit ich mich zurückerinnern kann, hatte ich immer eine Schwäche für kurvenreiche Blondinen mit viel …“

Warum musste er so vorhersehbar, so ein Höhlenmensch sein?

„Verstand.“ Er grinste und schaute dann auf ihren großzügig präsentierten Busen hinab. „Obwohl ein hübsches Paar Brüste auch gut ist.“

Sie griff zu ihrer Cola und versuchte, nicht zu zeigen, wie sehr sie von seinem Kommentar geschmeichelt war. „Wir wissen alle, dass du ein Meister darin bist, Frauen anzumachen“, sagte sie und versuchte, sich aus der Position zu befreien, in der sie sich befand. In der sie kurz davor war, ihn anzuflehen sie an Ort und Stelle zu nehmen, direkt hier auf dem Tisch. „Unerwartete Komplimente, die sich auf ihre verborgenen Vorzüge konzentrieren.“

Ohne ihrem Sarkasmus Beachtung zu schenken, sagte er: „Ich will dir nur noch eines über den heutigen Abend sagen, und ich möchte nicht, dass du mir die Worte im Mund umdrehst oder dass du irgendetwas Negatives hineininterpretierst, okay?“

Sie sah zu ihm auf und erkannte Aufrichtigkeit in seinen Augen. „Ich bin ganz Ohr.“

„Dein Date war ein Arschloch. Dir keine Aufmerksamkeit zu schenken, war verrückt von ihm. Und er hat dich nicht verdient.“

Seine Worte hingen in der Luft und Julie hätte schwören können, dass sie das hörte, was er nicht gesagt hatte: *Und ich habe dich auch nicht verdient.*

Allerdings fragte sie sich langsam, ob er es vielleicht doch hatte.

Ty kaufte ihr ein Eis in der Waffel und sie genoss es mehr als sie sollte. Hätte sie auch nur eine Spur von Selbsterhaltungstrieb gehabt, hätte sie dem Abend schon lange ein Ende gesetzt, sich ins Schlafzimmer eingeschlossen und sich dazu gezwungen, die Nachrichten zu schauen oder ein Buch zu lesen.

Aber erstaunlicherweise genoss sie seine Gesellschaft. Er hatte einen natürlichen Charme seinen Fans gegenüber. Dutzende Menschen wollten vor der Eisdiele Fotos und Autogramme von ihm.

Als die beiden schließlich zu ihr nach Hause zurückkehrten, fühlte es sich an, als stünde ihre Welt vollkommen auf dem Kopf. Sie konnte die Wahrheit nicht länger abstreiten. Sie wollte ihn. Unbedingt. Sie wollte, dass er sie berührte, dass er sie küsste. Sie wollte ihn in sich spüren. Ihr Körper scherte sich nicht mehr darum, was ihr Verstand sagte und hörte die Alarmsirenen in ihrem Kopf nicht mehr.

„Danke für den schönen Abend“, sagte sie und meinte es ehrlich. Aber sie hoffte auch, er würde verstehen, dass sie versuchte zu sagen, dass er nicht schon zu Ende gehen sollte.

Er griff nach ihren Händen und rieb mit seinen Daumen über ihre empfindliche Haut. „Wie wäre es, wenn wir dein Date nächstes Mal zu Hause lassen?“

„Okay“, flüsterte sie und ließ sich von ihm näher ziehen.

Sie hatte sich nicht mehr so sehr nach einem Kuss gesehnt seit sie achtzehn war und Ty auf der Terrasse gesehen hatte, wie er – die Verkörperung ihrer Verliebtheit – schnurstracks auf sie zugekommen war.

„Gute Nacht, Julie“, sagte er, beugte sich zu ihr hinab und küsste sie sanft auf die Wange. Sie stand regungslos da, ihr Herz wurde schwer wie Blei. Sie schaute ihm nach, wie er den Flur bis zu ihrem Gästezimmer entlangging und die Tür mit einem leisen Klicken schloss.

Gerade hatte ihr der Mann einen Korb gegeben, der in seinem ganzen Leben noch nie jemandem eine Abfuhr erteilt hatte. So dumm, so beschämt, so sinnlos erregt hatte sie sich im Leben noch nicht gefühlt.

⋆ ⋆ ⋆

Ty ließ sich schwer auf dem Queensize-Bett im Gästezimmer nieder. Seine Hände zitterten. Hatte Julie überhaupt eine Ahnung davon, wie schwer es ihm fiel, seine Hände von ihr zu lassen? Wie sehr er sie direkt auf dem Teppich vor ihrem Kamin nehmen wollte?

Er konnte sich nicht erinnern, wann er zum letzten Mal so einen Ständer gehabt hatte. Kavaliersschmerzen waren nichts, womit er sich normalerweise auseinandersetzen musste – bis Julie hereingeschneit war.

Musste er sich denn genau in diesem Moment wie ein Gentleman benehmen, verdammt noch mal?

Ty riss sich sein Hemd vom Leib, sodass sich in seiner Eile mehrere Knöpfe lösten. Julie sollte wissen, dass er sich anständig benehmen konnte, dass er sie respektierte, dass er sich nicht über sie hermachen würde, bevor er um sie geworben hatte. Zwar waren Pizza und Eiscreme nicht unbedingt die romantischsten Dinge der Welt, aber immer noch viel besser als ein langweiliges Abendessen mit dem langweiligsten Typ auf Erden.

Oh Mann, was hatte sie an diesem Trottel bloß gefunden?

Wenn man sich den Typen ansah, erkannte man sofort, dass er wohlhabend und erfolgreich war und aus guten Verhältnissen kam. Aber abgesehen davon hatte er keine Pluspunkte. Julie konnte etwas viel Besseres bekommen. War ihr das denn nicht bewusst?

Er schaltete den ESPN-Kanal ein und legte sich auf den Boden, um ein paar Sit-ups zu machen.

Er hoffte, Julie war glücklich darüber, dass er heute Abend im Namen der Ehre dieses Opfer erbracht hatte. Denn er wusste nicht, ob es ihm gelingen würde, noch einmal so ein Gentleman zu sein.

⋆ ⋆ ⋆

Sie rollte sich auf den Bauch, dann auf die linke und schließlich auf die rechte Seite. Sie zählte bis hundert und wieder zurück bis null, aber nichts half. Sie konnte nicht schlafen, wenn Ty ihr so nah war. Stundenlang hatte sie an die Wand gestarrt und sich gewünscht, einen Röntgenblick zu haben, zu sehen, was er trug, ob er nackt war. Befriedigte er sich selbst und tat so, als wären ihre Lippen und ihre Hände auf ihm?

Wieder hörte sie eine Stimme in sich rufen: *Das reicht!* Aber dieses Mal sagte sie ihr nicht, dass sie aufhören sollte, sich in den Mann zu verlieben, für den sie – so hatte sie sich geschworen – nie wieder etwas empfinden durfte. Nein, dieses Mal sagte sie: *Geh und hol dir, was du willst, was du brauchst. Geh schon! Geh jetzt.*

Sie zog ihr Nachthemd aus und ging in ihrer Schublade für Dessous auf die Suche nach etwas aus Spitze. Dann ging sie durch den Flur auf Tys geschlossene Tür zu.

Denk nicht nach, drängte sie die Stimme, *öffne sie einfach!*

Langsam drehte sie am Knauf und schlich in sein Zimmer. Das Mondlicht fiel durch das Erkerfenster, sodass sein perfekter Körper, der auf dem Bett zurückgelehnt lag, beleuchtet wurde.

„Warum hast du so lange gebraucht?"

Sanft und verführerisch klang seine Frage, und

instinktiv ging sie auf ihn zu.

„Ich wollte dich warten lassen“, sagte sie, wobei sie ihre eigene Stimme kaum wiedererkannte.

„Ich bin kein geduldiger Mann“, erwiderte er und sie lächelte.

„Pech gehabt. Heute Nacht spielen wir nach meinen Regeln.“

Er lag auf dem Rücken, den Kopf auf die Hände gestützt. „Nächstes Mal spielen wir nach meinen.“

Sie zog an der Schärpe ihres Morgenmantels und bewegte sich langsam auf sein Bett zu. Seine umwerfende Brust war nackt und sie konnte der Verlockung nicht widerstehen, mit ihm zu spielen, mit der Spitze der pinkfarbenen Schärpe über seine gebräunte Haut zu fahren. Ein Knurren drang aus seiner Brust und er streckte den Arm nach ihr aus.

Sie wich zurück. „Irgendwie habe ich mir gedacht, dass ich dir nicht zutrauen kann, dass du dich benimmst. Lass deine Arme über dem Kopf!“

Seine braunen Augen folgten ihr, als sie sich zum Kopfende des Bettes bewegte. Ihr offener Morgenmantel entblößte ein kurzes, enges und durchsichtiges Babydoll.

Er hatte ihren Befehl noch nicht befolgt, also drohte sie: „Ich kann das hier entweder für deine Augen oder für deine Handgelenke benutzen. Du hast die Wahl.“

Ein unartiges, erregtes Lächeln trat auf seine Lippen. „Wie wäre es, wenn ich eines jetzt und das andere später wähle?“

„Ich mache die Regeln, Ty. Entscheide dich.“ Sie hatte nie gewusst, wie sehr es ihr gefiel, die Kontrolle zu haben und das böse Mädchen zu spielen.

Mit einem bösen Jungen wie Ty zusammen zu sein, erweckte ihre innere Verführerin.

„Handgelenke“, sagte er. „Aber zuerst das hier.“

Er hob die Hände und streifte ihr das Babydoll über den Kopf, sodass sie splitternackt, aber kein bisschen abgekühlt war. Überall, wo er hinschaute, alle Stellen, an die seine Finger glitten, flammte ihre Haut auf.

In der Gewissheit, dass es ihn verrückt machen würde, beugte sie sich über ihn, während sie seine Arme mit der Schärpe an die Bettpfosten band. Ihre Brüste schaukelten über seinem Mund und sie war äußerst versucht, ihre Nippel in seinen wartenden Mund sinken zu lassen. Doch sie wollte ihn necken, ihn verlocken, ihn vor Verlangen nach ihr explodieren lassen, bevor sie sich ihm hingab.

Nachdem sie seine Handgelenkte gesichert hatte, zog sie das Laken herunter, das ihn bedeckte.

Er war splitternackt. Und so unglaublich schön.

Sein Ständer, riesig und dick, hob sich. „Ich nehme an, du hast gefunden, was du suchtest?“ Seine Worte waren vorwurfsvoll und verführerisch zugleich.

„Ich kann nicht aufhören, immer wieder das zu durchleben, was du gestern mit deinen Händen, mit deinem Mund bei mir angestellt hast. Ich kann nicht aufhören, darüber nachzudenken, wie es gewesen wäre, wenn wir den Spieß umgedreht hätten."

Er schluckte schwer. „Dann dreh ihn um."

Sie kletterte aufs Bett und setzte sich rittlings auf seine Oberschenkel. „Ich muss mich einfach fragen, ob du so gut schmeckst, wie du aussiehst."

Seine Stimme klang erstickt. „Es gibt nur einen Weg, es herauszufinden."

Sie lächelte. „Wer sagt, dass Sportler nicht clever sind?"

Langsam beugte sie sich hinunter, ließ ihre Haare über seine Bauchmuskeln streichen, sodass sie zuckten und sich anspannten, und presste ihre Lippen auf seine Eichel. Ein Tropfen Flüssigkeit quoll hervor und sie leckte ihn mit einem einzigen sanften Zungenschlag ab. Bis zu diesem Augenblick war Julie nie ein großer Fan von Blowjobs gewesen. Lustig, wie dieser Mann ihre Meinung über absolut alles verändern konnte.

Sie ließ ihre Zunge zärtlich über den langen, dicken Schaft wandern. Wie hatten sie es geschafft zusammenzupassen, als sie eine achtzehnjährige Jungfrau gewesen war?

Sie konnte es nicht erwarten, das wieder herauszufinden.

Ohne Vorwarnung nahm sie sein Glied tief in den Mund.

Seine Hüften bäumten sich auf dem Bett und er schrie ihren Namen. Sie liebte es zu beobachten, wie er die Kontrolle verlor, liebte es zu wissen, dass sie die Frau war, die es dazu kommen ließ.

„Binde mich los“, knurrte er.

Sie schüttelte den Kopf. „Nicht, bis ich mit dir fertig bin.“

So sehr sie es auch liebte, ihn zu kosten, ihn mit ihrer Zunge und ihren Lippen zu befriedigen, wollte sie ihn noch mehr ganz tief in sich spüren. Jetzt sofort.

Schnell streifte sie ihm das Kondom über, das sie mitgebracht hatte, rutschte auf seinem Körper weiter nach oben, legte ihre Hände auf seine Brust und setzte sich auf ihn, sodass seine ersten dicken Zentimeter sie weit öffneten. Sie hatte ihr Liebesspiel in den letzten zehn Jahren so viele Male wieder in Gedanken durchlebt, aber nichts hätte der unglaublichen Wirklichkeit auch nur annähernd das Wasser reichen können.

„Mehr, Julie. Nimm dir mehr“, drängte er und sie gab nach, indem sie einen weiteren Zentimeter in sich aufnahm.

Bevor sie sich bremsen konnte, bevor sie sich daran erinnern konnte, langsamer vorzugehen, um ihn mit seiner Lust zu quälen, ließ sie sich ganz hinabgleiten und presste ihren Beckenknochen gegen seinen.

Und da wurde Julie bewusst, dass sie sich belogen hatte: Wenn es um Ty ging, war es unmöglich, irgendeine Kontrolle über ihren Körper zu haben. Alles, was sie wollte, war ihn genau so, hart und pulsierend, in sich zu haben. Sie konnte nicht genug von ihm bekommen, wünschte sich, diese Wonne würde nie enden.

„Binde mich los", sagte er wieder in einer Mischung aus Befehl und Bitte.

Doch bevor sie die Chance dazu bekam, spannten sich seine Armmuskeln an und der Stoff riss entzwei. Dann waren seine Hände auf ihr, und sie waren überall – auf ihren Brüsten, ihrem Geschlecht, ihren Hüften. Ein Orgasmus bahnte sich seinen Weg durch ihre Brust, ihren Magen, tief in ihrem Innersten.

* * *

Julie keuchte und hatte ihre Hand zwischen ihren Beinen und Tys Namen auf den Lippen, als sie kam. Die Laken um sie herum waren zerwühlt und sie brauchte einen Moment, um zu bemerken, dass sie nicht in ihrem Gästezimmer war. Sie war in ihrem eigenen Schlafzimmer. Ty war immer noch auf der anderen Seite der Wand.

Und dass sie mit ihm geschlafen hatte, war nicht mehr als eine lebhafte Fantasie gewesen.

Kapitel 13

Julie erwachte, eng um ihr zweites Kissen gerollt. Ihre Augen fühlten sich verschlafen und geschwollen an; das Licht wirkte greller als normalerweise.

Oh Gott – während er friedlich ein Schlafzimmer weiter geschlummert hatte, war sie mitten in einem feuchten Traum gewesen, der überaus realistisch wirkte.

Naja. Sie würde diesen Auftrag niemals ohne eine kräftige Dosis positiven Denkens überstehen, also würde sie ihre Gefühle von nun an strengstens unter Kontrolle halten und ihre Gedanken auf das aktuelle Geschäft lenken. Tys Agent Jay hatte sie gestern Nachmittag in einer Telefonkonferenz über Tys restliches Programm in der Nebensaison in Kenntnis gesetzt und heute Abend würde sie mit Ty an einer wichtigen Wohltätigkeitsveranstaltung in den Weinbergen von Napa Valley teilnehmen.

Sie setzte sich auf und griff nach ihrer Uhr, um nach der Uhrzeit zu sehen. 10 Uhr?

Sie blinzelte heftig und schaute noch einmal. Ihre innere Uhr weckte sie immer um halb sieben, selbst wenn sie die Zeitzone wechselte.

Wie konnte das geschehen?

Ty brachte alles durcheinander. *Alles.*

In Rekordzeit sprang sie in die Dusche, föhnte sich das Haar, schminkte sich und zog sich an. Dann stürmte sie auf der Suche nach Kaffee in die Küche und hoffte, dass Ty mit Fernsehen oder ähnlichem beschäftigt war.

Aber Fehlanzeige.

Er schaute von der sonnigen Ecke aus auf, in der ihr runder Küchentisch aus Stein unter einer Fensterfront stand. Es sah so aus, als hätte er mehrere Verträge vor sich ausgebreitet, und einen gelben, vollgekritzelten Notizblock vor sich zu liegen. Großartig. Er arbeitete hart an Geschäftsangelegenheiten, während sie den Vormittag verschlief. Und doch schaffte er es erneut, die Oberhand zu gewinnen.

„Es sieht so aus, als könntest du Kaffee gebrauchen", sagte er. „Ich habe gerade noch eine Kanne gekocht." Als würde er ihre Gedanken lesen, fügte er hinzu: „Ich habe mir das frühe Aufwachen im Trainingscamp in der Highschool angewöhnt. Ich habe nie verstanden, wie man es schafft, bis mittags zu schlafen, so wie manche anderen Jungs."

Sie nickte und goss sich eine dampfende Tasse

Kaffee ein, ohne sich das Sprechen zuzutrauen, bis sie eine tödliche Dosis Koffein intus hatte.

Verdammt, sie traute es sich kaum zu, mit Ty in einem Raum zu sein. Wenn ihr Sextraum irgendein Hinweis auf ihren sexuellen Hungerzustand war, hatte sie gefährlich wenig Selbstkontrolle.

„Normalerweise stehe ich auch früh auf", sagte sie und hasste sich dafür, wie defensiv sie sich vorkam.

Er lehnte sich auf seinem Stuhl zurück. „Hat dich gestern Abend irgendwas wach gehalten?"

Ihre Miene verdüsterte sich bei diesem Schlag unter die Gürtellinie. Sie nahm sich eine Banane aus der Obstschale auf der Kücheninsel und setzte sich auf den Stuhl am anderen Ende des Tisches, weg von der Versuchung.

„Ich musste ein wenig Arbeit mit ins Bett nehmen", antwortete sie.

Als ihr bewusst wurde, *was für Arbeit* sie mit ins Bett genommen hatte, errötete sie heftig. Mist! Sie wurde nie rot. Als hellhäutige Blondine hatte sie sich früh beigebracht, ihre Gefühle nicht so einfach zu offenbaren. Egal, ob in beruflichen oder privaten Situationen: es war immer lebenswichtig für sie, die Kontrolle zu bewahren.

„Mhm", sagte er.

Bildete sie sich den leicht spöttischen Ton in seiner Stimme nur ein? Oder fühlte sie sich nur schuldig?

Als würde die Erdrotation davon abhängen, brach sie die Spitze der Banane auf, schälte einen langen Streifen bis nach unten ab und fuhr dann mit dem nächsten fort. Schließlich war das feste, gelbe Fleisch bereit, von ihr verspeist zu werden. Genau in dem Moment, in dem sie die Spitze an ihre Lippen setzte, schaute sie zu Ty auf.

Seine Augen waren auf ihren Mund und auf die Banane, die sie mit der Hand umfasst hielt, gerichtet.

Oh Gott, wie konnte das Frühstück zu solch einer unglaublichen Demütigung werden?

Ihr erster Impuls war es, die Banane sinken zu lassen. Aber irgendetwas in ihr wollte Ty dafür bestrafen, dass er sie letzte Nacht in ihren Träumen verhöhnt hatte. Sie hatte sich noch nie so gefühlt: in ständiger Versuchung und immer kurz davor, etwas Böses zu tun.

Langsam führte sie die Banane an ihre Lippen. Sie bedeckte die Spitze mit ihrem Mund, saugte sie ein paar Zentimeter ein, dann noch ein Stück weiter, und nahm schließlich langsam einen Bissen, wobei sie beim Kauen genussvoll die Augen schloss.

Sie hörte, wie Tys Kaffeetasse klimpernd auf dem Tisch aufprallte, und lächelte. Sie fühlte sich viel besser, wenn sie in der gleichen Liga spielten.

„Unsere erste Veranstaltung ist heute Abend“, sagte sie. „In Napa.“

Er rutschte auf seinem Stuhl herum. „Trag bloß nicht wieder das kleine Rote."

„Wie bitte?", sagte sie scharf, obwohl sie für berufliche Zwecke niemals so etwas Erotisches tragen würde. Gestern Abend hatte sie ihren Impulskauf zum ersten Mal getragen, aber eigentlich war ihr Stil gewöhnlich nicht so gewagt.

Ihre Mutter hatte immer gesagt, dass Männer sich nicht kontrollieren konnten und dass es deshalb nicht nötig war, sich wie eine Schlampe zu kleiden, um sie dazu zu verleiten, sich an sie ranzumachen. Und auch wenn Julie wusste, dass ihre Mutter verbittert über die vollbusigen jungen Dinger war, mit denen ihr Vater schlief, ohne ein Geheimnis daraus zu machen, hatte sie sich diesen Ratschlag dennoch zu Herzen genommen.

„Versteh mich nicht falsch, du siehst großartig darin aus. Zu gut. Viel zu gut."

Sein Kompliment gefiel ihr. Viel zu sehr. Es war Zeit, Ty ordentlich in seine Schranken zu weisen.

„Dein Team hat mich angeheuert, damit *ich* dir sage, was du anziehen sollst. Nicht andersherum."

„Ist schon klar. Aber Montague ist ein dreckiger alter Sack. Zieh dieses Kleid an und er wird den ganzen Abend lang deine Brüste anstarren und versuchen, auf Tuchfühlung zu gehen, wenn er meint, dass niemand guckt. So wie die Sache aussieht, wird er dir den ganzen Abend lang wie ein Hund einem saftigen Knochen hinterherlaufen."

„Du bist der erste Mensch, der mich je mit einem Hundeknochen verglichen hat. Das ist wirklich ein Kompliment, an dass ich mich erinnern sollte."

„Gern geschehen."

Er grinste und sie konnte nicht anders als das Grinsen zu erwidern. Es war so leicht, mit ihm hier in ihrer Frühstücksecke zu sitzen, sogar wenn sie sich angifteten.

Sie zeigte auf seine Unterlagen. „Musst du Verträge durchsehen?"

Er sammelte die Blätter zusammen. „Mein Agent hat mir ein paar neue Werbeverträge zugeschickt. Du kannst nicht glauben, wie viel Papierkram ich erledigen muss."

Er hatte recht. Sie hatte geglaubt, Footballspieler wären nichts mehr als große, stumpfsinnige Typen in engen weißen Hosen, die im Hagelsturm einem Ball hinterherjagten. Noch nie hatte sie sie als Geschäftsmänner betrachtet. Jetzt wusste sie es besser.

„Ach, wo wir schon über deinen Agenten sprechen: Er hat mir das Programm für deine Auftritte geschickt. Ich habe schon einige unangemessene Veranstaltungen gestrichen."

Er stand auf, räumte ihre leeren Kaffeetassen ab und stellte sie ins Spülbecken. Sie war bisher noch nicht in den Genuss gekommen, ihn in Jeans und T-Shirt zu sehen.

Das Verlangen fraß sie fast auf. Verärgert über ihre Reaktion fügte sie hinzu: „Und es ist mir egal, mit wem du dich für die Wohltätigkeitsveranstaltungen verabredet hattest. Von jetzt an gehst du als Single, und ich bin immer einen Schritt hinter dir."

„Ich gehöre nur dir allein", antwortete er mit tiefer, sinnlicher Stimme, mit der Absicht, sie mit dem Gedanken spielen zu lassen, dass er tatsächlich ihr gehörte.

Genauso wie in ihrem Traum letzte Nacht, als sie ihn gefesselt hatte, um mit ihm zu machen, was sie wollte.

„Das Einzige, was nicht verhandelbar ist, ist das Footballcamp", fügte er hinzu.

„Ich dachte, das Training geht erst im Juli los?"

„Nein. Ich arbeite als freiwilliger Coach in einem Camp für Kinder. Die besten und hellsten."

Julie war überrascht und sagte nachdenklich: „Das muss sein, wie in einen Spiegel zu blicken."

Sie hätte schwören können, dass sein Blick sich trübte. „Manchmal ja."

„Auf diesen Kindern muss so ein Druck lasten", sagte sie, und ihre Augen trafen sich. Eine Sekunde lang sah sie alles, was er verborgen halten wollte.

Es traf sie wie ein Pfeil in die Brust. Sie wollte ihm

ganz nah sein. Aber konnte sie es wirklich riskieren, die Mauern einzureißen, die sie zum Schutz ihres Herzens aufgebaut hatte, um herauszufinden, was in Tys vorging?

„Ich muss ein paar Stunden trainieren. Ich hole meine Sachen, dann können wir ins Fitnessstudio fahren.

Genauso schnell, wie er sich ihr geöffnet hatte, hatte er wieder dicht gemacht, und sie fühlte sich merkwürdig einsam in ihrer warmen und gemütlichen Küche.

* * *

Julie hatte ein Talent dafür, zu nah ans Ziel zu schießen, dachte Ty, während er 150 kg Bankdrücken mit zehn Wiederholungen machte. Er verausgabte sich mit dem Ziel, einen Teil der ruhelosen Energie abzubauen, die durch ihn strömte. Durch die Glaswand konnte er Julie sehen, die im Café des Fitnessstudios saß, mit dem Handy telefonierte, sich Notizen machte und auf ihrem Laptop tippte. Sie war immer so konzentriert, so ehrgeizig.

Sie lächelte nicht annähernd oft genug.

Sie griff zu einer durchsichtigen Plastiktasse voller grüner Brühe, von der die Trainer hartnäckig behaupteten, sie enthalte „Power-Proteine“ und nahm einen Schluck davon. Sie verzog das Gesicht und ihre

Wangen zogen sich vor offensichtlichem Ekel zusammen. Wieder etwas, das sie gemeinsam hatten, dachte er sich, als sie die Flüssigkeit verstohlen wieder in die Tasse zurück spuckte, nachdem sie sich vergewissert hatte, dass niemand schaute.

An diesem Morgen schien sie abgelenkt, und er hoffte zu wissen, warum. Die ganze Nacht über war er von einem Hardcore-Traum von ihnen beiden in den nächsten gefallen. Er auf ihr, sie auf ihm. Doggy-Style. Gegen die Wand. Stellung 69.

In seinen Träumen hatten sie es auf jede erdenkliche Art und Weise getrieben. War es zu viel, zu hoffen, dass sie nicht immuner gegen ihn war als er gegen sie?

Er stieg von der Bank und holte eine achtzig Pfund schwere Hantel, um an seinem Trizeps zu arbeiten. Wie bemitleidenswert wäre er, wenn er im Fitnessstudio eine Erektion hätte? Er musste aufhören, sich wie ein Teenager zu benehmen, der davon träumte, das erste Mal zu vögeln.

Dominic Di Marco, einer der Veteranen der Outlaws, trat ins Fitnesscenter und Ty beobachtete, wie er Julie ansprach. Als Julie lachte, versetzte die Eifersucht Ty einen fiesen Haken.

Dominic war einer der wenigen Typen in der Mannschaft, der nach einem Spiel allein nach Hause ging, der den Abend nicht mit an seinen Armen hängenden Groupies ausklingen ließ. Jemand wie Julie war wahrscheinlich genau das, wonach Dominic suchte: eine perfekte, hübsche, intelligente Frau, mit der er eine Familie gründen konnte.

Während Ty nur Unfug anstellte und seine Zeit verschwendete.

Sein Trizeps brannte, während er das Gewicht voller Eifersucht und Frustration immer energischer stemmte.

Dominic stellte seine Sporttasche zwischen ihnen auf den Boden und holte sich ein paar Gewichte. „Julie ist also mit dir hier?"

Mist. Sie duzten sich also schon.

„Ich wohne mit ihr zusammen", sagte Ty und fühlte sich idiotisch dabei, zu versuchen, einen Anspruch auf sie zu erheben, bevor sein Kumpel es tun konnte. Er hatte sich noch nie wie so ein Weichei benommen.

Dominic lachte. „Sean hat mir erzählt, dass deine neue Imageberaterin dich an der kurzen Leine hält." Er führte einen Curl aus und zuckte dann vor Schmerz zusammen. „Ein guter Moment, um ein Hund zu sein, würde ich sagen." Dann fragte er: „Bist du gern mit ihr zusammen?"

Ty ächzte, während er die letzte Wiederholung machte. „Klar", sagte er lässig. Zeit, das Thema zu wechseln.

„Macht deine Schulter dir noch Probleme?"

Dominic wählte ein leichteres Gewicht. „Ein bisschen", gab er zu. „Julie hat erzählt, dass ihr euch in der Highschool kennengelernt habt. Ein hübsches Mädchen."

Ty fielen hunderte von Wörtern ein, die sie besser beschreiben würden als hübsch.

„Hast du vor, eine Familie zu gründen?", fragte Dominic.

Ty zwang sich zu einem Lachen. „Auf keinen Fall. Bei mir ist zu viel los." Das klang sogar in seinen eigenen Ohren hölzern.

„Ich weiß, dass du nicht um meinen Rat gebeten hast", sagte Dominic und legte seine Gewichte ab, während er Ty im Spiegel mit seinem Blick fixierte. „Ach Mann, den brauchst du wahrscheinlich eh nicht. Vergiss es!"

Ty setzte sich auf die Schrägbank und vermutete, es würde nicht schaden, Dominic zur Rede kommen zu lassen.

„Ich höre dir zu."

„Ich habe vor langer Zeit schlechte Entscheidungen getroffen." Dominic schüttelte den Kopf.

Ty nickte und fragte sich, worauf Dominic hinauswollte. Er hatte nie viel Wert auf die Meinung anderer gelegt, aber Dominic hatte das Alter und die nötige Erfahrung, um das, was er sagte, zu untermauern.

„Wenn du das Glück hast, eine ganz besondere Frau zu treffen, dann lass sie nicht mehr gehen. Geld und Ruhm hast du schon. Aber sie wirst du nicht haben."

Kapitel 14

An diesem Nachmittag wurde Julie auf der 90-minütigen Autofahrt von San Francisco nach Napa das Gefühl nicht los, dass sich etwas verändert hatte. Aus irgendeinem Grund gab Ty sich besondere Mühe nett zu sein. Aufmerksam. Sogar lieb.

Sie wusste, dass er sie begehrte. Und je offener er das zeigte, desto weniger war sie immun dagegen. Sie machte sich schon Sorgen, ob sie überhaupt voll bekleidet wieder zu Hause ankommen würde. Und wenn sie es schon auf einer 90-minütigen Autofahrt kaum schaffte, ihre Höschen anzulassen, wie sollte sie dann die nächsten elf Tage überstehen? Mit jeder Stunde, die verging, machte Ty deutlicher, dass er mit ihr zusammen sein, mit ihr schlafen, ihr Lust verschaffen wollte.

Wenn sie doch nur darauf würde vertrauen können, dass er sie nicht wieder stehen lassen und ihr Herz brechen würde. Glücklicherweise deutete Ty ihre Stille falsch.

„Hast du Angst, dass ich auf der Party Theater mache? Dass ich alle Frauen dazu bekomme, sich die Kleider vom Leib zu reißen und nackt in den Brunnen zu springen?“

Sie musterte seine scharfen Wangenknochen, seine kräftige Nase, seinen vollen Mund. Diese braunen Augen, die ihr einen Schlag in die Magengrube versetzten.

Aber das, was sie in ihnen sah, beruhigte sie überraschenderweise. Aus irgendeinem Grund, den sie nicht verstand, würde er versuchen, sich zu benehmen.

„Würde es deine Gefühle verletzen, wenn ich Nein sage?“

Er hielt ihrem Blick stand. „Keine Sorge! Ich mache das später wett.“

Sie konnte nicht anders als zu lächeln. „Daran habe ich keine Zweifel.“

Schließlich hielten sie vor dem Weingut. Ty bot ihr die Hand zum Aussteigen aus dem Wagen an und seine Wärme hüllte sie ein. Als die Limousine verschwunden war, standen sie zusammen – noch immer mit ihrer Hand in seiner – auf den goldenen Steinplatten.

„Hab ich dir schon gesagt, wie schön du bist?“

„Danke.“

„Ich meine nicht nur heute Abend.“

Nein. So etwas konnte er nicht sagen, wenn sie

eine so niedrige Abwehrkraft hatte. Sie konnte es sich nicht leisten, seine Bewunderung zu sich durchsickern zu lassen.

„Du machst dich ziemlich gut zurecht. Der Anzug gefällt mir."

„Ich werde ihnen sagen, dass sie dir die Schuld geben müssen."

Sie legte den Kopf schief. „Warum?"

„Sie zahlen für die Verpackung. Normalerweise ziehe ich zu Veranstaltungen wie dieser meine diamantenbesetzten Grillz an.

Sie runzelte die Stirn. „Das tust du nicht." Als er nichts sagte, fügte sie hinzu: „Oder?"

Er lachte. „Mit dir hat man ein leichtes Spiel!"

Plötzlich erschien der Gastgeber neben dem toskanisch inspirierten Brunnen am oberen Ende der Treppe.

„Da ist er ja, der Mann der Stunde. Ty Calhoun. Und natürlich eine wunderschöne Frau an seiner Seite."

Während Gordon Montague die Stufen herabstieg, versuchte Julie, sich von Ty zu lösen. Sie war nicht sein Date, sie war seine Angestellte. Sie würde nur nahe genug an ihm dran bleiben, um ein Auge auf ihn zu werfen.

Aber er sträubte sich dagegen, sie loszulassen. Stattdessen legte er ihr eine Hand auf das Kreuz. Genau dorthin, wo seine Hand immer zu sein schien.

„Gordon Montague, zu Ihren Diensten." Als ihr Gastgeber ihre Hand an seine Lippen führte, sollte das eine galante Geste sein, wirkte aber irgendwie gruselig.

Julie verkniff es sich, die Augen zu verdrehen. „Danke, dass Sie mir gestattet haben, Ty zu ihrem Fest zu begleiten."

Gordon wandte sich dem umwerfenden Mann neben ihr zu. „Selbst ein Superstar wie du erblasst neben der hinreißenden Schönheit deiner Begleiterin."

„Hey Monty", sagte Ty und befreite sie, unter dem Vorwand, ihm die Hand schütteln zu wollen, aus Gordons Umklammerung.

„Wie läuft's? Wie ist das Programm für heute Abend?"

Er hatte es schon wieder getan. Immer kam er ihr zur Rettung.

„Heute Abend sammeln wir Spenden für Leukämie." Er wandte sich Julie zu. „Die Freundin meiner Schwägerin ist daran erkrankt."

Geheuchelte Sorge stand Gordon gar nicht.

Ty grinste. „Ich bin immer für ein Spektakel für einen guten Zweck zu haben. Wen soll ich zuerst kennenlernen?"

Er war so respektlos, kein bisschen beeindruckt von Gordons Geld, seinen Beziehungen, seiner Macht. Sie war in dieser Welt aufgewachsen, hatte aber nie gelernt, wie man es anstellte, sie nicht ernst zu nehmen. Sie konnte etwas von Ty lernen.

Gordon führte sie hinein und während sich der Abend von Cocktails und Häppchen bis zu einem siebengängigen Menü an der Tafel, begleitet von teuren Weinen, hinzog, wurde offensichtlich deutlich, dass sich niemand einen Reim auf sie machen konnte. War sie Tys Freundin? Seine Geschäftspartnerin? Ein Groupie?

Julie wollte Ty nicht schlecht dastehen lassen, indem sie sagte: „Ich wurde angeheuert, um ihn zu kontrollieren“, aber andererseits wollte sie auch nicht, dass die Leute glaubten, sie sei die letzte Eroberung in einer langen Reihe von One-Night-Stands. Sie entschied sich für eine freundliche, aber kühle Art, wenn sie neugierige Fragen beantworten musste. Sie amüsierte sich, aber nicht zu sehr. Sie stand immer in Tys Nähe, aber nie zu nah.

Aus heiterem Himmel nahm eine bezaubernde Frau, die in ihrem hellblauen Kleid und Schultertuch fehl am Platz schien, Ty beiseite.

„Ich bin Gordons Schwester Gina, das schwarze Schaf in der Familie. Sie müssen der vielgelobte Hengst sein.“ Ty nahm daran keinen Anstoß, sondern schüttelte ihr nur die Hand und sagte, dass er sich freute, sie kennenzulernen.

„Ich befürchte allerdings, dass ich nicht lange so

nah neben Ihnen stehen kann. Wenn ein Mann so gut aussieht wie Sie, ist es gefährlich, wenn man den anderen Gelegenheit gibt, Vergleiche anzustellen." Gina zeigte in Julies Richtung. „Obwohl ich sagen muss, dass Sie beide gut zusammen aussehen."

Ty wandte sich Julie zu. „Das habe ich dir doch gesagt." Dann drehte er sich wieder in Ginas Richtung und fügte hinzu: „Sie will mir einfach nicht glauben."

Julie entblößte ihre Zähne und hoffte, dass das zumindest ein wenig wie ein Lächeln aussah. „Nur, weil ich niemals zuvor von so vielen Menschen das Wort ‚schön' gehört habe, um einen Mann zu beschreiben."

Gina grinste. „Merken Sie sich meine Worte: Das ist die Frau für Sie! Sie lässt sich nicht von Ihrem Glanz blenden."

Julie fühlte sich durchsichtig. Sie konnte nicht präzise sagen, wann Ty angefangen hatte, Gefühle in ihr auszulösen; alles, was sie wusste, war, dass er es geschafft hatte und es immer noch tat.

Und das durfte sie nicht zulassen. Um keinen Preis.

„Entschuldigen Sie, ich muss auf die Toilette."

Sie stürmte durch den prunkvollen Ballsaal und machte sich auf die Suche nach einem Ort, an dem sie sich ein paar Minuten verstecken und ihr Gleichgewicht wiederfinden konnte. Sie rannte in die Küche, in der sie eine enge, dunkle Treppe entdeckte, von der sie hoffte, dass sie in die Räume der Dienstmädchen führte.

Die Stufen schienen ins Unendliche zu gehen, immer höher, mit jedem Schritt dunkler, als würde sie einen geheimen Turm erklimmen. Ihre innere Stimme befahl ihr umzukehren, weil sie nicht in dem Haus eines Fremden herumschleichen sollte, aber sie hatte größere Angst vor dem unfassbar gut aussehenden Mann, der sie am Fuße der Treppe erwartete, als davor, gefasst zu werden.

Während sie hochging, tastete sie an der Wand nach einem Lichtschalter. Sie hörte Schritte auf den Stufen hinter sich und nur einen kurzen Augenblick später drückte sie auf den Schalter und schnappte laut nach Luft.

Ganz oben in Gordon Montagues geheimem Turm befand sich ein voll ausgestattetes Sex-Nest … der letzte Ort auf Erden, an dem Ty sie finden sollte.

Aus der Wärme an ihrem Rücken zu schließen, hatte er das jedoch bereits.

Kapitel 15

Ty hatte lange an die Macht des positiven Denkens geglaubt. Ein Coach nach dem anderen hatte ihm und seinen Teamkollegen im Laufe des letzten Jahrzehnts die Kraft der Visualisierung eingetrichtert. Auch wenn er mit diesem Hokuspokus nicht viel am Hut hatte, funktionierte es meistens auf dem Feld, wenn man sich so benahm, als hätte man sein Ziel schon erreicht. Ty wollte Spiele gewinnen; er gewann sie. Er wollte viel Geld; er bekam es. Ihm war nicht eingefallen, diese Technik zu benutzen, um eine Frau für sich zu gewinnen, aber andererseits hatte er auch noch niemanden annähernd so sehr gewollt wie er Julie wollte. Und mit Sicherheit hatte er auch nie zuvor so darum kämpfen müssen.

Er ging in die Küche, unterschrieb ein paar Autogramme und erkundigte sich, in welche Richtung sie gegangen war. Irgendetwas an dieser dunklen Treppe beschwor einen Schwall von erotischen Bildern herauf. Julie, die ihn zu sich winkte und ihn bat, ihr

Kleid zu öffnen, ihm seine Kleider vom Leib riss, sich über seinen Schoß legte und ihn anflehte, ihm ihren in Spitze gehüllten, sexy Hintern zu versohlen.

Er schwelgte noch in diesen fantastischen Bildern, während er die Wendeltreppe hochstieg. Ein dezenter Duft nach Apfel und Zimt lag in der Luft und er wusste, dass er auf der richtigen Spur war. Er hatte einen Steifen bei der Vorstellung davon bekommen, wie zart sich ihre Wangen unter seiner Handfläche anfühlen würde und wie gut es sich anfühlen würde, ihre Brüste mit seiner anderen Hand zu umfassen.

Und dann hatte sie das Licht angeschaltet und er hatte sich in einem Sexspielzeug-Zauberland wiedergefunden. Noch nie hatte er so viele erotische Fotos, Gemälde, Skulpturen, Dildos, Vibratoren und Bücher außerhalb eines Pornogeschäftes gesehen. Offensichtlich war er begabter für diesen „Bitte und du wirst empfangen“-Kram, als er je gedacht hätte.

Vielleicht würde er einmal ein Buch über Visualisierung schreiben, wenn er sich aus dem Sport zurückzog.

Angesichts der SM-Ausrüstung, die an den Wänden hing, und der dicken Ketten am Bett pfiff er. „Verdammt. Nicht schlecht das Zimmer.“ Er vermutete, Julie würde sicher gleich ausrasten.

Aber sie kicherte. „Weißt du noch, als du mich in deinen Keller geführt hast? Da habe ich gedacht, du hättest dort unten so einen Raum."

Er lächelte. „Als hätte ich es nötig, eine Frau zu fesseln."

Mit großen Augen untersuchte sie einen zweiköpfigen Dildo aus der Entfernung. Er war sich ziemlich sicher, dass sie keinen blassen Schimmer hatte, wozu der diente.

„Stimmt", gab sie ihm recht. „Aber trotzdem hättest du dich für abartiges Zeug interessieren können."

Er schob sie weiter in den Raum hinein. „Mach weiter, guck dir alles genau an. Ich weiß, wie sehr du dich danach sehnst."

Sie schnitt eine Grimasse. „Momentan bin ich zu angeekelt. Allein der Gedanke an Gordon mit … mit wem auch immer er hierherkommt." Fast hätte ihre Schulter eine Statue mit Erektion gestreift und sie machte einen Satz. „Ich hoffe, er wäscht alle regelmäßig."

Während Ty eine kurze Überprüfung der Gegenstände im Raum vornahm, sah er, wie Julie mit sich selbst kämpfte, ihren Mund öffnete und dann wieder schloss.

„Los, frag mich doch. Ich weiß, wie sehr du dich danach sehnst."

Sie stand in der Mitte des Zimmers: eine vollkommene, reine Göttin inmitten der Sünde. „Hast du jemals …“ Ihre Wangen tönten sich dunkelrosa.

„Einmal“, antwortete er grinsend und schaute sich zwischen den beeindruckenden Vorrichtungen um. Er war nicht scharf auf etwas Verrücktes, aber mit Julie würde ihn ein Paar Handschellen gewiss nicht stören.

Ihre Kinnlade klappte herunter. „Du hast so ein Zeug benutzt? Bitte sag mir, dass keine Bilder von dir auftauchen werden, auf denen du nackt in ledernden Beinkleidern mit einem Stachelhalsband am Nacken zu sehen bist.“

„Ich war ein einziges Mal in einem SM-Club, vor langer Zeit. Nur zum Gucken. Nicht, um mitzumachen.“ Er zuckte die Achseln.

„Alle Männer sind neugierig.“

„Nicht die Männer, die ich kenne“, murmelte sie. Dann fragte sie: „War es merkwürdig? Oder …“ Sie sah aus, als würde sie das Wort nicht über die Lippen bringen. „Aufregend?“

Ty entdeckte einen Balkon vor dem Fenster und griff nach ihrer Hand.

„Komm mit mir nach draußen und ich erzähle es dir“, sagte er und sie floh bereitwillig mit ihm durch die Fenstertüren.

Die Aussicht von der Dachterrasse war atemberaubend. Die Sonne begann gerade, hinter endlosen Weingärten unterzugehen, und die Luft duftete nach Trauben. Während er Julies Hand hielt, summte etwas in Tys Brust, als stünde er kurz vor einem entscheidenden Spiel.

„Ehrlich gesagt“, sagte er, während er mit seinem Daumen zärtlich über ihre Handfläche strich, „brauche ich nicht haufenweise Vorrichtungen und halbnackte Fremde, um den Sex prickelnd zu machen.“

Sie schaute zu ihm auf und ihre blauen Augen waren in der Spiegelung der Sonne fast durchsichtig. Er würde sich ganz weit aus dem Fenster lehnen. Er konnte nur beten, dass sie ihm nicht den Todesstoß versetzen würde.

„Alles, was ich brauche, bist du.“

* * *

Es hätte wie eine kitschige Anmache klingen sollen, das tat es aber nicht. Und sie hätte eine Million Dinge sagen können, zum Beispiel: *„Ich wette, das sagst du allen Frauen“*, oder: *„Gib mir nur einen Grund, um dir zu glauben.“* Aber das tat sie nicht.

Die einzigen Worte, die sie hatte, waren: „Nur eine Nacht.“

Er sah sie so intensiv an, dass ihr über und über heiß wurde, und bewegte sich dann so schnell, dass ihr keine Gelegenheit blieb, ihre Meinung zu ändern, dem Teil ihres Gehirns zuzuhören, das sie daran erinnerte, dass sie jetzt Dienst hatte, dass sie Tys unzüchtiges Verhalten im Zaum halten sollte, anstatt ihn auf den

Pfad der Sünde zu führen.

Er führte ihre Hand an seine Lippen und küsste einen ihrer Fingerballen. Seine Lippen waren weich, so weich, und sie war völlig unvorbereitet, hätte sich nicht dem Gefühl entziehen können, das er in ihr hervorrief, als er ihre anderen Finger aus ihrer Faust löste, ihre Haut mit Küssen bedeckte, und jeden noch so kleinen Teil ihres Körpers würdigte.

„So ernst heute Abend“, murmelte er.

Langsam drehte er sie von sich weg und als sie ihre Hände auf das Balkongeländer legte, presste er seine Hüften gegen ihren Hintern.

„Aber immer so vollkommen. So schön.“

Julie war nicht in der Lage, sich zu bewegen, zu sprechen, zu denken, als sein Daumen von ihrem Genick zu ihrer Haaransatz fuhr. Ihr stockte der Atem, während sie auf seinen nächsten Zug wartete – in der Gewissheit, dass es genau der richtige sein würde.

Sie hatte ihr Haar zu einem festen Dutt zusammengebunden. Eine nach der anderen löste er die Klammern an ihrem Kopf sanft, und ließ das Haar über ihren Nacken und ihre Schultern fallen. Starke Finger massierten ihre Kopfhaut. Ein Stöhnen drang aus ihrer Kehle. Die längsten Spitzen ihrer Haare strichen über den Ansatz ihres Busens und sie wünschte sich, dass an deren Stelle seine Hände dort wären.

„Fühlt sich das gut an?“, flüsterte er in ihr Haar.

„Mhm“, erwiderte sie flüsternd und wünschte sich, er würde nicht aufhören sie zu massieren, obwohl sie sich auch wünschte, er würde ohne weiteres Vorspiel ihren Rock heben und sie von hinten nehmen.

Seine Hände bewegten sich über ihre Schultern und seine Finger strichen über ihr Schlüsselbein, während er ihr die schwarze Stola von den Schultern zog. Sie rutschte über ihre empfindliche Haut den Rücken hinunter auf den Boden. Julie hatte sich noch nie so sexy gefühlt. Noch nie wurde sie von einem Mann ausgezogen; kein Mann hatte sich bisher die Zeit dazu genommen.

Ty strich ihr Haar auf eine Seite und begann, die Schnürchen, die das Oberteil ihres Kleides hielten, hinter ihrem Nacken aufzuschnüren und zu lösen. Die Art, wie seine Finger über ihre Haut strichen, die Tatsache, dass seine gesamte Aufmerksamkeit auf sie gerichtet war, war unerträglich sinnlich.

Die Verschlüsse gaben nach und eine Welle der Erregung packte sie von Kopf bis Fuß. Ganz gleich, wie sich die Dinge zwischen ihnen entwickeln würden, an seine Zärtlichkeit und seine sanften Berührungen würde sie sich für den Rest ihres Lebens erinnern.

„Du musst mir etwas versprechen“, sagte er.

Irgendwie gelang es ihr zu nicken.

„Versprich mir, dass du mir sagst, wenn ich aufhören soll. Egal was passiert.“

Tief in ihrer Brust begann etwas Großes und Süßes zu sprießen.

„Das verspreche ich dir."

Einen Augenblick später umfasste er ihre Brüste mit seinen großen Händen. Sie rieb sich gegen ihn, drückte sich in seine Handflächen, und er streichelte sie mit seinen Fingerspitzen.

„Ist das okay?", fragte er mit leiser Stimme.

Er kannte die Antwort schon, aber es war Bestandteil ihres Tanzes, dass sie es laut sagte. Sie stöhnte, als sein Daumen und sein Zeigefinger ihre Nippel fanden. Ihre Beine waren wackelig; auf der Suche nach einer Stütze lehnte sie sich gegen seine riesige Erektion.

„Es ist perfekt."

Einen Atemzug bevor sein Mund sich auf ihren Nacken senkte, sagte er: „Du bist perfekt", und dann knabberte er an allen empfindlichen Stellen, die er für zehn lange Jahre in Erinnerung behalten hatte. Die ganze Zeit über umfasste, streichelte und liebkoste er ihre Brüste, die mit jedem Kuss voller zu werden schienen, während ihre Nippel sich erhärteten.

„Ich will mehr", sagte er sanft und sie presste ihre Hüften als stummes *„Ja"* gegen seine. Im Handumdrehen lag ihr Kleid auf den Terrakotta-Fliesen.

Sein glühender Blick wanderte über ihre Beine, ihre

Hüfte, ihren Rücken und hinterließ einen sinnlichen Pfad der Zerstörung. Sie hatte der Versuchung nicht widerstehen können, ihre heißesten Höschen anzuziehen: reine schwarze Spitze, die ihren Hintern fast vollständig enthüllte. Sie hatte sich gesagt, sie würde sie überhaupt nicht mit der Absicht tragen, dass Ty sie jemals zu sehen bekam, aber jetzt, da sie an das kühle Geländer geklammert vor ihm stand, wusste sie, dass das eine Lüge gewesen war.

Jeder noch so kleine Schritt, den sie getan hatte, seit er in ihre Welt zurückgekehrt war, hatte der Absicht gedient, ihn zu verführen. Jeder Moment und alles, was sie gesagt oder gedacht hatte – alles hatte darauf abgezielt, sich dieser Verlockung hinzugeben.

Sie wollte, dass er sie wollte.

Und das tat er.

Sie wollte Befriedigung.

Und er würde sie ihr geben.

Sie drehte ihren Kopf etwas und er stürzte sich auf sie. Sein Mund eroberte ihren, und eine Hand legte sich über ihren Brustkorb, um ihren Busen erneut zu streicheln.

Bitte, flehte sie im Stillen, *bitte berühre mich zwischen den Beinen.*

Als Antwort auf ihre Gebete trat seine freie Hand die langsame Reise nach unten an, vorbei an ihrem Bauchnabel, unter das dünne Dreieck aus Spitze, und fand sie dort schon feucht und glitschig vor – zu allem bereit, was er ihr geben würde, bevor die Nacht zu Ende war. Seine Handfläche legte sich um sie und ein Finger glitt zwischen ihre Falten. Sie wölbte ihre Brüste in eine Hand und presste ihre Hüften gegen die andere. Er quälte sie mit der Lust, steigerte ihr Verlangen immer weiter, bis sie dachte, sie würde aufschreien.

Sein Mund bewegte sich von ihren Lippen hinab zu der empfindlichen Stelle hinter ihrem Ohr. „Komm für mich, Liebling“, flüsterte er und seine zärtliche Bitte trieb sie auf den Gipfel zu, direkt in einen explosionsartigen Höhepunkt. Ihre Muskeln spannten sich um seine langen, dicken Finger, als ein Orgasmus sie erschütterte. Es kümmerte sie noch nicht einmal, ob jemand draußen vorbeilief, heraufschaute, sie erwischte; wenn überhaupt, erregte die Idee sie.

Sie drehte sich in seinen Armen um, ihre nackte Haut rieb gegen seinen Anzug, und sie hob die Hand, um sein Gesicht damit einzurahmen.

„Ich will dich auch nackt. Jetzt.“

Er stöhnte und küsste sie hart, während sie ihre Hand unter seine Jacke gleiten ließ und sie abstreifte, sodass sie auf ihr Kleid fiel. Sie knöpfte sein steifes, weißes Hemd auf und löste seine Manschettenknöpfe, wobei ihre Hände sich danach sehnten, über seine glatte, breite Brust, seine starken Schultern, zu seinen Hüften hinunter zu fahren und dann zu seinem muskulösen Rücken zurückzukehren.

„Und dann“, sagte sie, „will ich dich in mir spüren.“

„Gott gibt es wirklich“, sagte er und stöhnte, als sie sein Hemd abstreifte und einen heißen Kuss auf sein Sonnengeflecht drückte.

„Mehr“, sagte sie und öffnete seine Hose.

Sie würde sich nicht zufrieden geben, bis Tys ganze Pracht nackt vor ihr entblößt war.

„Es sieht so aus, als müsste ich mich noch um eine letzte Angelegenheit kümmern“, sagte sie und schaute auf seine Boxer Shorts. Sie liebte es, wie sein steifes Glied sich ihr durch die dünne Baumwolle entgegenstreckte, sie liebte es, dem, was sie wollte, dem, von dem sie buchstäblich geträumt hatte, so nah zu sein.

„Eine sehr wichtige Angelegenheit“, sagte Ty und sie musste lachen.

Sex und Gelächter waren in ihrer Erfahrung mit Männern nie zusammengegangen; selbst in der Nacht der Abschlussfeier hatte sie Ehrfurcht, Angst, Aufregung und Erregung verspürt.

Sie konnte sich nicht an Freude aus einem endlos sprudelnden Brunnen erinnern.

Immer noch lächelnd zog sie den Bund seiner Boxer Shorts über seinen Ständer. Süßer Gott, war der groß! Und so schön.

Ihre Erinnerungen kamen der überwältigenden Realität nicht annähernd nah.

Tys Erektion war ein Meisterstück.

Sie schloss ihre Finger um ihn und glitt mit ihrer Hand an seinem dicken, heißen Glied auf und ab. Tys Oberschenkelmuskeln spannten sich an.

„Versteh mich nicht falsch, Schatz … Das, was du gerade machst, steht ganz oben auf meiner Rangliste. Aber …“

Sie lockerte den Griff um seine pochende Erektion. Auch wenn es ihr große Freude bereitet hätte zu wissen, dass sie die Macht hatte, ihn kommen zu lassen, wollte sie sich nicht die Chance entgehen lassen, ihn in sich aufzunehmen.

„Bitte sag mir, dass du ein Kondom dabeihast“, sagte sie. Wenn es einen günstigen Moment für Ty gab, um seinem Ruf als Ladykiller mit gewaltigen Proportionen gerecht zu werden, dann war er jetzt gekommen. Sie hatte natürlichen keins mitgebracht, weil das bedeutet hätte, sich selbst einzugestehen, dass sie vorhatte, mit ihm ins Bett zu gehen. Ty beugte sich herunter und zog eins aus der Innentasche seiner Jacke. Blitzschnell hatte er die Verpackung aufgerissen und sich das Kondom über den Schaft gestreift.

Der Anblick der fast 1,90 m großen, kraftvollen Pracht, die vor ihr stand, verschlug Julie den Atem. Sie vergaß alles über Enthüllungsgeschichten; vergaß alles über den Job, den sie heute Abend leisten sollte; vergaß alles außer ihrem Bedürfnis, von ihm in den Armen gehalten zu werden.

„Hier?“, fragte er. „Gegen das Geländer?“

Sie schaute von seiner riesigen, Aufmerksamkeit erregenden Latte auf in seine Augen.

„Genau hier.“

„Leg deine Hände um meinen Nacken“, befahl er ihr und sie war schon einen Schritt weiter und schlang auch ihre Beine um seine Hüften. Sie liebte es, wie er ihr Gewicht trug und ihr Fleisch in seinen Händen hielt.

„Ich werde dich nicht fallen lassen“, versprach er.

„Ich weiß.“

Sie öffnete sich ihm und nahm die Spitze seines Schaftes in sich auf. Sie war so feucht und so bereit für ihn, wie sie es noch nie für irgendeinen anderen Mann gewesen war. Seine Muskeln spannten sich an, als er sie festhielt. Julie war froh über sein endloses Gewichtstraining, seine langen, harten Workouts. Kein anderer Mann hätte sie so gefangen nehmen können, wenn er kurz davor stand, ganz in sie einzudringen.

Aber Ty schon. Und sie liebte es.

„Willst du mich betteln hören?“, fragte er, und seine Stimme hatte einen Ton, den sie noch nie gehört hatte.

Der charmante Schurke hatte sich verabschiedet. An seine Stelle war der Krieger getreten, der sich der Grenzen seiner Selbstbeherrschung bewusst war und eine sinnliche Warnung aussprach.

Sie konnte nicht so grausam sein, also nahm sie ihn ein paar Zentimeter weiter in sich auf.

Dann brach die Hölle los.

Seine Hüften drückten gegen ihre und sie konnte dem Drang nicht widerstehen, alles, was er ihr anbot, jedes Quäntchen Wonne, anzunehmen. Gierig klammerte sie sich an ihn, als er sie gegen das Balkongeländer presste und tief – und dann noch tiefer – in sie eindrang.

Sein Name war auf ihren Lippen, als sie ihren Höhenflug erneut begann, höher und höher, und sie liebte es zu spüren, wie er mit jedem Stoß größer und härter wurde. Er benutzte seine Hände, um ihre Hüften auf und ab gegen seinen Beckenknochen zu bewegen. Es war gut, so gut.

„Ty!", flüsterte sie verzweifelt und hätte vor Lust am liebsten geschrien.

„Ich bin bei dir, Liebling."

Tief in ihrem Inneren explodierte sie auf dem Höhepunkt der Lust und ihre Muskeln spannten sich um Tys Erektion. Sein Schrei wurde von ihrem Haar gedämpft, als er mit einem letzten Stoß in sie eindrang und sie mit seinen Fingerknöcheln vor dem Metallgeländer schützte.

Obwohl sie noch im dichten Nebel ihres eigenen Orgasmus war, liebte sie es, wie er in ihr pulsierte. Ein

Teil von ihr beklagte die dünne Trennschicht des Kondoms zwischen ihnen.

Nie zuvor in ihrem Leben hatte sie so etwas Wundervolles erlebt. Aber als ihr Verstand zurückkehrte, wusste sie, dass sie das Risiko nur dieses eine Mal hatte eingehen können. Egal, wie sehr sie sich auch nach etwas anderem sehnte.

Kapitel 16

Julie machte ihn verrückt. Jedes Mal, wenn er sie berührte, ging sie ab wie eine Rakete. Abgesehen vom heutigen Abend hatte es nur ein einziges Mal gegeben, bei dem er so stark reagiert hatte. Damals in der Highschool, als Julie das heißeste Ding weit und breit gewesen war.

Jetzt betrachtete er ihre Silhouette vor dem aufgehenden Mond, nackt und schöner als alles, was er je gesehen hatte. Ein Kampf der Gefühle war aus ihrem Gesicht abzulesen.

Sie dachte, er würde sie nicht kennen, aber da irrte sie sich. Und jetzt gerade war sie reif für Reue. Zur Hölle mit der Reue! Zwei Menschen, die sich so miteinander vergnügten, wie sie beide es gerade getan hatten, waren es sich schuldig, es wieder zu tun. Und wieder.

Er konnte sich denken, dass ihre Glückssträhne bald ein Ende haben und sie entdeckt werden würden, also unterdrückte er das Verlangen, sie noch einmal auf der einige Meter entfernten Chaiselongue zu nehmen. Außerdem würde er bei seiner Argumentation, dass sie es weiterhin wie Kaninchen treiben sollten, überzeugender rüberkommen, wenn sie dachte, dass er sich um den Anstand sorgte. Wenn sie beide nackt auf dem Balkon im Dachgeschoss erwischt werden sollten, würde das für keinen von ihnen vorteilhaft für die Karriere sein.

Er bückte sich, um ihr Kleid aufzuheben. „Dreh dich um und steig herein“, sagte er und hielt es vor ihren unglaublichen Kurven in die Luft. „Ich mache den Reißverschluss zu.“

Sie blinzelte ihn ein paar Mal an, bevor sie seinen Anweisungen folgte. Sie erstarrte, als sein Finger ihre Wirbelsäule hochfuhr und mit ihrem Nacken spielten, während er die komplizierten Knoten und Haken wieder schloss, die ihr Kleid hielten.

Als sie sich wieder umdrehte, war Ty ein weiteres Mal von ihrer unglaublichen Schönheit fasziniert. Während ihr Kleid so überaus anständig war, fiel ihr das Haar wild und sexy über die Schultern. Sie sah wie eine vielgeliebte Frau aus.

„Ist mein Kleid gerissen? Oh Gott, aus der Sache kommen wir nicht so leicht heraus, oder?“ Tiefe Sorge lag in ihren Augen und umspielte ihre Lippen.

„Du siehst fantastisch aus, dein Kleid sieht gut aus und niemand wird einen Schimmer davon haben, was wir hier oben angestellt haben“, sagte er, während er sich seine eigenen Kleider anzog. Dann grinste er. „Niemand außer uns.“

Sie wandte sich ab, aber zu spät, um zu verhindern, dass er das Verlangen in ihren Augen sehen konnte – den Urinstinkt der Befriedigung, den sie nicht verbergen konnte.

„Was uns angeht …“, setzte sie an.

Er hielt ihr seine Manschettenknöpfe entgegen, um sie aus dem Konzept zu bringen. „Könntest du mir mal helfen?“

Aus einem Reflex heraus kehrte sie an seine Seite zurück, und während sie damit beschäftigt war, seine Manschettenknöpfe wieder anzubringen, ging er zum Angriff über.

„Du bist eine unglaubliche Liebhaberin, Julie“, begann er, und sie ließ fast das Outlaw-Logo, mit dem sie beschäftigt war, zu Boden fallen.

„Bitte Ty, lass uns einfach so tun, als wäre das hier nie passiert.“

„Sag mir die Wahrheit“, drängte er, in der Hoffnung, die richtige Karte auszuspielen. „Willst du das wirklich tun?“

Sie öffnete den Mund, hätte fast gesprochen und leckte sich dann die Lippen. Als er ihre Zungenspitze beobachtete, wie sie über die erotische Kurve ihrer Oberlippe fuhr, wurde er wieder steinhart.

„Ich werde nicht lügen“, sagte sie mit einer Stimme, die kaum mehr war als ein Flüstern. „Was wir gerade getan haben, war fantastisch. Wirklich total fantastisch. Aber wir wissen beide, dass wir es nicht noch einmal tun sollten. Niemals wieder.“

Und doch lag etwas in ihrer Stimme, in der Art, wie ihre Finger über seine Handgelenke strichen, als sie die Krempel seiner Ärmel glättete, das in ihm die Frage aufwarf, ob sie sich insgeheim wünschte, dass er sie dazu überredete, dort weiterzumachen, wo sie gerade aufgehört hatten.

„Okay, jetzt sage ich dir, wie ich die Wahrheit sehe.“

Sie sah zu ihm auf und ihre blauen Augen waren weit geöffnet.

„Zwischen uns knistert es. Du und ich, wir passen zusammen.“

Sie schüttelte den Kopf und löste sich von ihm. Er griff nach ihrer Hand. Hielt sie fest.

„Es hat keinen Sinn, es abzustreiten. Zwischen uns stimmt die Chemie. Und egal, ob es uns gefällt oder nicht, ich glaube nicht, dass es irgendeinem von uns guttut, wenn wir versuchen zu ignorieren, dass es zwischen uns gefunkt hat.“

Julie holte tief Luft und richtete ihre Augen auf seine Hände. „Ich kann mir einfach nicht vorstellen, dass es funktionieren würde.“

Er musste sie ein für alle Mal überzeugen, dass sie die Vorsicht in den Wind schießen und sich mit ihm eine schöne Zeit machen sollte.

„Sieh es mal so: Wir haben fast zwei Wochen zusammen, jeden Tag rund um die Uhr. Ich wohne schon bei dir; du bist mein Date auf jeder Veranstaltung. Ich denke, wir sind beide stark genug, um das, was wir wollen, zu genießen, ohne uns deshalb immer angiften zu müssen, oder was meinst du?"

Er wusste, dass sie nicht zugeben konnte, dass sie nicht in der Lage sein würde, eine rein sexuelle Beziehung mit ihm zu haben.

„Vielleicht", räumte sie ein.

Er lächelte voller Vorfreude über das, was folgen würde.

„Unter einer Bedingung", sagte sie.

Er nickte und wusste, was sie sagen würde. „Keine Verpflichtungen. Das ist die Voraussetzung."

Irgendetwas in ihren Augen gab ihm zu denken, ließ ihn zweifeln, ob er nicht besser die Klappe gehalten hätte. Besonders deshalb, weil er sich selbst nicht einmal sicher war, ob er das, was er gerade gesagt hatte, auch wirklich so meinte.

„Natürlich wird es keine Verpflichtungen geben", sagte sie schließlich und fegte seine Worte vom Tisch, als hätten sie keinerlei Bedeutung. „Aber das, was ich eigentlich sagen wollte, war: Ich kann dem nur zustimmen, wenn du mir versprichst, dass wir unsere Beziehung nach Geschäftsschluss völlig geheim halten."

Er fühlte sich, als hätte sie ihm einen Schlag in die Magengrube versetzt.

Warum machte es ihm etwas aus, wenn sie nicht wollte, dass jemand wusste, dass sie es miteinander trieben? Es war ja nicht so, dass sie miteinander ausgingen, sie würden nur Sex miteinander haben. Jede Menge atemberaubenden Sex. Warum scherte er sich darum, ob sie sich nach alle diesen Jahren noch dafür schämte, wer er war? Ob sie glaubte, dass er nur ein neureiches Stück Fleisch war, das zufällig erkannt hatte, wie man es ihr besorgen konnte?

Schließlich würden sie sich beide das nehmen, was sie wollten, und dann getrennte Wege gehen.

„Ich würde nichts anderes wollen", pflichtete er ihr bei.

Gemeinsam verließen sie schweigend den Balkon, gingen durch die Sexkammer zur Treppe und dann zum Fest hinunter.

Super, dachte Ty. Er hatte bekommen, was er wollte.

Warum war er dann nicht glücklicher?

Kapitel 17

Als das Fest zum Ende kam, war Julie schon ein hoffnungsloser Fall.

Wenn sie geglaubt hatte, eine Kostprobe vom perfekten Liebesspiel würde sie durch den Rest ihrer Tage bringen, hatte sie völlig falsch gelegen. Es würde nicht einmal für den Rest des Abends reichen. Sie hatte die Uhr den ganzen Abend lang angestarrt und sich danach verzehrt, wieder mit Ty allein zu sein. In ihrem Haus, in ihrem Bett, solange sie Gefallen daran fand. Doch das, was sie wirklich wütend machte, war die Tatsache, dass sie in ihrem Kopf immer wieder hörte: *„Keine Verpflichtungen. Das ist die Voraussetzung"*, als wäre die Wiederholungsfunktion vom iPod aktiviert.

„Ich habe genug davon, ein Schauhund zu sein", sagte Ty schließlich zu ihr und sie machten sich auf die Suche nach dem Gastgeber.

„Es war ein sehr unterhaltsamer Abend", sagte er zu Gordon. „Danke für die Einladung."

„Ich freue mich so, dass du kommen konntest, Ty.

Und danke, dass du deine so entzückende Begleiterin mitgebracht hast."

Gordon hätte sie auch als Schlampe bezeichnen können, so wie das Wort *entzückend* aus seinem Mund klang. In Gedanken kehrte sie in sein Sexzimmer zurück und es gelang ihr kaum, ihre Abscheu zu verbergen.

„Ich habe mich auch sehr amüsiert", sagte sie und schüttelte seine trockene, knochige Hand.

„Das weiß ich", sagte er.

Was für eine merkwürdige Antwort.

Ty befreite ihre Hand aus Gordons Griff, indem er sie zur Ausgangstür führte.

„An den meisten Tagen liebe ich meine Arbeit", sagte er nur für ihre Ohren.

Sie nickte und wusste genau, worauf er hinauswollte. „Ich auch."

Als Ty seinem Fahrer über das Handy Bescheid gab, dass sie zur Abfahrt bereit waren, schaute sie zurück auf das Haus. Der Balkon des Turms, fast völlig hinter Eichen versteckt, würde für immer eine wundervolle Erinnerung bleiben.

Sie stiegen in die Limousine und sie sagte: „Du warst fantastisch heute Abend."

Einer seiner Mundwinkel hob sich und seine Augen funkelten unartig. „Es freut mich, dass du das findest."

„Ich meine die Art, wie du dich mit den Gästen

unterhalten hast.“

„Das war mir schon klar.“

Sie lachte, glücklich darüber, dass sie das Zusammensein mit ihm endlich genießen konnte. Ty war nicht nur sexy, sondern auch lustig. Und überraschend schlagfertig.

Sie sprach leiser, damit Jose, sein Fahrer, sie nicht hören konnte. „Du weißt, wie fantastisch du auf dem Dach warst.“

„Erzähl mir mehr“, sagte er und sie schaute vielsagend zum Vordersitz.

Er drückte einen Knopf auf der Armlehne und die Glaswand zwischen Vorder- und Rücksitzen schloss sich. Das leise Summen der Stimmen des Radiosenders, den Jose hörte, verstummte.

„Vertrau mir, er kann uns nicht hören.“

Sie rutschte so weit von Ty weg, wie es ihr Sicherheitsgurt erlaubte. „Ich kann nichts machen … solange er hier ist.“

Ty lehnte sich in seinem Ledersitz zurück und sie staunte, dass er sich scheinbar von nichts aus der Fassung bringen ließ. Während sie vor Verlangen brannte und sich fragte, wie sie es bloß schaffen sollte, den ganzen Heimweg zu bestreiten, ohne auf Tys Schoß zu steigen und ihn wie ein Cowgirl zu reiten, sah er vollkommen entspannt aus.

„Er kann nicht von den Lippen ablesen“, sagte Ty.

Ihre Hormone waren ihrem Verstand um einen Schritt voraus. „Ich folge dir nicht." Dann wurde sie rot. „Oh!"

Er grinste wieder mit dem lässigen Blick einer Katze, die bereits ihr Leckerli bekommen hatte. Und die nichts gegen ein Sahnehäubchen als Nachtisch einzuwenden hatte.

„Ich fange gern an", bot er an, und sie versuchte, sich auf etwas anderes als seinen perfekten Mund, seine großen, starken Hände und die verräterische Wölbung in seiner Hose zu konzentrieren.

„Dann mal los. Ich kann dich sicher nicht aufhalten." Sie wäre bitter enttäuscht gewesen, wenn sie dieses Spiel jetzt nicht bis ans unausweichlich erotische Ende gespielt hätten.

„Ich wünschte, du hättest heute Abend nicht dieses Outfit getragen."

„Warum?"

„All diese Pracht zu bedecken … das war, als würdest du mich bestrafen wollen."

Sie errötete wieder. Das war genau das, was sie vorgehabt hatte.

„Aber das war, bevor mir klar wurde, wie heiß es sein würde, dich auszupacken."

Julie presste ihre Oberschenkel zusammen, als etwas Warmes aus ihrem Inneren sickerte. Ihr Mund war trocken und ihr Herz raste.

„Du bist dran“, sagte Ty.

Sie presste die Lippen aufeinander und schüttelte den Kopf. „Ich weiß nicht, wie.“

Aber er war ein Meister der Überzeugungskunst. „Je mehr ich darüber weiß, was du magst, desto leichter kann ich dafür sorgen, dass du dich noch besser fühlst.“

Fast hätte sie an Ort und Stelle einen Orgasmus gehabt.

„Sag mir, was dir gefallen hat“, drängte er sie.

Alles.

Aber das konnte sie ihm nicht sagen. Warum schienen die Worte „Mir hat alles gefallen“ dann in der Limousine zu hallen?

Dieses Mal lächelte er nicht, sondern saß nur mit angespannten Muskeln da. Plötzlich wurde Julie bewusst, dass sie die Kontrolle übernehmen konnte. Wenn sie vergaß, eine perfekte Dame zu sein und sich ihrer Sexualität hingab, konnte sie den Spieß umdrehen und Ty in eine Ecke der Begierde drängen.

„Sag mir, was ich anders hätte machen sollen“, sagte er.

Sie atmete tief ein und sog den Moschusduft ihres Liebesspiels ein, die würzige Note von Zedernholz, die sie für immer an ihn erinnern würde.

„Nichts.“

Seine Stimme war sanft. „Dann sag mir, was ich als

nächstes tun soll."

Sie hätte kein Wort rausgebracht, selbst wenn man sie mit der Pistole bedroht hätte.

„Sag mir, was ich machen soll, wenn wir wieder bei dir zu Hause sind, wenn wir wieder allein sind. Nur du und ich."

Er tat es wieder: Er ergriff die Kontrolle über ihren Verstand, über ihren ganzen Körper, und es war so schwer für sie, sich zu erinnern, dass sie die gleiche Macht über ihn haben konnte.

Sie rutschte ein Stück nach hinten, sodass der Saum ihres Kleides ihre Oberschenkel ein ganzes Stück hochrutschte. Sie spielte mit den Perlen an ihrem Hals, um Tys Aufmerksamkeit auf ihre Brüste zu lenken und ihn genauso aus dem Gleichgewicht zu bringen, wie er es mit ihr gemacht hatte.

„Ich möchte ein Bad nehmen."

Ein kleiner Muskel zuckte um seinen Kiefer herum. Julie hielt ein siegessicheres Lächeln zurück.

„Mit dir zusammen."

Er rutschte auf der Suche nach einer bequemen Position hin und her und verriet so seine aufgestaute sexuelle Energie.

Etwas Wildes und Neues erwachte in Julies Brust zum Leben. Zum ersten Mal in ihrem Leben hatte sie freie Hand, ihre sexuellen Fantasien zu gestalten und auszudrücken. Nichts würde Ty schockieren – und doch hatte sie auch nicht das Gefühl, dass sie pervers werden musste, um ihn zu beeindrucken.

Sie konnte einfach sie selbst sein.

Ty hatte offensichtlich Vertrauen in ihre entfesselte Sinnlichkeit und wenn sie genau das tat, was sie wirklich tun wollte, würden die nächsten zwei Wochen mit Ty eventuell etwas beängstigend werden.

Und unglaublich aufregend.

„Erzähl mir mehr“ bettelte er.

„Geduld ist eine Tugend“, neckte sie ihn. „Besonders, wenn es um Lust geht.“

Er spreizte seine Beine, um seine Erregung zu entblößen. „Ich hatte nie mehr solche Lust mich zu befummeln, seit ich ein Jugendlicher war.“

„Möchtest du, dass ich aufhöre?“, fragte sie und versteckte ein Lächeln.

„Bloß nicht!“

„Gut. Denn bevor wir baden, wirst du dich ausziehen, während ich zuschaue. Vergiss nicht, deine Muskeln etwas spielen zu lassen, eine kleine Show für mich zu machen.“

„Wird gemacht“, murmelte er.

„Möchtest du wissen, was mich so *richtig* anmachen würde?“

„Unbedingt.“

„Ich will, dass du zuerst in die Wanne steigst. Ich will wissen, dass du mich erwartest und einen Steifen kriegst, während ich mich langsam ausziehe."

Er schluckte schwer und sie hätte am liebsten einen Kuss auf seinen Adamsapfel gedrückt und ihre Zunge über jeden Zentimeter seines Körpers fahren lassen.

„Und was dann?"

Sie schloss die Augen und ließ ihren Kopf gegen die Lehne aus Leder fallen. „Und dann werde ich mich auf dich herabsinken lassen und dich verrückt machen."

Sie konnte hören, dass er schnell atmete, genauso wie sie. Ihr Puls raste und sie war nah dran zu vergessen, dass der Fahrer eine erstklassige Sicht auf ihre Sex-Show hatte. Bei der leichtesten Berührung von Ty würde sie explodieren.

Nach der gefühlt längsten Wartezeit ihres Lebens hielten sie endlich vor ihrem Haus. Normalerweise war sie nicht so ungehobelt, sich einfach aus dem Auto zu stürzen und die Treppen hochzurennen, ohne sich beim Fahrer bedankt zu haben, aber sie würde sich später bei Jose entschuldigen.

Sie hatte gerade den Schlüssel im Schloss gedreht, als Tys Hand sich um ihre legte und die Tür öffnete. Bevor sie sich besinnen konnte, waren sie in ihrem Eingangsbereich und sie fand sich, mit ihrem Kleid bis zur Taille hochgeschoben, an die Wand gepresst wieder.

„Mir hat dein Plan mit der Badewanne wirklich sehr gefallen", sagte er, „aber ich befürchte, ich schaffe es nicht sehr viel weiter als bis zu deiner Eingangstür."

Eine Welle heißer Erregung durchfuhr sie und sie riss an seiner Hose und an seinem Hemd, während er noch ein Kondom aus seiner Jacke holte und die Verpackung aufriss.

„Beeil dich", sagte sie und einen Augenblick später zog er den Zwickel ihrer Höschen zur Seite und sie schlang wieder seine Beine um ihn. Er stieß mit seiner riesigen Erektion ganz tief in sie, zog sein Glied wieder heraus, drang noch einmal in sie ein, dieses Mal härter und tiefer, und sie schrie seinen Namen, flehte nach mehr, schluchzte, als der Orgasmus, auf den sie gewartet hatte, ihren ganzen Körper erschütterte. Wieder und wieder nahm er sie, bis er schließlich innehielt und sie ihn in sich pulsieren fühlte.

Wieder bedankte sie sich im Stillen für seinen kräftigen Körperbau, für den Job, der ihn perfekt darauf vorbereitete, sie zu halten, als würde sie rein gar nichts wiegen.

Seine zerrissenen Kleider, ruiniert von ihren gierigen, lüsternen Händen, lagen auf dem Boden.

„Ich hoffe, du hast mehr als einen Anzug eingepackt", neckte sie ihn.

Sein leises Lachen vibrierte in ihrem Brustkorb.

Zu guter Letzt verstand sie jetzt, warum so viele Frauen Ty verfolgten, warum sie gewillt waren, alles für eine Nacht – oder mehr, wenn sie Glück hatten –

mit ihm aufzugeben. Er wusste, wie man eine Frau glücklich machte. Nicht nur, wie man ihr Lust bescherte, sondern auch, wie man sich die Sexbombe, die in ihr steckte, zunutze machte und gleichzeitig mit ihr lachte.

Letzte Woche hätte sie niemals zugegeben, dass er mehr als ein athletischer Playboy war, der kaum rechnen oder schreiben konnte. Aber jetzt wusste sie, dass Ty Calhoun komplizierter und wundervoller war, als er es andere je vermuten ließ. Ihr Bauch schmerzte beim Gedanken daran, dass sie getrennte Wege gehen würden, sobald ihr Auftrag beendet sein und die neue Saison beginnen würde.

Aber immerhin blieben ihr fast zwei Wochen mit dem sexuell erfüllendsten Mann auf Erden und sie würde jedes Quäntchen Genuss aus dieser Zeit herausquetschen. Solange sie nicht den Fehler beging zuzulassen, dass sie sich in ihn verliebte, würde alles in Ordnung sein.

„Bereit zum Baden?“, fragte sie lächelnd, während er sie den Hausflur entlang trug.

Kapitel 18

Am nächsten Morgen summte Julies Blackberry, um sie daran zu erinnern, dass sie zur Mittagszeit zu einer weiteren großen Spendenaktion am Lake Tahoe sein mussten. Ty hätte Mühe gehabt, sie nicht während der vierstündigen Fahrt in Richtung Norden in der Limousine zu vögeln, wenn sie nicht beide Schlaf hätten nachholen müssen. Ein paar Stunden nach Beginn der Veranstaltung sah Julie ihn an einem Tisch sitzen, wo er Autogramme für eine lange Schlange von Kindern und ihren Eltern unterschrieb.

Sie reichte ihm eine Flasche Wasser, beugte sich zu ihm hinunter und flüsterte: „Wie läuft es? Brauchst du bald mal eine Pause?"

Er atmete ihren Duft nach Zimt und Sahne ein und bekam sofort eine Latte. Er wünschte, er hätte sich nicht einverstanden erklärt, ihre Beziehung geheim zu halten. Er hätte sie am liebsten vor allen auf seinen Schoß gezogen und geküsst. Er war sich nicht sicher, ob es ihr bewusst war, aber alle Leute waren ziemlich überzeugt davon, dass sie seine Freundin war, dass ein Typ wie er keine bezaubernde Betreuerin haben konnte, ohne mit ihr ins Bett zu gehen.

Aber versprochen war eben versprochen. Und er wollte nichts tun, was das Großartige, das sie miteinander verband, gefährden würde.

„Alles in Ordnung", sagte er und ihm gefiel es, wie Julie mit den Kiefern vom Lake Tahoe im Hintergrund aussah. Er hatte immer geglaubt, eine Frau wie sie würde nur zu schicken Cocktailpartys oder zum Shopping bei Tiffany's passen, aber nachdem er sie in Aktion gesehen hatte, wusste er, dass sie die Ausdauer eines Athleten hatte und bereit war, lange Wege für ihre Klienten zurückzulegen.

„Ist es dir gelungen, den Nachmittag freizuhalten?"

Sie nickte. „Sobald wir hier fertig sind, haben wir bis zum Galadinner im Northstar Lake Tahoe heute Abend frei."

Bevor er sich wieder seinen Fans zuwandte, sagte er ganz sanft: „Es freut mich, das zu hören. Ich hoffe, du bist schon bereit, ganz nass zu werden."

Aus seinen Augenwinkeln beobachtete er, wie ihre Nippel durch das Kleid hindurch hart wurden. Sie hatte wirklich unanständige Gedanken. Aber sie wusste ja auch nicht, dass er nur meinte, dass sie tief im Kiefernwald an einem Privatstrand, den er kannte, ein Bad nehmen konnten.

Ihre Hüfte streifte seine Schulter, als sie fortging und ließ ihn über und über vor Verlangen lodern. Eine Stunde später verließ er den Autogrammtisch und kehrte an Julies Seite zurück, um dem Gastgeber die Hand zu schütteln. „Es war super, so viele Fans der Outlaws zu treffen. Wir sehen uns heute Abend", sagte er, ohne irgendjemandem die Chance zu geben, sie aufzuhalten.

„Warum hast du so lange gebraucht?", warf sie ihm vor und überholte ihn fast, so dringend wollte sie zurück zu ihrem gemieteten Cabrio gelangen.

„Hast du mir nicht einmal gesagt, dass Geduld eine Tugend ist?"

Sie setzte sich auf den Beifahrersitz und schaute ihn wütend an. „Du kannst so etwas nicht vor allen Leuten zu mir sagen!"

„Was denn?", fragte er und genoss es, sie zum Kochen zu bringen – um ihr dann so gut wie möglich beim Dampfablassen zu helfen.

„Ich hoffe, du bist schon bereit, ganz nass zu werden", äffte sie ihn nach.

Er drehte den Schlüssel im Zündschloss und fuhr los. „Das hat doch keiner gehört. Außerdem habe ich mir gedacht, dass es schön wäre, ein paar Stunden Pause zu machen und ein bisschen am Wasser herumzuliegen."

Ihr Gesicht wurde knallrot, als ihr klar wurde, dass

sie seine Bemerkung in eine sexuelle Anspielung verwandelt hatte. Trotzdem griff sie ihn weiter an. „Langsamer hättest du beim Unterschreiben nicht sein können, oder? Du musst die Leute wirklich nicht zu ihren Hunden befragen. Ihre Kinder reichen schon."

Glücklicherweise musste er nach ihrer gemeinsamen hemmungslosen Nacht kein zweites Mal nachdenken, bevor er genau das sagte, was er dachte:

„Es sieht so aus, als müsste jemand kommen."

„Nein, ich danke dir", murmelte sie.

Er konnte sie nicht noch länger warten lassen, verdammt. Besser tat er ihr an Ort und Stelle den Gefallen. Er schaute auf ihre nackten Oberschenkel auf dem Beifahrersitz aus Leder und legte dann seine rechte Hand auf ihren Schoß.

„Was machst du da?", fuhr sie ihn an, aber ihre Beine hatten sich bereits für ihn geöffnet, gerade einmal weit genug für ihn, um zu wissen, dass sich wünschte, er würde sie berühren und wenigstens ein Mal auf dem Weg zu ihrem nächsten nassen und glitschigen Ziel zum Höhepunkt bringen.

„Ich helfe dir über die Runden", sagte er, als er den Stoff an ihren Oberschenkeln hochschob, um an sie heranzukommen.

„Du bist am Steuer."

Er grinste. „Keine Sorge, ich habe alles unter Kontrolle." Sie legte keinen Widerspruch mehr ein, also kehrte er zu seiner Tätigkeit zurück. „Öffne die Beine für mich, Liebling. Ich will spüren, wie feucht du bist."

Der Wind trug ihr leises Seufzen davon, und als sie ihre Oberschenkel entspannte, explodierte er fast in seinen Jeans. Seine Finger fanden den Bund ihres Höschens und wurden sofort nass.

„Wie lange hast du schon darauf gewartet, dass ich dich anfasse?"

„Stundenlang. Es kam mir vor wie eine Ewigkeit."

Er versuchte, seinen Atem wiederzufinden, aber das fiel ihm verdammt schwer. Sie war das Mädchen seiner Träume. Der Traum aller Männer. Eine Sexgöttin.

Sie war clever, lustig und auch erfolgreich, aber es machte Ty nervös, dass er so starke Gefühle für etwas anderes als Sex hatte.

Zum Glück war die erste Aufgabe, Julie zu befriedigen. Er tauchte einen Finger in ihren Honig, genoss ihre glitschige Hitze, während er seinen Mittelfinger von der einen Seite ihrer prallen Lippen zur anderen fahren ließ.

„Ty, bitte!", bettelte sie und er wusste, dass sie von ihm berührt werden wollte, bis sie schrie.

Das erste zuerst. Er verlagerte sein Handgelenk, sodass er einen Finger, dann zwei, in sie stecken konnte, um sie mit einem langsamen, stetigen

Rhythmus in sie hinein- und herausgleiten zu lassen. Er bekam nie genug davon, sie zu streicheln, hatte es nie satt, in ihr zu sein.

Sie stieß ihre Hüften gegen seine Hand, hielt sein Handgelenk mit ihren Fingern gefangen, und er wusste, dass sie kurz vor dem Höhepunkt stand.

„Lass mich mal sehen, wie erregt du bist", drängte er und sie ließ seine Hand los, sodass er ihre Perle finden konnte, um sie sich vorzunehmen und zu streicheln.

Ihr ganzer Körper spannte sich unter seinen Händen an und er sagte: „Ich will hören, wie du kommst."

Die Straße war verlassen und sie war heißer denn je für ihn. Sein Name war auf ihren Lippen, erst ein Flüstern, dann ein Stöhnen voller tiefer Lust, als er seine Finger in sie steckte. Ihre Beine klafften auseinander und ihr Kopf drückte gegen die Lehne, als sie ihren Rücken wölbte. Ihre Brustwarzen waren hart unter dem Stoff ihres Kleides und er liebte es, sie zu beobachten, während sie mit wilder Hemmungslosigkeit zum Höhepunkt kam.

Ein nasser Film überzog seine Finger und er streichelte sie weiter, als ein Orgasmus sie durch und durch erschütterte. Gerade rechtzeitig schafften sie es zu dem kleinen Privathaus am See, das ihm ein alter Freund zur Verfügung gestellt hatte. Er stieg mit dem

Fuß auf die Bremse und zog widerwillig seine Hand zwischen ihren Schenkeln hervor.

„Da sind wir. Ich hoffe, du hast die Fahrt genossen."

Sie machte die Augen auf und schaute auf das unglaubliche Blau des Sees. Er war gut anderthalb Kilometer lang und fast einen Kilometer breit. Er hatte schon viele schöne Dinge in seinem Leben gesehen, aber diese besondere Kombination aus Wasser und Bäumen und Bergen kam der Perfektion verdammt nah.

Alles, was zur Vollkommenheit noch fehlte, war die perfekte Frau.

Sein Gehirn setzte eine lange Sekunde lang aus.

War Julie die perfekte Frau?

Er stieg aus dem Wagen und ging dann zum Kofferraum, als müsste er etwas herausholen. Ihm war jede Entschuldigung recht, um sich wieder in den Griff zu bekommen und herauszufinden, was mit ihm los war.

Sicher, der Sex war atemberaubend – sogar perfekt. Aber das bedeutete einen Scheißdreck angesichts der Tatsache, dass sie selten mal einer Meinung waren, wenn sie ihre Kleider anhatten. Und außerdem kamen sie aus völlig verschiedenen Welten.

Sie würde immer zu den Reichen und Besserstehenden gehören.

Er würde immer der Held der Benachteiligten sein.

Also würde er sicherlich die nächsten zwei Wochen lang verrückten, heißen Sex mit ihr haben – nur ein Idiot würde sich diese Gelegenheit durch die Lappen gehen lassen. Aber alles andere musste er abschalten: sein Herz, seine Gefühle, jeden Teil von ihm, der in der Lage war zu lieben. Er war doch kein Dummkopf!

Er schloss den Kofferraum und ließ die Schlüssel dann auf die Vordersitze fallen. Er setzte sich auf einen Fels, streifte die Schuhe ab und stopfte die Socken hinein.

Julies Gesicht strahlte vor Staunen. „Das ist so schön, Ty. Absolut unglaublich."

Er nickte und ließ den Ausblick wieder auf sich wirken. „Für dich nur das Beste", sagte er und versuchte angestrengt, seinen Worten die Schärfe zu nehmen. Er wollte nicht wie ein Arschloch klingen und sie verschrecken.

Sie schaute ihn scharf an und er wusste, dass er die Wogen besser etwas glätten sollte, wenn er wollte, dass der Nachmittag genauso gut verlief wie die Autofahrt.

„Warst du je in Tahoe schwimmen?"

Sie zog sich die Schuhe aus und ging durch den Sand zum Rande des Gewässers. „Auf keinen Fall. Das Wasser hat selbst im Hochsommer kaum mehr als siebzehn Grad."

Er zog sich das T-Shirt der Outlaws über den Kopf und warf es auf seine Schuhe und Socken. Ihr hungriger Blick glühte auf seiner Brust und er wusste, dass sie schon wieder dabei war, scharf zu werden.

„Ich halte dich warm", sagte er, und war sich klar darüber, dass das ein kitschiger Spruch, aber auch die Wahrheit war.

Sie schüttelte den Kopf und wich vom Ufer zurück. „Und glaub nicht, dass du mich verlocken kannst, indem du dir die Hose ausziehst."

Er öffnete den oberen Knopf seiner Jeans. „Du weißt, dass du reingehst, und wenn ich dich selbst tragen muss, oder?"

Ihre Nippel wurden wieder hart und er sagte: „Zieh dir schon mal die Kleider aus."

Sie lachte und wich noch immer vor ihm und dem Ufer zurück.

„Nur du würdest es wagen, eine Frau so beiläufig zum Strippen aufzufordern. *Und* erwarten, dass sie es wirklich tut."

Er war bei seinen Boxershorts angelangt – und beim Dauerständer, den er hatte, sobald Julie in einem Umkreis von 30 Metern war –, als er begann, sich an seine schöne Beute heranzupirschen.

„Das würdest du nicht wagen", sagte sie und deutete auf ihr Kleid.

„Wollen wir wetten?"

Er hob sie in seine Arme und eine vibrierende Vorfreude machte sich in ihren Gliedern breit.

„Dafür wirst du noch bezahlen“, sagte sie, aber in ihren Worten lag keine Spur von Wut, nur ein Feuer und eine Verzweiflung, die der seinen in nichts nachstand.

„Das Versprechen werde ich einfordern“, murmelte er ihr ins Ohr, als er langsam ins kalte Wasser ging. „Ich habe die ganze Woche lang darauf gewartet, dass du über mich herrschst.“

Er fühlte, wie ihre Oberschenkel sich verkrampften und beobachtete, wie sich ihre Nippel aufstellten. Das Wasser schwappte gegen seine Oberschenkel und er beugte ihren Kopf über ihre Brüste und bedeckte den dünnen Stoff mit seinem Mund, um an ihren Nippeln zu saugen und zu zupfen.

„Ich mache alles, was du willst“, keuchte sie, als sie sich gegen seine wirbelnde Zunge wölbte, „aber bitte bring mich nicht ins Wasser.“

„Alles?“

Sie nickte und schaute ihm in die Augen. „Alles.“

In diesem Moment schossen ihm so viele Bilder durch den Kopf, dass er sie fast fallen ließ. Er zog sie eng an sich und atmete ein.

Und suchte sich eine Fantasie aus.

„Abgemacht.“

Er drehte sich um und ging auf ein schattiges

Fleckchen unter einer riesigen Fichte zu. Er legte sie auf dem Rücken ab, ihr Rock rutschte an ihren Oberschenkeln hoch und zeigte ihm ein kleines Stück von ihrem Höschen. Sie stützte sich auf den Ellenbogen ab und beobachtete ihn, während sie auf seine Aufforderung wartete. Er leckte sich die Lippen.

„Ich will zusehen, wie du an dir rumspielst."

Julie setzte sich auf. „Was?"

Aber sie widersprach nicht. Er wusste, dass sie schon darüber nachdachte, sich zu berühren, während er zuschaute. Und es machte sie verrückt.

Er legte sich neben sie auf die Seite und stützte seinen Kopf auf einer Hand ab. „Ich will sehen, wie du deine Hände über deinen nackten Körper fahren lässt. Über deine Brüste. Ich will beobachten, wie du dich zum Höhepunkt bringst. Ich will, dass du weißt, dass ich zusehe. Dass du weißt, wie sehr ich da sein will, wo deine Hände sind."

Schnell atmend sah sie ihn an. Dann wandte sie ihm den Rücken zu und sagte: „Du öffnest mir besser den Reißverschluss, dann kann ich loslegen."

Und Ty fragte sich plötzlich, ob er das hier überleben würde.

Kapitel 19

Tys Fingerspitzen strichen über ihre Wirbelsäule, als er ihren Reißverschluss öffnete. Er war ein Meister der Berührungskunst: Selbst wenn seine Finger auch nur leicht über sie strichen, wurde sie feucht und war bereit für ihn.

Ihr Kleid hatte einen eingearbeiteten BH. Als sie die pinkfarbene Baumwolle über ihre Hüften schob war deshalb alles, was übrig blieb, ihr durchnässtes Höschen. Nach einer Woche der ständigen Erregung war sie langsam an dieses Gefühl gewöhnt.

„Alles ausziehen", knurrte er. Seine Schultermuskeln und sein Bizeps waren hart und er wölbte sich ihr durch seine Baumwoll-Boxershorts hindurch entgegen.

„Natürlich", sagte sie. „Wie solltest du sonst beobachten, wie ich mich anfasse?" Sie hatte noch nie so mit jemandem geredet, und es gefiel ihr, wie ungezogen sie sich dabei vorkam.

Sie drückte ihre Daumen in die dünnen

Seidenträger, die ihr Höschen auf beiden Seiten hielten und streifte sie langsam über ihre Hüftknochen, ihre Wölbung und ihre Oberschenkel ab.

„Ich fühle mich so unartig, wie ich hier nackt im Sand liege", murmelte sie leise und genoss das Stöhnen, mit dem er antwortete, als sie sich auf ihr Kleid legte.

Sie wölbte ihren Rücken leicht, schloss die Augen und ließ ihre Hände über den oberen Teil ihrer Brust, direkt unter ihrem Kinn, streichen. Sie spürte seinen Blick auf ihren Brüsten und ihre Nippel schmerzten vor Lust seit dem kurzen Moment, in dem er an ihnen gesaugt hatte. Himmel, sie liebte seinen Mund auf sich.

Sie fuhr mit den Händen an den Seiten ihres Brustkorbs entlang und umfasste ihre Brüste. Während sie so tat, als wären ihre Finger seine Lippen, fasste sie sich an die Brustwarzen, zupfte und zog daran und überhörte fast Tys „Holy Shit, bist du heiß!", während sie sich auf ihre Gefühle beim Weg von ihrem Busen zu ihrem Bauch konzentrierte. Eine Hand ließ sie auf ihren Brüsten liegen, die andere ließ sie über ihren flachen Bauch nach unten wandern. Sie öffnete die Beine und ließ sie zur Seite fallen, um sich sowohl ihrer Hand als auch Tys gierigen Augen anzubieten. Mit ihrem Mittelfinger fand sie den Mittelpunkt ihrer Erregung. Sie keuchte und zog die Hand wieder zurück.

„So ist es richtig“, drängte Ty, „schön langsam.“

Seine warme Stimme hüllte sie ein und sie wollte ihre Finger in sich hineingleiten lassen, sich vorstellen, dass er sie berührte – in der Gewissheit, dass er das ohnehin sehr bald tun würde, egal wie oder wo sie es begehrte.

Sie hob die Hüften leicht an, spannte ihre Bauchmuskeln an und fuhr mit der Hand wieder über ihre Wölbung.

„Mache ich es richtig?“, flüsterte sie und hielt nicht inne, um auf seine Antwort zu warten, weil es sich so gut anfühlte.

„Süßer Gott, ja!“, stöhnte er und sie lächelte durch ihre Erregung hindurch.

Sie spreizte die Beine noch weiter und ließ den Finger hineingleiten, erst nur die Kuppe, dann bis zum zweiten Fingerglied. In der Gewissheit, dass er den Atem anhielt, drückte sie den Finger so tief es ging hinein. Sie bewegte ihre Hüften im Rhythmus mit ihrer Hand, wiegte sich vor und zurück, ließ den Finger ganz heraus- und dann wieder ganz hineingleiten. Sie hatte keine Kontrolle über ihre Hüften und Hände mehr, sondern sie wurde von ihnen kontrolliert. Ihre andere Hand massierte und rollte ihre Nippel, während sie offen sichtbar am Privatstrand von Lake Tahoe unter einer Fichte zum Orgasmus kam. Ihre Glieder zitterten unkontrollierbar, als sie die Augen öffnete. Ty hatte bei sich selbst Hand angelegt und beim Anblick davon, wie wild er sich bearbeitete, wäre sie fast gleich noch einmal gekommen.

„Wage es bloß nicht, das zu verschwenden“, keuchte sie und eine Sekunde später hatte er ein Kondom an und drang in sie ein, um sie direkt auf den nächsten unglaublichen Orgasmus zuzutreiben, während seine andere Hand auf ihre Brüste und seine Lippen auf ihren Mund gepresst waren.

* * *

Julie saß auf der riesigen Veranda mit Blick auf den See und nippte an einem Glas Mineralwasser. Nach ihrem unglaublichen Liebesspiel waren Ty und sie ins Haus gegangen, um sich sauberzumachen und sich wieder anzuziehen. Sie mussten in einer halben Stunde zu ihrem abendlichen Termin aufbrechen und es war schön, in Ruhe ein wenig Zeit miteinander zu verbringen.

Er erschien mit einem Teller frischem Bruschetta-Brot und ihr Magen knurrte. „Wir sollten uns wirklich mit einem Brief bei deinem Freund bedanken.“ Sie steckte sich eins in den Mund und schloss die Augen in Ekstase. „Wow. Sind die lecker!“,

Ty sagte: „Ich glaube, du hast den Eigentümer schon kennengelernt. Dominic hat im Fitnesscenter mit mir trainiert. Er hat mit dir gesprochen und dich zum Lachen gebracht."

Julie neigte den Kopf zur Seite und dachte einen Moment lang nach. „Hm … Ich habe ein Bild von einem wirklich gut aussehenden Mann mit schwarzem Haar und grünen Augen vor mir."

Auf Tys Gesicht trat ein Ausdruck, der verdächtig nach Eifersucht aussah. „Er ist ein netter Kerl."

„Er ist nicht mein Typ."

Ty entspannte sich sichtbar, dann setzte er sich neben sie auf die weiche Outdoor-Couch.

„Gut. Denn ich müsste ihn mit bloßen Händen in Stücke reißen, sollte er dich je anrühren."

Julie wusste nicht, was sie zu dieser überraschend bewegenden Erklärung sagen sollte. Es war schön zu wissen, dass sie eine unausgesprochene Vereinbarung über Monogamie für ihre gemeinsame Zeit hatten. Mit Sicherheit hätte sie genausowenig damit umgehen können, wenn er eine andere Frau auch nur angesehen hätte. Zumindest, solange sie miteinander schliefen. Obwohl … wenn sie ehrlich zu sich war, war es genauso schwer für sie, daran zu denken, dass Ty mit jemand anderem ausgehen würde, wenn ihr Vertrag mit den Outlaws auslief.

Sie schaute wieder hinaus aufs Wasser und ließ sich von der Schönheit, von den kleinen Wellen, die sich auf dem See bis zum Ufer kräuselten, verzaubern. Sie atmete den süßen Kieferduft ein und sagte leise: „Ich habe eine wunderschöne Zeit mit dir, Ty."

Sie schaute ihn nicht an: Sie wollte nicht sehen, ob es ihm genauso ging, oder ob er versuchte, das Mitleid darüber, wie schnell sie sich in ihn verliebt hatte, zu verbergen. Aber gleichzeitig wollte sie, dass er wusste, wie glücklich sie war. Und dass sie zufrieden mit der Arbeit war, die er bisher geleistet hatte, um sein Leben in Ordnung zu bringen.

„Das freut mich", war seine Antwort.

In diesen drei Worten von ihm lag so viel Wärme, dass ihre Ängste sofort verflogen. Was dachte sie sich bloß? Sie waren sich ebenbürtig, sowohl in Hinsicht auf ihren Geist als auch auf ihre Fähigkeiten. In ihrer nächsten Zukunft gab es nichts mehr als viel fantastischen Sex und Gelächter.

Kapitel 20

Am nächsten Tag machten sie sich auf zu einem Footballcamp für Kinder in Palo Alto. „Das hier ist der Ort, an dem ich am liebsten den ganzen Sommer lang wäre“, erklärte Ty Julie, als sie auf den Parkplatz vom Camp Cougar fuhren. Um den Parkplatz herum erstreckten sich mehrere Footballfelder und zu ihrer Linken stand ein Gebäude mit braunen Dachschindeln. „Komm, ich stelle dir die Männer vor, die das hier betreiben.“

Überall in den Büros des Camps umarmte man sich ungestüm.

„Leute, das ist Julie.“ Ty schämte sich nicht dafür, dass er eine Image-Beraterin brauchte, aber es hätte ihn auch nicht gestört, seinen Freunden fünf Minuten lang den Eindruck zu geben, sie wären ein Paar.

Julie sah das natürlich nicht so. Beim Händeschütteln sagte sie: „Ich habe eine Firma für Image-Beratung und die Outlaws haben mich angeheuert, um mit Ty zusammenzuarbeiten.“

„Ich hoffe, niemand erwartet von uns, überrascht zu sein", sagte Tony mit einem Grinsen. Der inzwischen über Sechzigjährige hatte das Camp schon betrieben, als Ty ein Zehnjähriger auf dem Feld war, der einen Sieg nach dem anderen einsteckte. „Ty war schon immer ein Wilder – aber wir haben ihn trotzdem geliebt."

„Was haben wir dieses Jahr?", fragte Ty, der nicht in der Stimmung war, über seine Vergangenheit zu sprechen. Mit Julie lief alles so gut, dass er sie nicht daran erinnern wollte, was für ein Arsch er in der Highschool war. „Besonders Begabte?"

Tony nickte. „Ein Junge, Jack, erinnert mich ganz schön an dich. Er kann in jeder Position spielen, Angriff, Abwehr. Nichts kann ihn aus der Fassung bringen. Er spielt, als wäre er sechzehn, nicht zehn."

Julie setzte sich auf die Kante eines Schreibtischs und überschlug die Beine. Verdammt, was für süße Oberschenkel sie doch hatte, dachte Ty.

„Wenn man so jung so gut ist, bringt einem das den Groll der anderen Kinder ein?"

Julies Frage war gut, und Ty hatte Schwierigkeiten, sich auf Football zu konzentrieren und nicht darauf, was unter ihrem Höschen war.

„Manchmal gibt es Probleme, besonders dann, wenn eines der Kinder sich etwas auf sich einbildet. Aber in den meisten Fällen ist es eigentlich nicht ihre

Schuld. Es kann schon hart sein, wenn deine Eltern aus dir den nächsten Peyton Manning machen wollen.“

Tony nickte. „Dieses Kind, Jack, ist wirklich freundlich, ganz genauso wie Ihr Klient hier. Es zieht die Leute wie ein Magnet an.“

Ty nahm das Kompliment locker und schaute durch die offene Schiebetür aus Glas hinaus, um das Feld mit den Augen abzusuchen. Es war nicht schwierig, den zukünftigen Superstar zu entdecken. Er spielte wie ein Jugendlicher von der Highschool, nicht wie ein Fünftklässler. Er war schnell und schien ein instinktives Verständnis für das Spiel zu haben. Während die anderen Kinder stehen bleiben, nachdenken und dann entscheiden mussten, in welche Richtung sie sich umdrehen sollten, war Jack ihnen zwei Schritte voraus.

„Bereit, die Gruppe von diesem Jahr kennenzulernen? Sie haben die ganze Woche lang von dir gesprochen.“

Ty nickte. „Ich kann es kaum erwarten!

* * *

Wenn jemand Julie gesagt hätte, dass sie einen tiefen Respekt für Ty Calhoun empfinden würde, hätte sie ihn für völlig verrückt erklärt. Aber irgendwo auf dem Weg hatte sie eine neue Wertschätzung für Tys Charisma und Charme entwickelt – nicht nur auf der

Handvoll Wohltätigkeitsveranstaltungen, die sie in ganz Nordkalifornien zusammen besucht hatten, sondern auch, weil sie ihn dabei beobachtet hatte, wie er mit diesen Kindern umging. Sie hatte einen Fotografen und zahlreiche Sportjournalisten benachrichtigt, damit sie Ty dabei beobachteten, wie er mit den Kindern arbeitete. Bis ihr Auftrag zu Ende war, würden die Menschen ihn für das Großartige, das er geleistet hatte, in Erinnerung behalten und nicht für seine Eskapaden mit Stripperinnen.

Sie saß im Schatten einer Eiche und verschickte eine letzte E-Mail, bevor sie ihr Blackberry wieder in ihre Tasche steckte.

Ty zeigte den Kindern, wie man den Ball hielt und warf und sie folgten eifrig jedem seiner Worte, jeder seiner Bewegungen. In der Gruppe nahmen sie ihre Bälle und versuchten, ihn nachzuahmen, während er sich umdrehte und seinen Arm anwinkelte, sodass der Ball dann mit einer perfekten Spirale durch die Luft flog. Die meiste Zeit lang war es ein katastrophales Schleudern von Bällen und Julie kicherte leise. Jack, der Junge, über den sie gesprochen hatten, war der Einzige in der Menge, bei dem es einfach aussah.

In vielerlei Hinsicht war er Ty im Kleinformat. Dunkles Haar, gebräunte Haut, mühelose Anmut auf dem Feld. Wenn sie und Ty ein Kind zusammen hätten, wäre es dann ein Junge, der aussehen würde wie Jack? Oder ein kleines Mädchen mit blondem Haar und blauen Augen?

Sie bedeckte sich den Mund, als es ihr den Atem verschlug. Sie hatte sich nicht tatsächlich gerade vorgestellt, ein Kind mit Ty zu haben, oder?

Sie ließ sich viel zu sehr in diese Sache verwickeln. Sie atmete tief ein und versuchte angestrengt, die Mauer um ihr Herz herum wieder aufzubauen. Wie hatte sie auch nur einen Augenblick lang vergessen können, was er zehn Jahre zuvor getan hatte?

Julies Sicht verschwamm, während sie Ty zusah, wie er über das Gras rannte, um einen Football aufzuheben. Plötzlich war sie wieder in der Yacht mit dem achtzehnjährigen Jungen, dem sie gerade ihre Seele gegeben hatte.

⋆ ⋆ ⋆

Zehn Jahre zuvor …

Die Nacht der Abschlussfeier auf der geliehenen Yacht war ein endloser genussvoller Traum. Stunde um Stunde küsste, leckte und streichelte Ty sie weiter und sie erwiderte ihm den Gefallen so gut sie konnte. Sie wollte sich jeden Muskel, jede Sehne einprägen, genauso wie die Art, wie seine Bauchmuskeln sich anspannten, wenn sie ihre Zunge über seine Brustwarzen fahren ließ und sie sanft mit ihren Zähnen anknabberte.

Gesättigt und überwältigt von all ihren Orgasmen und fassungslos darüber, wie nah sie sich einem Jungen fühlte, mit dem sie vor diesem Abend noch nie gesprochen hatte, lag Julie halbwach in der Kabine, bis das Licht draußen vor dem kleinen Fenster von mondhellem Schwarz zu Gold überging.

„Es ist Morgen“, flüsterte sie und Ty antwortete, indem er sie, die Augen immer noch geschlossen, näher an sich zog.

Als sie schließlich einschlief, träumte sie, dass sie durch die Bucht segelte. Der Wind strich durch ihr Haar und es war ein herrlicher, sonniger Tag. Doch dann sah sie, wie Ty auf eine ihnen entgegenkommende Yacht zusteuerte, die bald mit ihnen zusammenstoßen würde. Sie schrie ihn an, er solle den Kurs wechseln, aber er lachte sie nur aus. Seine Freunde waren an Bord seines Schiffes und lachten ebenfalls, als wüssten sie von einem kleinen, schmutzigen Geheimnis über sie.

Julie erwachte genau in dem Moment, in dem die Schiffe kollidierten. Nach so wenig Schlaf war sie zwar orientierungslos, aber auch ziemlich sicher, dass sie jemanden über das Deck über ihnen stapfen hörte. Waren die Eigentümer früher zurückgekommen, um ihr Boot zurückzufordern?

Sie setzte sich auf und bedeckte sich mit dem

Laken. Aber obwohl sie von der Vorstellung gelähmt war, dass sie beim Sex auf dem Boot fremder Leute entdeckt werden könnte, konnte sie nicht anders, als Tys unglaublichen Körper zu bewundern, der von den Fußgelenken aufwärts gebräunt und straff war.

Seine Augen öffneten sich und seine Lippen formten sich zu einem sexy Grinsen. „Komm, leg dich wieder hin", drängte er, aber sie konnte die Schritte nicht ignorieren, die von Sekunde zu Sekunde lauter wurden.

„Es hört sich an, als wäre jemand an Bord", flüsterte sie.

Er hob den Kopf in Richtung Decke. „Tatsächlich."

Sie wusste, dass ihre Augen wild aussehen mussten und ihr Haar und Makeup nicht mehr zu retten waren. „Sollten wir uns nicht besser anziehen und hier wegkommen?"

Er setzte sich, völlig unbesorgt über seine Nacktheit, auf. Julie glaubte nicht, dass sie es jemals lernen würde, sich so wohl mit ihrem Körper zu fühlen, selbst wenn sie hundert Jahre üben würde.

„Ich mache mir da keine Sorgen", sagte er, „aber ich kann rausgehen und nachsehen, wenn du unbedingt möchtest."

Sie nickte. „Das wäre super."

Während er weg war, würde sie ihr Kleid wieder anziehen und das kleine Badezimmer benutzen, um den restlichen Schaden zu begutachten. Schließlich musste sie sich bald wieder in das Haus ihrer Eltern schleichen. Obwohl beide so von sich selbst eingenommen waren, bezweifelte sie, dass sie bemerken würden, dass sie die ganze Nacht weg gewesen war und nicht angerufen hatte.

Er schloss den Reißverschluss seiner schwarzen Anzughose, hob ihr am Boden liegendes Höschen auf und steckte es sich in die Tasche.

„Nur um sicherzustellen, dass du nicht weggehst, bevor ich zurückkomme.“ Als er schon fast an der Tür war, machte er kehrt, kam zu ihr zurück und küsste sie fordernd. „Danke für diese großartige Nacht“, sagte er und grinste, als er sie losließ und die Tür öffnete.

Verdutzt sah Julie zu, wie er die Tür hinter sich schloss. Wie hatte er das gemeint? Musste man einem Liebhaber nach eine Nacht voller großartigem Sex danken? Oder wollte er ihr sagen, dass es damit zwischen ihnen vorbei war?

Sie atmete tief ein. Sobald er zurückkommen würde, würde sie mit ihm reden, um zu wissen, ob sie jetzt offiziell zusammen waren. Er würde mit einem Football-Stipendium auf die USC gehen, aber seine Universität war nur acht Stunden mit dem Auto von Stanford entfernt, also würden sie sich ohne Weiteres mehrere Male im Monat sehen können, wenn sie es wirklich wollten.

Sie war mit dem Reißverschluss ihres übel zerknitterten Kleides beschäftigt, als sie Gelächter hörte. Ihre Wirbelsäule vibrierte alarmiert. Mit wem lachte Ty da? Und worüber lachte er?

Er konnte doch wohl nicht über sie lachen, oder? Nicht nach dem, was sie miteinander geteilt hatten. Sie hatte ihm seine Jungfräulichkeit geschenkt. Er hatte gewusst, dass er etwas Besonderes für sie war – und dass sie nicht wie die Mädchen war, mit denen er normalerweise schlief.

Sie kämmte sich die Haare mit den Fingern und schaute schnell in den Spiegel über dem winzigen Waschbecken, um sich zu versichern, dass sie keine Wimperntusche im Gesicht hatte. Sie sagte sich, dass sie darauf vertraute, dass er ihr die Wahrheit sagen würde, wenn er zurückkam.

Trotzdem nahm sie ihre High Heels und schlich auf Zehenspitzen durch den Flur und ein Stück die Treppe hinauf, bis sie weit genug war, um ein paar Gesichter zu sehen und zu hören, was sie sagten.

Einer von Tys Teamkollegen goss etwas Goldenes in ein Schnapsglas und reichte es Ty. „Alter, du musst uns erzählen, mit wem du hier bist. Das fragen sich alle."

Ty beugte den Kopf nach hinten und trank aus, dann hielt er das Glas vor sich, damit nachgeschenkt wurde. „Glaubt mir, sie ist heiß."

Julies Gesicht wurde glühend heiß und fast hätte sie die Schuhe fallen lassen. Wie konnte er über sie sprechen, als wäre sie nur irgendein x-beliebiges Mädchen, das er auf einer Party abgeschleppt hatte? Auch wenn eine Stimme in ihr einräumte, dass sie genau das war.

„Samantha? Ellen? Melissa?"

Ty lachte und leerte noch ein Schnapsglas. „Wir sehen uns später. Ich muss zu der heißen Braut zurück, die ich versteckt halte."

Julie hasste die Art, wie er sie als „heiße Braut" bezeichnete, auch wenn sie wusste, dass viele Mädchen davon geschmeichelt wären.

„Was ist das da in deiner Tasche?", fragte einer seiner Freunde und schnappte sich ihre Unterwäsche. „Oh Mann, du hast schon wieder ein Höschen für deine Sammlung!"

Tys Freunde ließen sich alle zusammen auf die Knie fallen. „Wir verneigen uns vor dem Meister."

Ty rührte keinen Finger, um ihre Unterhose zurückzubekommen. Stattdessen legte er den Kopf in den Nacken, als wäre er der König und seine Freunde seine Diener.

Er hatte ihr Höschen eingesteckt, um es seinen Freunden als Preis zu geben.

Kalte, verbitterte Wut erfüllte Julie. Sie ging die Treppe wieder nach unten und drückte die Tür zur

Kabine auf. Angeekelt schaute sie das zerwühlte Bett an und setzte sich auf einen steif gepolsterten Stuhl vor dem Einbauschrank in der Ecke.

Wenige Minuten später kehrte Ty zurück. Sein Blick war so gläsern, dass sie sich fragte, wie viele Gläser mehr er geleert hatte.

„Hast du mich vermisst?", fragte er, aber sein Gesichtsausdruck zeigte unmissverständlich, dass sie sich glücklich schätzen musste, dass er sie ausgewählt hatte, um bei seiner Abschlussfeier eine Nummer zu schieben.

„Nicht so richtig", zwang sie sich mit fester Stimme zu sagen. „Jetzt hätte ich gerne meine Unterwäsche zurück."

Er schüttelte den Kopf und kam auf sie zu. „Nicht so schnell. Wir haben noch ein paar Stunden, bevor der Eigentümer zurückkommt. Willst du nicht das Beste herausholen?"

Eine Welle der Selbstabscheu überkam sie. Hatte sie sich wirklich überall von ihm berühren lassen? In sie eindringen lassen? Er war nur ein übermütiger Sportler, der versuchte, zu punkten.

„Ich möchte dich nicht von deinen Freunden fernhalten. Ich wette, die haben dich letzte Nacht vermisst."

Er zuckte die Achseln. „Nicht so richtig."

„Komisch, so hat sich das von hier gar nicht

angehört."

Er kniete vor ihr auf dem teuren Teppich nieder und tat zumindest so, als ob ihn all das etwas kümmerte. Wenn man bedachte, wie betrunken er wahrscheinlich war, bewegte er sich ganz schön schnell. Sie hatte gehört, dass sein Vater auch ein Trinker war. Wie der Vater so der Sohn.

„Vergiss alles, was du gerade gehört hast", sagte er. „Das war nur Blödelei unter Kerlen."

„Zum Teufel mit dir!"

Er griff nach ihrer Hand. Die ganze Nacht lang hatte seine Berührung sie erhitzt und sie vor Verlangen verrückt gemacht. Jetzt blieben ihre Finger eiskalt.

„Das war nur Gerede unter Jungs. Sie würden das mit dir nicht verstehen."

Sie scherte sich nicht einen Scheiß um seine Pseudo-Entschuldigungen. Sie durfte nicht zulassen, dass sie ihm glaubte. Julie zog ihre Hand aus seiner warmen Umklammerung, stand auf und schlüpfte in ihre Schuhe, als würde es sie völlig kalt lassen, dass er vor ihr kniete und sie anstarrte.

Er stand ebenfalls auf und es regte sie auf, dass sie sich angesichts seiner Größe und seiner breiten Schultern wie ein Zwerg vorkam, als würde er seine Größe ihr gegenüber absichtlich raushängen lassen.

„Ich habe dir doch gesagt, dass es mir leid tut, aber du willst gar nicht hören, was ich zu sagen habe, oder?"

Sie hielt seinem Blick stand. „Ich hasse dich. Ich werde dich immer hassen. Und ich will dich niemals wiedersehen."

Er griff zu seinem Hemd und nahm seine Schuhe. „In Ordnung. Dann ein schönes Leben noch!"

Er ließ sie mitten auf dem Boot stehen. Es war ihr noch nicht einmal gelungen, als Erste zu gehen.

Das war der Todesstoß.

⋆ ⋆ ⋆

Julies Augen konzentrierten sich wieder auf das Footballfeld, als Ty lachte und eines der jüngeren Kinder hochhob. Er ließ den kleinen Jungen durch die Luft fliegen, um das zu feiern, was eine perfekte Spirale sein musste, so vermutete sie.

Trotz allem, was vor zehn Jahren zwischen ihnen geschehen war – wie konnte sie wieder neue Mauern aufbauen, wenn er sich so benahm?

⋆ ⋆ ⋆

Es war ein fantastischer Tag gewesen. Ty wusste ganz genau, was er tun wollte, wenn die Zeit kam, sich zur Ruhe zu setzen. Er wollte einen Ort wie diesen betreiben, den Kindern den Spaß am Spiel beibringen und ihnen zeigen, dass alles, was man über das Leben wissen musste, genau hier mit einem auf dem Feld war. Teamarbeit, Respekt, wie man gewinnen und wie man verlieren sollte. Football war hart für den Körper. Entweder war man gezwungen, verletzungsbedingt auszuscheiden, oder man ging freiwillig, solange noch alles funktionierte. Ty hoffte auf Letzteres.

Während er den Jungen dabei half, die Bälle und Netze auf dem Feld sauber zu machen, sah er zu Julie hinüber. Sie hatte den Kopf über ihr BlackBerry gebeugt, schließlich war sie ein kleines Arbeitstier.

Die Erinnerung daran, wie er sie nackt auf dem Balkon in Napa genommen hatte, traf ihn wie der Schlag und er musste den Blick abwenden, um nicht an ihre Kurven zu denken oder daran, wie ihr Nacken gezuckt hatte, als sie ihren Kopf zurückgeworfen hatte und gekommen war. Er war drauf und dran, sich umzudrehen und zum Clubhaus zu gehen, als eine raue Männerstimme über das Feld zu ihm drang.

„Jackie Boy, ich hoffe, du hast heute jemandem den Hintern versohlt."

Jacks Gesicht glühte und er duckte den Kopf und verfehlte absichtlich einen Ball, damit er ihm hinterherlaufen konnte. Weg von dem Mann, der sein Vater war, so vermutete Ty.

Der rotgesichtige Mann taumelte in Tys Richtung. Er schlug Ty auf den Rücken und aus seinem Mund drang eine Fahne von abgestandenem Whisky, als er sagte: „Ist das nicht ein Superstar, den ich hier habe, du Ass?"

Ty bemühte sich, seine Abscheu zu unterdrücken. Es war nicht Jacks Schuld, dass sein Vater ein nutzloser Alkoholiker war.

„Na klar. Er ist ein tolles Kind."

Die Miene des Mannes verfinsterte sich. „Alles, worauf es mir ankommt, ist, dass er gut im Football ist. Wir sind diese Woche nicht hergekommen, damit er Freunde findet. Um jeden Preis gewinnen – das habe ich ihm beigebracht. Es ist mir egal, wen er auf dem Weg über den Haufen laufen muss. Er war heute kein heulendes Baby, oder?"

Als Kind war Ty ein paar Mal mit seinen Freunden in Marin Kühe umschubsen gegangen, und er war äußerst versucht, diesem Typen in seine aufgeblähte Brust zu stoßen und zuzusehen, wie er zu Boden fiel und seine dicken Beine achtlos in der Luft herumstrampelten.

Aber er war nicht hier, um solchen Typen zu sagen, dass sie ihn mal gern haben konnten. Alles, was er tun konnte, war, ihren Kindern auf dem Feld zu helfen, ihnen die richtigen Verhaltensweisen beizubringen und zu hoffen, dass sie sich an seine Worte erinnern würden, wenn es darauf ankam.

Ty sagte: „Er macht das super", und rannte über das Feld auf Jack zu. Er hockte sich hin und bedeckte Jack mit seinem Rücken, sodass dessen Vater die Gesichter der beiden nicht sehen konnte.

„Ich habe deinen Vater kennen gelernt."

Das Kind schloss die Augen, und war das völlige Gegenteil von dem offenen und aufgeschlossenen Jungen, der er den ganzen Tag lang gewesen war. „Keine große Sache. Ich werde mit ihm fertig."

Ty nickte. „Natürlich wirst du das." Er hielt inne. „Er erinnert mich ziemlich an meinen Dad. Er sagt den gleichen Mist."

Jack schaute überrascht zu ihm auf. „Du machst Witze, oder?"

„Mein Dad hat mich auch total unter Druck gesetzt. Der Sieg war das Einzige, was für ihn zählte."

Jack verzog das Gesicht. „Aber ist das Gewinnen nicht das, worauf es ankommt?"

Ty steckte die Hand in die Tasche, zückte Stift und Papier und schrieb seine Handynummer darauf. „Manchmal schon. Andere Male gehst du einfach aufs Feld und spielst so gut wie möglich." Er reichte Jack den Papierfetzen. „Wenn du etwas brauchst, ruf mich einfach an."

Jack schaute mit offenem Mund auf Tys Telefonnummer hinab. „Wow!"

„Selbst wenn du nur jemanden zum Reden brauchst, ruf mich an. Wenn ich nicht sofort rangehen kann, rufe ich dich zurück, das verspreche ich dir."

Sie hörten beide, wie Jacks Vater kam und der Junge steckte das Papier in seine Hosentasche, bevor sein Vater es sehen konnte. Ty wusste verdammt gut, wie sein eigener Vater darauf reagiert hätte, wenn er damals die private Telefonnummer von einem Spitzenspieler gehabt hätte. Er wäre direkt in die Bar gegangen, um zum Feiern eine Runde auszugeben. Vor Ende des Abends wäre die Nummer in die Hände unzähliger Fremder gelangt.

Ty beobachtete Jack und seinen Vater beim Gehen und fragte sich, ob er gerade einen Fehler begangen hatte, als Julie neben ihm auftauchte.

„Du siehst ernst aus“, sagte sie und folgte seinem Blick zum Parkplatz.

Er schüttelte seine düstere Stimmung ab. Eine Sache, die er niemals vorhatte mit Julie zu diskutieren, war sein Vater. Sie wusste, dass er Alkoholiker war – das wusste verdammt nochmal jeder in der Stadt, und als er dann berühmt geworden war, hatte die Presse es in die Welt hinausposaunt –, aber trotzdem sprach er nicht viel darüber. Je mehr Jahre vergangen waren und je mehr Spiele er gewonnen hatte, desto weniger interessierten die Leute sich für seine Vergangenheit. Und genau so gefiel es ihm.

„Du hast dort einen zukünftigen Superstar vor dir“, wechselte er das Thema.

„Ich verstehe rein gar nichts von Football, aber selbst ich kann sehen, dass Jack talentiert ist.“ Sie runzelte die Stirn. „Aber sein Vater schein ganz schön krass zu sein, oder?“

Eher ein beschissener Alkoholiker, dachte Ty.

Julie atmete tief ein und schien ihm etwas sagen zu wollen. Er lernte langsam die Signale ihres Körpers. Sie hielt etwas zurück.

„Spuck es aus!“

Sie lachte. „Ich wusste gar nicht, wie durchschaubar ich bin.“

„Nur für mich“, sagte er und einen langen Augenblick lang hielt der eine dem Blick des anderen stand. „Bist du sicher, dass ich dich nicht sofort küssen kann?“

Ihr Mund öffnete sich leicht und fast hätte er es einfach getan. Zu guter Letzt schüttelte sie den Kopf. „Das kannst du nicht.“

Seine Miene trübte sich. „Erklär mir noch einmal, warum du so einen Wert darauf legst, dass unsere Beziehung geheim bleibt.“

„Du brauchst nicht im Ernst eine Erklärung über die Grenzen einer Berater-Klienten-Beziehung, oder?“

„Behandelst du deine Klienten immer so gut?“

Ihre Hände ballten sich an ihrer Seite und sie senkte die Stimme. „Warum benimmst du dich so?“

Er wusste, dass er ein Idiot war, denn – oh Gott, wie dumm kam er sich vor, diese Worte auch nur zu denken – seine Gefühle waren verletzt. Sie wollte nicht, dass irgendjemand Wind davon bekam, dass sie mit einem stumpfsinnigen Sportler ins Bett ging. Na und? Sie war schließlich auch nicht gerade gut für sein Image. Natürlich, schön war sie! Aber die Leute erwarteten von ihm, dass er mit leichten Mädchen ausging. Nicht mit Frauen, die ihre eigenen Firmen besaßen und wussten, welche Gabel man benutzte.

„Es ist ein langer Tag mit den Kids hier draußen gewesen", log er. „Kannst du mir verzeihen?"

Sie sah ihn an und er wartete ungeduldig darauf, dass sie einen Entschluss fasste. Er würde verrückt werden, wenn sie entschied, dass er zu weit gegangen war.

Zu guter Letzt nickte sie. „Dir sei vergeben", sagte sie, „aber ich muss gestehen, dass ich noch andere Absichten hatte."

Er runzelte die Stirn und hoffte sofort, ihre Absichten waren es unter anderem, nackt und verschwitzt zu sein. „Und zwar?"

„Meine Eltern haben angerufen. Morgen Abend machen sie ein großes Abendessen." Sie hielt inne und wirkte schuldbewusst.

„Du bist der Ehrengast."

„Hört sich mehr nach einem Befehl als nach einer Einladung an."

Sie biss sich auf die Lippe. „Es tut mir so leid. Meine Mutter hat klargestellt, dass sie es mir niemals verzeihen wird, wenn du dich nicht sehen lässt und sie zum Schluss mit Eiern beworfen werden. Es ist mir schrecklich unangenehm, Ty." Große blaue Augen richteten sich auf ihn. „Du musst nicht mitkommen. Es ist nicht deine Aufgabe, meine Eltern glücklich zu machen. Ich werde eine andere Lösung finden, um mit ihnen fertigzuwerden."

Er berührte ihr Gesicht und ließ die Seite seiner Handfläche über ihre weiche Wange gleiten. Er wusste aus eigener Erfahrung, wie schwer er war, mit Eltern und ihren Erwartungen umzugehen. Das Mindeste, was er tun konnte, war es, ihr das Leben leichter zu machen. Sie war die ganze Woche lang großartig gewesen. Es war an der Zeit, ein Opfer für sie zu bringen.

„Ich komme gerne mit, Julie."

Sie schmiegte ihr Gesicht gegen seine Hand. „Danke."

Ihre Lippen streiften seine Finger und ihm schoss das Blut in den Kopf. Und nicht nur dorthin.

Tony rief vom Dach des Clubhauses aus: „Barbecue in meinem Haus!"

Widerwillig ließ Ty die Hand sinken. Es gab hunderte von Dingen, die er jetzt lieber getan hätte, als Hot Dogs bei seinem alten Freund zu Hause zu essen. Mit seinen Freunden würde er noch ewig abhängen können. Aber was Julie anging, tickte die Uhr rasant.

Kapitel 21

Julie konnte kaum glauben, wie sehr sie sich amüsierte. Früher hätte sie automatisch angenommen, dass Tys Freunde eingebildete Idioten waren. Schließlich waren sie alle Sportler oder ehemalige Sportler. Stattdessen gehörten sie zu den nettesten Menschen, die sie je kennen gelernt hatte. Warm, locker, selbstbewusst. Aber sicher nicht arrogant. Kein einziger Angeber weit und breit, obwohl sie in dem, was sie taten, alle sehr gut waren und jede Menge Geld damit verdienten.

Sie plauderte mit den Ehefrauen der Footballer, während die Männer lautstark aufräumten. Plötzlich wurde ihr bewusst, dass die meisten Kerle, mit denen sie im letzten Jahrzehnt ausgegangen war – Männer in Anzügen, Unternehmer, Vizepräsidenten auf der Überholspur – um einiges arroganter waren, als jeder dieser Sportler, die mit ihren Körpern ihren Lebensunterhalt verdienten. Nach mehr Gesprächen über Football, als sie geglaubt hätte, in ihrem ganzen Leben zu hören, begann sie erst zu verstehen, wie viel Strategie und

Intelligenz dieses Spiel abverlangte.

Ihre Eltern hatten sie nie dazu ermutigt, Sport zu treiben, und auch wenn sie durchaus Zeit am Crosstrainer im Fitnesscenter verbracht hatte, so hatte das Training doch immer nur ihrer Linie gedient. Ty trieb seinen Körper mit einem hohen Maß an Konzentration und Zielstrebigkeit an. Egal, ob er Gewichte stemmte, Standrad fuhr oder seine Bahnen schwamm, er verschwendete nicht eine Sekunde damit, sich zu beklagen oder es sich leicht zu machen. In körperlicher Topform zu sein, war seine Arbeit, und er nahm seine Verantwortung ernst. Was für ein Glück sie doch hatte.

Tonys Frau ging ihr noch ein alkoholfreies Bier holen und Julie begann, in die Feuergrube zu starren und war erstaunt, wie schnell ihr Leben eine komplette Kehrtwendung gemacht hatte. Sie saß draußen am Feuer und trug ein zu großes Outlaws-Sweatshirt, um sich vor der etwas kühlen Luft zu schützen, und fühlte sich heiß und prickelnd beim Anblick der Muskeln eines Football-Stars.

„Lass mich raten, woran du denkst“, flüsterte Ty ihr ins Ohr und ihre Brustwarzen wurden unverzüglich hart.

„Du magst Kinder, oder?“

Er setzte sich neben sie und nahm einen Zug von seiner Cola. „Nicht unbedingt das, was ich gehofft hatte, dass du sagen würdest."

Sie grinste und sagte leise: „Frauen denken, dass Männer, die gut mit Kindern zurechtkommen, sexy sind."

Er erwiderte ihr Grinsen. „Das ist schon besser."

Tonys Enkelkinder jagten sich grölend und lachend mit Wasserpistolen über den Rasen. „Ty, komm und rette mich", flehte das kleinste Mädchen und er stellte seine Limonade ab und joggte zu ihr.

Selbst Fünfjährige verliebten sich in Ty. Er war einfach für alle unwiderstehlich. Und solange er ihr gehörte, würde sie jede Annehmlichkeit mitnehmen, die er ihr bot.

* * *

„Möchtest du eines der schönsten Dinge der Welt sehen?", fragte Ty, als sie Tonys Veranda verließen.

„Liebend gern", antwortete sie.

Ty nahm ihre Hand und führte sie Tonys lange, von Mammutbäumen gesäumte Einfahrt entlang. Auf dem Weg zum Grillen war ihr aufgefallen, dass das Grundstück, auf dem Tony sein Haus gebaut hatte, ans Camp grenzte.

„So ein Glückspilz, dass er gleich neben einem Footballfeld wohnt."

Julie presste die Lippen aufeinander. Sie würde nicht unaufgefordert eine Stellungnahme abgeben.

Alles lief so gut zwischen ihnen und es stand ihr nicht zu, ihm zu sagen, wie er sein Leben leben sollte. Er hatte eine fantastische Villa in einem der exklusivsten Bezirke von San Francisco. Er war bereits glücklich. Ohne sie.

Ty drehte den Kopf zu ihr und schaute sie an, wobei der Mond seine Gesichtszüge beleuchtete.

„Wenn du etwas sagen willst, sag es!"

„Dein Haus ist wunderschön", setzte sie an und er hielt eine Hand hoch.

„Lass es gut sein. Du brauchst mein Ego nicht zu streicheln. Verdammt, du bist einer der wenigen Menschen seit Jahren, die mir nicht genau das sagen, was ich hören will. Wenn du eine Meinung hast, dann wüsste ich sie gerne."

Julie leckte sich die Lippen und umfasste seine Hand fester. Sie atmete tief ein. Sie machte nie eine unpassende Bemerkung, sagte nie etwas, das ein Klient nicht hören wollte, zumindest nicht, ohne es vorher so hingedreht zu haben, dass es leicht zu schlucken war.

„Hast du jemals daran gedacht umzuziehen? Ich meine, wenn du lieber an einem Ort wie diesem wärst?"

Er blieb für einen langen Augenblick still, und ihr Herz schlug doppelt so schnell. Vor weniger als einer Woche hätte sie noch alles getan, um ihn in der Öffentlichkeit zu beleidigen. Aber jetzt wollte sie seine

Gefühle nicht verletzen.

„Als Kind habe ich von dem Haus geträumt, das ich einmal haben würde. Ich fuhr auf meinem klapprigen Rad über die Golden Gate Bridge und streifte durch Seacliff, um eine Rangliste der Häuser, die ich kaufen würde, zu erstellen."

Sie lächelte. „Ich bin zutiefst beeindruckt. Du hast das erreicht, was du wolltest."

„Das erste Jahr, als ich dort lebte, war eine einzige Party. Es ist ein tolles Haus."

„Atemberaubend", stimmte sie zu.

„Aber ich denke, es wäre an der Zeit für ein paar Veränderungen."

Überrascht darüber, dass er ihrer Meinung war, wandte sie sich ihm zu. Und was meinte er mit *Veränderungen* in der Mehrzahl? War sie eine dieser Veränderungen?

Sie standen am Rande eines Footballfelds mit Tribünen und Flutlichtern, das sie bisher nicht gesehen hatte. Ty ging zu einem Schließkasten aus Metall und legte mehrere Schalter um. Das Gras wurde unter den grellen Lampen leuchtend grün.

Julie fühlte sich, als würden sie in einem privaten Wunderland stehen.

„Siehst du, was ich meine?", fragte Ty und sie warf ihm einen Blick zu.

Er sah das leere Feld mit einer Miene an, die Bände

sprach. Normalerweise versteckte er seine wahren Gefühle gut hinter der Maske des albernen Spaßvogels. Nur bei ihrem Liebesspiel hatte sie einen Blick auf einen anderen Ty erhaschen können. Er hatte immer so eine Leichtigkeit an sich, aber außer seiner gewöhnlichen entspannten, selbstsicheren Haltung erkannte sie jetzt auch Freude.

„Ich hätte nie gedacht, dass ich je so etwas über ein Footballfeld sagen würde, aber es ist ganz schön beeindruckend."

„Komm hier her", sagte er und zog sie mit sich.

„Ich habe in meinem ganzen Leben nur ein einziges Footballspiel gesehen", gab sie zu. „Im Fernsehen. Diesen Januar. Als du den Super Bowl gewonnen hast."

Überraschung trat auf sein Gesicht und paarte sich mit einem gesunden Maß an Freude. Julie gefiel es, dass sie ihn glücklich machen konnte, indem sie ihm offenbarte, dass sie seine unglaublichen Bewegungen gesehen hatte.

„Im Ernst? Das war das einzige Mal?"

Sie lachte über seinen ungläubigen Gesichtsausdruck. „Ob du es glaubst oder nicht, manche Leute schauen einfach kein Football."

Er runzelte die Stirn. „Du bist nie mit Freunden im College zu einem Spiel gegangen?"

Sie hatte immer Ausreden gefunden, um nicht zu

gehen, denn sie wollte auf keinerlei Weise an Ty erinnert werden. „Nicht einmal auf die Tailgate-Partys."

Er schüttelte den Kopf. „Es wundert mich, dass du überhaupt weißt, dass man die Parkplatzpartys vor dem Spiel so nennt."

Die Frustration kochte in ihr hoch. Wusste er nicht, warum sie dieses Thema angeschnitten hatte? Wusste er nicht, wie schwer es ihr fiel, das Risiko einzugehen, über ihren Auftrag hinaus zu denken?

„Was ich sagen will, ist, dass ich gerne ein Spiel sehen würde", entlud sie sich. „In einem Stadion. Ich würde dein Talent gern in Aktion sehen."

„Das ist nur das, was ich mache", sagte er und spielte sein natürliches Können mal wieder herunter.

Er hatte unzählige Gelegenheiten gehabt, um sich selbst zu beweihräuchern, da seine Fans ihn bauchpinselten, und doch war er unglaublich bescheiden geblieben. Sie gingen übers Feld zu den Tribünen und stiegen sie bis zur Hälfte hoch, bevor sie sich setzten. Julies Rock flatterte in der leichten Abendbrise um ihre Knie.

„Hast du je Zweifel an dir gehabt?", fragte sie in der Annahme, dass sie beide wussten, dass sie über die letzten Sekunden des Super Bowls sprach.

Seine langen, dunklen Wimpern hoben sich und es verschlug ihr den Atem, in seine wunderschönen dunklen Augen zu schauen.

„Ich glaube, wenn du etwas unbedingt willst, solltest du es dir holen.“

So wie er es sagte, wirkte alles so einfach. Keine Zweifel. Keine Ängste. Man musste sich nur genau auf das konzentrieren, was man wollte und es verfolgen, in der Gewissheit, dass man es haben konnte – und haben würde. Im Laufe des Tages waren sowohl ihre Lust, als auch ihr Verlangen danach gewachsen, die restliche Zeit mit Ty auszukosten, und all ihre Fantasien wahr werden zu lassen, bevor sie sich verabschiedeten.

Bisher hatte er das Ruder in der Hand gehabt, hatte entschieden, wann und wo sie Sex hatten, und immer die Initiative übernommen. Sie hatte sich nicht in die Lage begeben, zurückgewiesen oder von ihm verletzt zu werden.

„Ich glaube, wenn du etwas unbedingt willst, solltest du es dir holen.“

Ohne darauf zu achten, wie heftig ihr Herz pochte, sagte sie: „Ich hatte einen wunderschönen Abend. Nur eines könnte ihn noch besser machen.“

In seinen Augen loderte ein Feuer auf und sie hätte schwören können, dass er sofort eine Erektion bekam.

„Und zwar?“, fragte er und lehnte sich gegen die Holztribüne.

„Ich habe immer dieses Bild von dir vor mir“, begann sie langsam. „Mit verbundenen Augen.“ Sie hielt inne, um die Worte sacken zu lassen.

„Rede weiter!"

„Nackt."

Er schluckte schwer. Und nickte. „Und was noch?"

Sie verlagerte ihre Hüfte auf der harten Bank, ihre Haut fühlte sich von dem unanständigen Bild, das sie da malte, bereits gespannt und warm an.

„Ich glaube, du warst gefesselt oder so."

„Wir hätten auch gleich nach dem Dessert gehen können, weißt du?"

Seine Worte klangen sanft, aber die Verzweiflung dahinter stand im Widerspruch zu seinem ruhigen Tonfall.

Sie leckte sich die Lippen. „Ich bin nicht gut darin, unhöflich zu sein."

„Solange du so ausgezeichnete Pläne aufstellst, kannst du so höflich sein wie du willst."

Er zog sie in seine Arme und sie fühlte sich von seiner Stärke so sicher geschützt. Er hob ihr Kinn, sodass sie ihn anschaute.

„Ich will dich schon den ganzen Tag lang", sagte er. „Zu jeder Stunde denke ich an dich. Dich zu berühren. Mit dir zusammen zu sein."

„Mir geht es genauso. Ganz genauso."

Er küsste sie und sein Mund streichelte, kostete sie und sagte ihr, wie sehr er sie begehrte. Sie trat näher an ihn heran, drückte ihren Busen gegen seine Brust, die hart wie eine Mauer war, und fuhr ihm mit den Fingern durch das weiche Haar. Sie ließ ihre Zunge genau in dem Moment in seinen Mund gleiten, in dem seine Hände ihre Brüste bedeckten, sie umfassten und drückten, bis sie an seinem Mund stöhnte.

Sie bewegte ihre Hände an seinem Nacken hinab, über seine Schultern und seine gut definierten Brust- und Bauchmuskeln, bis sie auf den Saum seines Outlaws-Shirts stieß. Sanft ließ sie ihre Finger unter die weiche Baumwolle gleiten. Sein Bauch zog sich zusammen und seine Lippen pressten sich härter auf ihre.

Sie fühlte, wie sie wieder an den Ort ohne jegliche Kontrolle entglitt, an den er sie immer brachte, und versuchte sich verzweifelt an ihren ursprünglichen Plan zu erinnern. Sie wollte ihm zeigen, wie es war, ihr ausgeliefert und ein Sklave für jede ihrer Launen zu sein. Und gleichzeitig wollte sie, dass er einen riesigen Genuss verspürte, und ihm auf so intime Weise wie möglich zeigen, dass er etwas Besonderes war.

Ihr Mund entzog sich seinem, als sie fragte: „Bist du bereit, meine Vorstellung Realität werden zu lassen?“

Er antwortete, indem er sich das T-Shirt über den Kopf streifte. „Hier ist deine Augenbinde.“

Sie lachte, auch wenn eine Stimme in ihrem Kopf ihr sagte, dass er das zu gut beherrschte, dass er dieses Spiel offensichtlich viele Male mit anderen Frauen gespielt hatte.

„Vielleicht sollten wir zu mir nach Hause zurückfahren“, sagte sie und kämpfte gegen ihre innere Stimme an, die sich fragte, warum sie sich entschlossen hatte, Ty von ihrer geheimen Fantasie zu erzählen. Würde sie sich zu guter Letzt nicht noch schlimmer verbrennen?

Sie schaute auf und bemerkte, dass er sie genau studierte.

„Niemand wird uns stören“, sagte er. „Besonders, wenn die Lichter aus sind.“

Er stieg die Tribüne hinab, überquerte das Feld und schaltete die Lichter aus, sodass das Feld in schwaches Mondlicht getaucht wurde.

Der Sex mit Ty war riskant und aufregend, aber er war mehr als nur die verrückten Orte, an denen sie miteinander schliefen. Egal, wo sie waren, zwischen ihnen gab es eine starke Bindung.

Eine Bindung, die sie vielleicht mit niemand anderem finden würde.

Er forderte sie mit einem Handzeichen auf, zu ihm an den Fuß der Tribüne zu kommen. „Es gibt noch eine Art, um sicherzustellen, dass wir unseren Nachbarn keine kostenlose Show bieten.“

Julie bewältigte vorsichtig die steilen Stufen. Mit jedem Schritt gewann sie ihre sinnliche Selbstsicherheit zurück. Und als er auf den dunklen Bereich unter den Tribünen zeigte, konnte sie es kaum erwarten, zur

Sache zu kommen und ihren umwerfenden Lover auf Zeit zu fesseln.

„Dreh dich um“, sagte sie mit einer knallharten Stimme und band ihm sein T-Shirt um die Augen.

Während er mit dem Rücken zu ihr gewandt stand, ließ sie ihre Hände über seine unglaubliche Brust gleiten. Seine Muskeln spannten sich und bebten und ihren Handflächen, dann presste sie ihren Busen gegen seinen Rücken und legte ihre Wange zwischen seine Schulterblätter.

Er duftete nach frisch gemähtem Gras und nach Hitze, und sie prägte sich die Erinnerung tief in ihrem Unterbewusstsein ein. Langsam ging sie um ihn herum und genoss den Anblick von jedem Winkel aus. Zufrieden stellte sie fest, dass seine Erektion hart gegen den Reißverschluss seiner Jeans drückte. Dankbar dafür, dass ihr Wickelkleid einen langen Gürtel hatte, öffnete sie ihn schnell und nahm ihn in die Hände.

„Hände über den Kopf“, befahl sie und stellte sich auf Zehenspitzen, um die Seidenschärpe um seine Handgelenke zu binden. Als sie fertig war, machte sie einen Schritt zurück, zufrieden darüber, wie gut er so vor ihr ausgestreckt aussah, während er darauf wartete, dass sie ihn berührte.

Sie legte sich einen Finger auf die Lippen. „Ich würde dir ja sagen, was ich als Nächstes tue“, sagte sie, „aber das würde die Augenbinde wohl sinnlos machen, oder?“

„Ich bin zu allem bereit“, erwiderte er und sie lächelte. Das war sie auch.

Sie öffnete den Knopf seiner Jeans und ließ ihre Finger über seine von Baumwolle bedeckte Erektion streichen, während sie den Reißverschluss öffnete.

Als sie ihm die Jeans über die Hüften gestreift hatte, ließ sie ihre Finger in die Öffnung seiner Boxershorts gleiten und stieß auf seine seidig weiche Haut. Sie bewegte ihren Finger über sein langes, hartes Glied auf und ab. Er stöhnte und eine feuchte Hitze durchströmte sie. Er brauchte sie nicht einmal zu berühren, und sie stand schon kurz davor zu kommen.

Ein Teil von ihr wollte mit ihm spielen, ihn zum Betteln bringen – aber mehr als alles andere wollte sie ihn in ihren Mund nehmen, spüren, wie er in ihre Lippen, ihre Wangen, ihre Kehle stieß. Mit einem Ruck zog sie ihm die Boxershorts herunter und kniete sich vor ihn. Sein Geschlecht war so schön und so perfekt, wie es stolz vor ihr stand. Sie ließ ihre Zunge spielen, um ihn zu kosten und er stöhnte erneut.

Sie umschloss seinen Schaft mit ihrer Hand, leckte sich die Lippen und bewegte seine geschwollene Eichel durch die warme Nässe ihres Mundes. Sie schmeckte seine salzig-süße Erregung und ehe sie sich versah, saugte sie sein dickes Glied bis ganz tief in ihren Mund und in ihre Kehle, während sie mit ihren Wangen daran zog und ihre Hand seinen Schaft knetete. Die andere Hand fuhr über seine Brust, und während er mit jedem ihrer Zungenschläge größer und härter wurde, stöhnte sie auf und drängte ihn dazu, sich gehen zu lassen. Er hielt für einen langen Moment inne, bevor er sich stürmisch gegen ihre Lippen presste.

Bevor sie sich versah, hatte er sich von der Seidenfessel befreit und sie lag auf der weichen Erde unter der Tribüne auf dem Rücken. Er lag auf ihr, schob ihr Kleid aus dem Weg, zog ihr Höschen zur Seite.

Und dann drang er in sie ein und sie küssten sich und sie fühlte sich so geborgen, so wundervoll geborgen mit ihm, dass ihr Höhepunkt schnell und atemberaubend kam, während der Mond durch die Tribüne hindurch leuchtete und gerade einmal genügend Licht auf sie warf, dass sie sehen konnte, dass er sie anschaute, während sie kam, und einen Ausdruck auf dem Gesicht hatte, der fast nach Liebe aussah.

Kapitel 22

Tys erster Gedanke, als sie am nächsten Abend im Haus von Julies Eltern eintrafen, war: *Meins ist größer.*

Fast hätte er angesichts dieses lächerlichen Gedankens laut gelacht. Aber hatte er nicht Jahre damit verbracht, jeden um sich herum zu übertreffen? Jeden, der gedacht hatte, er wäre etwas Besseres als das Kind aus der Wohnwagensiedlung?

Er hatte mehr erreicht als sie alle zusammen. Und zwar so viel mehr, dass es kaum noch etwas zu bedeuten schien.

Julie stieg von der Rückbank aus dem Rolls-Royce aus, den ihre Eltern geschickt hatten, wobei ihre Bewegungen ungewöhnlich steif waren. Sie sah aus, als hätte sie einen Besenstiel verschluckt, der ihr von der Wirbelsäule bis zum Nacken reichte, und Ty konnte nicht anders, als sich zu fragen, ob sie sich schämte, von ihren „Leuten“ mit ihm gesehen zu werden.

Noch nie hatten sie so viel und so ernsthaft miteinander geredet wie am vergangenen Abend, bevor sie ihn gefesselt und mit ihm gemacht hatte, was sie wollte. Mit jeder anderen Frau hätte Ty das gereicht. Zu seiner Überraschung hatte er begonnen, auf mehr zu hoffen.

„Wir müssen nicht lange bleiben", sagte sie, und ihre Worte klangen gespannt und abgehackt. „Ein Drink und das Abendessen, und dann gehen wir."

Er nahm eine entspannte Haltung ein und hoffte, das würde auf sie abfärben. „Keine Sorge. Ich tue gern alles, für das du mich brauchst."

Sie sah wütend aus. „Ich brauchst gar nichts zu tun. Du solltest nicht einmal hier sein." Entschlossen verdrängte sie ihren rebellischen Gesichtsausdruck und griff zu seiner Hand. „Danke, dass du das hier mitmachst. Eigentlich solltest du den Abend frei haben, und nicht dazu gezwungen sein, mit den Freunden meiner Eltern zu plaudern."

Ty wollte sie an sich ziehen, um ihr zu zeigen, dass er am heutigen Abend für sie in der Abwehr spielen würde, aber kaum hatte er seine Finger über ihre Hand streichen lassen, da zog sie sie auch schon weg.

„Daddy!", sagte sie mit ungewöhnlich hoher Stimme.

Ty schaute zur gepflasterten Wendeltreppe hoch, um zu sehen, ob ihr Vater sich in zehn Jahren sehr verändert hatte. Nein. Er war immer noch schlank, immer noch gebräunt, immer noch tadellos gekleidet.

Eine Rolex glitzerte an seinem Handgelenk. Tys Gesichtsausdruck verriet seine Abneigung nicht.

„Ihr seid zu spät“, war alles, was Julies Vater zur Begrüßung sagte.

Gerade fing sie an, sich mit dem Verkehr zu rechtfertigen, da schnitt ihr Vater ihr schon das Wort ab.

„Wie schön, dich wieder zu sehen“, sagte er zu Ty.

Ty hatte den Tag nicht vergessen, an dem sie sich kennen gelernt hatten. Er war in der dritten Klasse der Highschool gewesen, und Julies Vater hatte, wie alle anderen, vom Superstar profitieren wollen. Ty war für die Profi-Liga und jede Menge Geld prädestiniert gewesen. Aber zunächst einmal hatte er ein Sprungbrett auswählen müssen.

Blake Spencer vertrat das Notre Dame Team und war gesandt worden, um Ty mit allen verfügbaren Mitteln an Bord zu holen. Die meisten Sechszehnjährigen wären zutiefst beeindruckt von dem Abendessen im Ritz – wo die Kellner nicht einmal nach seinem Ausweis gefragt hatten –, von der sündhaft teuren Flasche Champagner, dem Kaviar, dem Filet Mignon und den Nutten gewesen, die nach dem Essen in der Limousine warteten.

Aber Ty fühlte sich wohler bei einem Burger und einem Gespräch über Strategien als bei weißen Tischdecken und Kellnern, die sich verneigten und dienerten. Er wäre viel lieber mit seinen Freunden beim Billard spielen gewesen, als so einem Arschloch dabei zuzuhören, was für wichtige Investitionen er geleistet hatte und wie er sein Unternehmen mit eiserner Hand leitete. Die wenigen Dinge, die Julies Dad über Football gesagt hatte, klangen merkwürdig, als hätte er sie in einem Handbuch gelesen oder die Kommentare eines Fernsehreporters auswendig gelernt.

Ja, er erinnerte sich an ihren Dad. Erst jetzt hörte Ty auf, sich darüber zu wundern, dass er Julie nie Anerkennung dafür gezollt hatte, dass sie so einen idiotischen Vater überlebt hatte.

Eine unsichtbare Faust versetzte ihm einen Schlag in die Magengrube, als die Antwort zu ihm durchsickerte: *Weil du gedacht hast, dass du selbst das Allerschlimmste überlebst. Niemand anders hatte es so schlimm wie du, oder?*

„Wir waren alle begeistert, als wir herausgefunden haben, das Julie mit dir zusammenarbeitet."

Ty musste fast lächeln. Julie hatte das ganz bestimmt nicht gefreut. Das war ein großer Teil ihres Charmes gewesen.

Ihr Vater brach das Schweigen erneut. „Ein Klient wie du wird ihr Profil mit Sicherheit aufwerten. Sie sollte sehr dankbar dafür sein, dass die Outlaws an sie gedacht haben."

Julie blieb still. Ty hatte sich an ihre schlagfertige Zunge, an ihre intelligenten Antworten gewöhnt. Es gefiel ihm ganz und gar nicht, sie so zu sehen, wie sie sich zu nichts weiter als der hübschen Tochter eines reichen Mannes degradierte. Genau das, was sie in der Highschool war, so vermutete er.

Ty lächelte schwach. „Ich habe darauf bestanden, mit ihr zusammenzuarbeiten. Ich habe meinem Agenten gesagt, dass ich niemand anderen in Betracht ziehen würde.“

Dankbarkeit strömte aus jeder von Julies Poren. Ty hätte ihrem Vater am liebsten in die Fresse gehauen. Ihr Dad blinzelte und versuchte dann, Ty hineinzubegleiten – Julie hingegen ließ er allein neben der Limousine stehen. Ty suchte ihren Blick, aber sie starrte auf ihre Schuhe.

Was sollte der Bullshit?

Ty befreite sich aus der Umklammerung ihres Vaters und kehrte zu Julie zurück. Er hob ihr Kinn mit seinem Finger und schützte sie mit seinem breiten Rücken vor den neugierigen Blicken ihres Vaters.

„Wir sind ein Team“, sagte er. „Du hast mich die ganze Woche lang unterstützt. Heute Abend kannst du dich auf mich verlassen. Okay?“

Ihre Augen leuchteten und er hielt ihnen ein paar Sekunden lang stand, bis sie ihren Fokus wiederfanden. So leise, dass er sie fast nicht hörte, sagte sie: „Okay.“

Ty ließ seinen Arm fest um Julies Taille geschlungen, als sie durch ihre Eingangstür gingen. Eine junge, vollbusige Blondine lächelte sie an.

„Oh mein Gott“, sagte sie, „da bist du ja! Ich bin Susie und es ist so aufregend, dich kennen zu lernen!“

Ty kannte tausende von Frauen wie dieser und er hatte mit einer beachtlichen Anzahl von ihnen geschlafen. Es war schon lustig, wie die Dinge sich in einer Woche mit Julie gewandelt hatten – denn, mit Sicherheit empfand er rein gar nichts für dieses Mädchen. Klar, sie war niedlich und hatte riesige Brüste. Aber er hatte eine Vorliebe für interessante, clevere Frauen mit großen Brüsten. Julie entsprach diesen Anforderungen perfekt.

Julie versteifte sich in seinem Arm. „Ich nehme an, du bist die neue Sekretärin meines Vaters.“ Das Mädchen nickte glücklich. „Seit April.“

Ach, jetzt hatte er verstanden. Blake trieb es mit seiner Sekretärin. Und wenn er sich nicht täuschte, trieb er es regelmäßig mit Mädchen wie ihr.

Ty hatte genug Seelenklempner im Team reden hören, um eines zu wissen: Wenn die Menschen, denen man am meisten vertraute, einen belogen und betrogen, lernte man, kein Vertrauen mehr zu haben. Das erklärte zu einem guten Teil, warum Julie ihm gegenüber anfangs so distanziert gewesen war. Sicher, er hatte es sich mit ihr in der Highschool verbockt, aber ihre Zurückhaltung, wenn er bei ihr war, ging darüber hinaus.

Der Anblick ihres Vaters und dessen neuster „Assistentin“ erklärte so einiges.

Susie wandte sich wieder Julie zu. „Janie, du musst dich ja so geehrt fühlen, mit dem legendären Ty Calhoun zusammenarbeiten zu dürfen.“

Julies Zusammenzucken war für alle außer ihm nicht zu bemerken, und er wünschte, sie wären irgendwo anders, nur nicht hier. Wenn sie ihm doch nur gesagt hätte, dass ihr Vater zum Kotzen war, hätten sie die Party sausen lassen und sich woanders eine schöne Zeit machen können – nur sie beide allein.

„*Julie* ist umwerfend“, sagte er und unterstrich ihren Namen Blakes kleinem Flittchen gegenüber. „Ich bin derjenige, der von Glück reden kann.“

Er schaute auf und sah eine verblasste, ältere Version von Julie die breite, geschwungene Treppe herunterkommen. Alle folgten Tys Blick, der die Frau beobachtete, die sich bei jedem Schritt fest an das Geländer klammerte.

Ihr Haar umrahmte ihr Gesicht wie das von Julie und auch die Form ihres Mundes war ähnlich. Sie kam am Fuße der Treppe an, ohne auch nur einmal aufgeschaut zu haben. Ein Kellner näherte sich mit einem Tablett Champagner und sie griff zu einem Glas und leerte es zügig, bevor sie es gegen ein volles eintauschte und sich auf den Weg ins Wohnzimmer machte.

Plötzlich traf es ihn wie der Schlag: Julies Mom war Alkoholikerin.

* * *

Julie fühlte, wie sie, überrollt von einer Welle der Scham, in sich zusammenfiel. Alles, was sie von ihren Eltern heute Abend erwartet hatte, war, sich vor Ty normal zu benehmen.

Und wahrscheinlich, so vermutete sie, taten sie genau das.

Sein Vater hatte eine neue Freundin, die sich als seine Assistentin präsentierte, und ihre Mutter versuchte, ihre Schande durch das Saufen zu verbergen.

Julie hatte nicht gewollt, dass Ty diese Seite von ihr sah. Sie fühlte sich verletzt, schutzlos und ihr war schlecht.

„Entschuldige", sagte sie und flüchtete sich in die Küche, die sicher voller Catering-Mitarbeiter war, die ihr keinerlei Beachtung schenken würden.

Ty würde heute Abend allein auskommen müssen. Sie konnte nicht damit umgehen. Sie konnte nur an einen Ort denken, der ihr Zuflucht bot – der Ort, an dem sie sich als Kind immer versteckt hatte. Ihr Schlafzimmer. Sie nahm zwei Stufen auf einmal und die Jahre fielen von ihr ab.

Sie war wieder drei und rannte vor der Streiterei ihrer Eltern weg, verängstigt von ihren lauten Stimmen, ihren schrecklichen Gesichtern.

Sie war sechs und fragte sich, warum ihre Mutter so komisch sprach und beim Abendessen die Wörter durcheinanderbrachte.

Sie war zehn und hasste ihren Vater dafür, dass er ihre Mutter so traurig machte, indem er wieder zu spät kam und das Abendessen verpasste, und sie hasste ihre Mutter dafür, dass sie so schwach war und einfach alles hinnahm.

Sie war vierzehn und rannte die Treppe hinauf, um von dem neuen Jungen in der Schule zu träumen – einem Footballspieler, der nicht einmal wusste, dass es sie gab.

Sie war achtzehn und kam am Morgen nach der wundervollsten – und schrecklichsten – Nacht ihres Lebens nach Hause, in der sie ihre Jungfräulichkeit an den Football-Superstar der Schule verloren hatte – an den gleichen Jungen, der sie vier Jahre lang weder eines Blickes noch eines Wortes gewürdigt hatte.

Und jetzt war sie fast dreißig und rannte immer noch die Stufen hoch, versteckte sich immer noch vor allem, was sie nicht sehen wollte, suchte immer noch nach jemandem, der ihre Liebe erwidern würde. Oben angekommen ging sie nach rechts und fragte sich für den Bruchteil einer Sekunde, was sie wohl hinter der verschlossenen Tür ihres ehemaligen Kinderzimmers finden würde.

Sie hielt die Luft an und drehte am goldenen Türknauf. Alles war genau so, wie sie es zurückgelassen hatte. Die Blumenbettdecke von Ralph Lauren, die Poster vom *Phantom der Oper* und *Les Mis*. Alles, was sie zurückgelassen hatte, war noch hier, fing Staub und wartete auf ihre Rückkehr.

Ihre Mutter hatte den Raum nicht angerührt, hatte nichts weggeräumt. Das wäre eine zu große Aufgabe für Carol gewesen.

Plötzlich fragte Julie sich, ob sie sich nicht ähnlicher waren, als sie bisher gedacht hatte. Schließlich hatte sie selbst kein bisschen mehr Willen aufgebracht als ihre Mutter, um sich mit den Erinnerungen und den Gefühlen auseinanderzusetzen, mit denen dieser Raum geschwängert war. Vielleicht war es keine gute Idee gewesen, hier hoch zu kommen. Vielleicht konnte sie sich wieder nach unten schleichen und in der Limousine warten, bis die Party zu Ende war. Ihre Eltern würden ihre Abwesenheit nicht bemerken, denn ihr Vater war darauf konzentriert, wie beeindruckt seine Gäste von Ty sein würden und ihre Mutter betrank sich bis zur Besinnungslosigkeit.

Es klopfte an der Tür und dann stand Tys umwerfende Gestalt im Türrahmen.

„Macht es dir etwas aus, wenn ich mich zu dir geselle?“

Eine Mischung aus Erleichterung und Demütigung erfasste sie. Sie war froh, dass sie vor Ty nicht die glückliche Tochter des Hauses spielen musste; das würde er nach nur einem Herzschlag durchschauen. Aber jetzt kannte er ihre Geheimnisse.

Und er wusste, woher sie kam.

Und er wusste, was sie versteckt hatte.

„Gern“, sagte sie mit zittriger Stimme. „Komm herein!“

Er trat ein und das Zimmer schrumpfte vor ihren Augen zusammen. Seine breiten Schulter und seine Körpergröße füllten den Raum aus und verwandelten ihn von einem unschuldigen Kinderversteck in etwas Mysteriöses.

Gefährliches.

„Hier bist du also aufgewachsen?“ Er schaute zum Bett. „Hier hast du geschlafen.“

Sie schluckte nickend.

„Eins muss ich wissen: Was hast du im Bett getragen?“

Ihre Wangen brannten. „Nicht viel“, gestand sie und er kam näher.

„Gut. Sehr gut.“ Und dann: „Ein Glück, dass ich das in der Highschool nicht wusste. Ich habe sowieso schon immer einen Steifen bekommen, wenn ich dich gesehen habe, wie du den Flur entlanggingst. Die Vorstellung von dir nackt in diesem Bett wäre zu viel für mich gewesen."

Plötzlich dachte Julie nicht mehr an ihre Eltern und daran, wie peinlich ihr deren Verhalten war.

Stattdessen konzentrierte sie sich darauf, wie gut es sich anfühlte, wenn Ty in der Nähe war. Wie sehr sie ihn begehrte.

„Ich habe eine Idee", sagte er und setzte sich auf die Kante ihres Einzelbettes. Ein Bett, das noch nie einen Jungen und nur ein kleines bisschen Selbstbefriedigung miterlebt hatte.

„Ich bin ganz Ohr", sagte sie, obwohl die ehrlichere Antwort gewesen wäre, dass sie immer ganz *Hormone* war, sobald er bei ihr war.

„Komm her!", forderte er und klopfte sich auf die Oberschenkel.

Sie setzte sich ganz vorn auf sein Knie und er zog sie auf sich. Seine Hitze und seine harten Muskeln brandmarkten sie und verschlugen ihr den Atem.

„Alle sind unten mit dem Trinken und Quatschen beschäftigt. Ich nehme an, vor dem Essen haben wir noch gut eine Stunde totzuschlagen. Der Anblick deines Bettes hat mich auf ein paar gute Ideen gebracht."

„Ich weiß nicht, ob wir das tun sollten", flüsterte sie.

„Ich schon“, antwortete er mit einem Augenzwinkern und in diesem Moment konnte Julie sich nicht davon abhalten, sich wieder ein kleines bisschen in Ty zu verlieben.

Kapitel 23

Tys Hände fühlten sich warm auf ihrem Hintern an. Sie senkte den Mund, um ihn zu küssen und er war so zärtlich, so vorsichtig. Die Erkenntnis, dass ihr Vater ein Fremdgänger und ihre Mutter eine Säuferin war, wäre die perfekte Granate gewesen, die er ihr hätte unter die Nase halten können. Er hätte ihre Schande dazu ausnutzen können, sie zurückzudrängen, um sich in der nächsten Woche etwas mehr Luft zum Atmen zu verschaffen.

Stattdessen entschied er sich, in diesem Moment der Schwäche nett zu ihr zu sein. Sie zu „unterstützen".

Sie nippte an seinen Lippen und fragte sich, warum sie jemals geglaubt hatte, dass Sportler nicht mehr als hohle Nüsse mit Muskelmasse waren. Denn auch wenn es Ty sicherlich nicht an gutem Aussehen und Charme fehlte, war er trotzdem überaus warm und verständnisvoll.

Sie löste ihre Lippen von seinem hypnotisierenden Kuss und sagte: „Ich bin jetzt bereit, deine Ideen zu hören."

Sie fühlte, wie seine Erektion an der Rückseite ihrer Oberschenkel noch steifer wurde. Er nahm eine ihrer Hände, zeichnete jede ihrer Fingerspitzen mit seinem Daumen nach, dann drehte er ihre Hand um und drückte einen Kuss auf ihre Handfläche.

„Ich glaube, ich habe dir nicht für das gedankt, was du gestern Abend unter der Tribüne mit mir gemacht hast."

Die Erregung knisterte ganz tief unten in ihrem Bauch. „Du brauchst mir nicht zu danken", sagte sie atemlos und aufgeregt. Gerade geschah etwas Wundervolles.

„Ich bestehe darauf, mich zu revanchieren."

Durch den Blutmangel in ihrem Gehirn brauchte sie eine Weile, bis sie die Bedeutung seiner Worte erfasste.

„Oh", sagte sie schließlich. „Du willst …"

„Dich fesseln."

Das sinnliche Bild traf sie wie ein Pfeil in die Brust und sie keuchte.

„Dir die Augen verbinden."

Sie leckte sich über die Lippen und fragte sich, ob es möglich war, dass ihr Herz so schnell schlug.

„Dich kosten."

Sie konnte ihre Augen nicht von ihm abwenden, konnte an nichts anderes denken, als sich Ty ganz und gar hinzugeben.

War es möglich, dass sie bereit war, ihm zu vertrauen? Zumindest mit ihrem Körper?

„Wir haben nicht viel Zeit“, sagte sie und verzehrte sich nun nach der versprochenen Erlösung. Sie wünschte sich, alle Gäste unten auf der Party würden einfach nach Hause gehen und sie allein lassen.

Während ihr zwei Wochen vorher wie eine Ewigkeit vorgekommen waren, wurde ihr nun bewusst, dass diese im Nu zu Ende sein würden.

Sie würde diesen unglaublichen Mann sehr vermissen.

Er ließ sie von seinem Schoß gleiten und legte sie mitten auf ihr altes Bett. Er stand auf und schloss die Tür ab, dann streifte er sich das Jackett ab und hängte es über die Stuhllehne.

Er war ein Mann mit einer Mission und sein einziges Ziel war es, dass sie sich gut fühlte.

Als Teenager hatte sie davon geträumt, wie es sein würde, wenn Ty sie küsste, wenn er sie in seinen Armen hielt. Aber niemals hatte sie annähernd Gefühle wie diese Erregung, diese Hochspannung erlebt.

Andererseits hatte sie sich auch nie vorgestellt, dass Ty sie fesselte, um sie auf jede Art zu nehmen, die ihm gefiel.

Er ging in ihren begehbaren Kleiderschrank und kam grinsend wieder heraus. Mit einem braunen, geflochtenen Ledergürtel in der Hand sagte er: „Der hier ist bestens für deine Handgelenke geeignet."

Er legte den Gürtel neben ihrer Hüfte ab und sie atmete tief ein, als er den Knoten seiner Krawatte löste.

„Und das hier", sagte er, „ist die perfekte Augenbinde."

Sie musste schlucken, so trocken war ihr Mund plötzlich. War sie verrückt? Würde sie wirklich zulassen, dass er so etwas mit ihr machte? Bei ihren Eltern zu Hause?

Betrunkenes Gelächter drang von unten herauf. Bemerkten ihre Eltern denn nicht, dass die Leute sie einfach nur benutzten, um kostenlos Champagner und Kaviar zu bekommen, und nicht hier waren, weil sie sie wirklich mochten?

Vielleicht war das Zusammensein mit Ty die perfekte Art, um diesem Haus eine neue, abschließende Erinnerung einzuhauchen. Nach dem heutigen Abend würde ihr letzter Eindruck der von einem umwerfenden Mann und den Dingen, die er mit ihr angestellt hatte, sein.

Ty setzte sich auf das Bett und sein Gewicht neigte die Matratze, sodass sie näher an ihn rutschte. Er war warm und stabil und sie zögerte keine Sekunde, als er die Seidenbinde über ihre Augen streifte und sie ihr unter ihrem Haar zuschnürte.

Sofort erwachten ihre restlichen Sinne zum Leben.

Sie liebte seinen frischen, rauchigen Duft. Die Band, die unten „The Way We Were“ spielte, klang wie die Untermalung ihrer eigenen persönlichen Liebesgeschichte. Sein Kuss schmeckte minzig auf ihrer Zunge.

Plötzlich sah sie alles klarer.

Der ganze Sex, der Spaß, das Gelächter – das alles war mehr als nur Alberei gewesen. Sie hatte Ty nicht nur darum gebeten, ihre Beziehung geheim zu halten, weil sie ihren beruflichen Ruf wahren wollte, sondern auch, weil sie Angst hatte, dass er ihr den Rücken zukehren würde, wie er es früher getan hatte.

Aber er war kein Teenager mehr. Er war ein wundervoller Mann.

Und vielleicht, dachte sie, als sie die Hand ausstreckte und sie auf sein Herz legte, um seinen starken, regelmäßigen Herzschlag zu fühlen, war es ja möglich, dass er dabei war, sich in sie zu verlieben. So wie sie sich gerade in ihn verliebte.

Er schlang seine Finger um ihre Handgelenke und sie wusste, was er jetzt fragen würde.

„Nur, wenn du dir sicher bist“, sagte er, und sie lächelte.

„Ich bin mir sicher“, sagte sie, und einen Augenblick später hatte er ihre Arme an das Bettgestell gebunden – zwar nicht so fest, dass es schmerzte, aber fest genug, damit sie nicht entkommen konnte.

Hitze und Nässe breiteten sich zwischen ihren Schenkeln aus und ihre Nippel wurden hart.

„Jetzt sehen wir doch mal, was mich hier drunter erwartet“, sagte Ty, und seine Stimme und seine Finger entlockten ihr ein leises Stöhnen, während er den Reißverschluss vom Korsett ihres trägerlosen Kleides fand und ihn öffnete.

„Du trägst das, was ich am liebsten mag“, murmelte er, während er die Spitze über ihre Brüste gleiten ließ und ihr nacktes Fleisch bis zu ihrem Brustkorb entblößte. „Nichts.“

Instinktiv wölbte sie ihren Rücken in der Hoffnung, er würde sie bald berühren, küssen und seine Zunge über ihre Nippel fahren lassen. Er umfasst ihre Brüste mit beiden Händen und drückte sie zusammen, so dass beide Brustwarzen gleichzeitig Beachtung fanden, als er anfing, sie zu lecken.

Sie hatte geglaubt, es wäre ein Geschenk für Ty, ihm ihren Körper so zu schenken, aber wie sich herausstellte, war es auch für sie selbst ein Geschenk. Sie hatte ihre erotischsten, knappsten Höschen ganz hinten aus ihrer Wäscheschublade hervorgekramt und trug an diesem Abend nur einen Hauch weißer Seide und Spitze unter ihrem weißen Kleid.

Er zog ihr das Kleid über den Bauch und atmete langsam aus. „Jedes Mal, wenn ich dir die Kleider ausziehe, denke ich, dass ich darauf vorbereitet bin, und jedes Mal liege ich falsch."

Er bedeckte ihre Wölbung inklusive Seide und allem anderen mit seinem Mund und seine heiße Zunge schlug mit langen Schlägen gegen sie. Sie zog entschlossen an ihren Fesseln, konnte sich jedoch nicht befreien, konnte nicht näher an seinen perfekten Mund kommen.

Dann schob er, Gott sei Dank, die teure Seide beiseite und schob einen Finger in sie. Seine Zunge stieß auf ihr nacktes Fleisch, erst sanft und dann hart und dann wieder sanft. Verzweifelt hoffte sie auf Erlösung, verzweifelt hoffte sie, gegen seinen Mund gepresst zu kommen.

Alles, was fehlte, war die leichteste Berührung seines Daumens und seines Zeigefingers auf ihren Nippeln, und ein Orgasmus würde sie von Kopf bis Fuß erschüttern. Bevor sie wieder auf den Boden zurückkommen konnte, legte er seine Hände auf ihren Rücken und sagte: „Vertrau mir!" Dann verlagerte er ihre Handgelenke, sodass sie auf ihren Knien und Schienbeinen saß und ihre Brüste gegen das Bettgestell gepresst waren.

War das wirklich sie, die da mit Ty in ihrem Bett war? Mit verbundenen Augen auf Knien an ein Bett gefesselt, während sie darauf wartete, dass er sie nahm? Sich danach verzehrte?

Seine Hände waren wieder auf ihr, seine Finger

glitten zwischen ihre Schenkel und arbeiteten sich langsam zu ihrem Bauch hoch, dann zum Ansatz ihres Brustkorbes und zu ihren Brüsten. Als sie dachte, sie würde es keine Sekunde länger aushalten, spürte sie, wie er die heiße Spitze seines Schafts in sie drückte, sie weit öffnete und das Gefühl von ihm in ihr brandmarkte.

Ein kräftiger Stoß genügte, um sie wieder zum Höhepunkt zu bringen und sie presste ihre Hüften gegen sein Becken, um ihn tiefer in sich zu spüren, so tief, wie sie konnte. Seine Hände waren jetzt grob, nicht mehr die eines behutsamen Liebhabers. Er hatte ihr das gegeben, was sie unbedingt gebraucht hatte und jetzt nahm er Gefallen an ihrem Körper.

In diesem Moment, mit einem Gürtel um ihre Handgelenke und einer Seidenkrawatte auf den Augen, fühlte Julie sich vollkommen erfüllt. Nie wieder würde sie auf die alte Art an das Haus ihrer Eltern denken.

Und das hatte sie Ty zu verdanken.

Kapitel 24

Eine Stunde später nickte Ty abwesend, während der Fan ihn vollquatschte. Er beobachtete Julie, die bei Freunden der Familie, so nahm er an, stand. Zu dünn, zu kühl und man konnte ihre Unzufriedenheit schon aus einer Meile Entfernung riechen, auch wenn sie gut unter ihrer Designerkleidung versteckt war.

Julie sah zwar nicht halb so blass aus wie vor ihrem Schmusen, aber ihr Mund war immer noch angespannt und die Sehnen in ihren Armen und ihrem Hals waren steif.

Er machte sich Sorgen um sie und hoffte, dass das, was sie oben gemacht hatten, etwas geholfen hatte. Ty wusste, dass sie sicher das Gleiche für ihn getan hätte, wenn sein stockbesoffener Vater in der Gegend gewesen wäre.

Die meisten Frauen, die ihn anmachten, suchten nicht nur nach Spaß im Bett, sondern auch nach einem weißen Ritter, der sie aus ihrem banalen Alltag rettete. Er hatte immer dafür gesorgt, dass er nicht den Fehler beging, jemanden zu schwängern oder in etwas verwickelt zu werden, aus dem er sich nur schwer würde befreien können. Frühzeitig hatte er gelernt, zuerst an sich selbst zu denken. Seine Teamkollegen kamen als nächstes. Es hatte keinen Platz für jemand anderes gegeben.

Bis jetzt.

Es war schon merkwürdig, wie verkorkst alles in der Highschool ausgesehen hatte. Julie war alles gewesen, was er wollte und von dem er wusste, dass er es niemals bekommen würde, ganz einfach deshalb, weil sie so verschieden waren.

Aber wie sich herausstellte, waren sie ganz und gar nicht verschieden. Denn wenn man das alte Geld und die neuen Häuser, die Wohnwagensiedlung und die Super-Bowl-Ringe beiseiteließ, blieben nur noch zwei Jugendliche übrig, deren Eltern für diesen Job niemals hätten kandidieren dürfen.

Julie war die erste Frau, mit der er zusammen war, die nicht von ihm erwartete, dass er sie rettete. Und ehrlich gesagt war er nicht sicher, dass sie seine Hilfe überhaupt annehmen würde, wenn er sie ihr anbot.

Das Verrückte war, dass Ty sich um sie kümmern *wollte*. Er wollte sie wissen lassen, dass sie Unterstützung bei ihm suchen konnte, selbst wenn es nur um zwei Prominente ging, die sie festhielten und nicht mehr gehen ließen. Es gab nichts, was er lieber getan hätte, als alles stehen und liegen zu lassen und einzuschreiten, um sie zu retten, und es gab keinen Ort, an dem er lieber gewesen wäre.

Der Mann im mittleren Alter vor ihm war endlich zum Ende seiner Geschichte über das Spiel gekommen, das Ty sechs Jahre zuvor gewonnen hatte.

Ty schüttelte ihm die Hand. „Es war eine Freude, mit Ihnen zu reden. Wenn Sie mich jetzt entschuldigen würden …"

Während er durch das Wohnzimmer schritt, hielt er den Blick auf Julie gerichtet, um den Gästen, die darauf warteten ihn kennen zu lernen, unmissverständlich mitzuteilen, dass er gerade nicht im Dienst war.

Einen Augenblick, bevor er an ihrer Seite war, schaute sie zu ihm auf und schenkte ihm ein Lächeln, das sagte: *„Gott sei Dank, dass du hier bist."*

In diesem Moment wollte Ty mehr, als sie nur zu retten: Er wollte Anspruch auf sie erheben. In aller Öffentlichkeit. Er wollte, dass alle wussten, wie viel sie ihm bedeutete – besonders ihre Eltern und deren nervtötende, arrogante Freunde.

„Hallo, meine Damen", sagte er schmeichlerisch, während er sich neben Julie stellte und sie sanft an sich zog.

Sie versteifte sich in seinen Armen und warf ihm einen zornigen Blick zu, den er ignorierte. Die Augen der beiden Damen wurden groß, als ihnen ein Licht aufging, und Ty schluckte den sauren Geschmack der Schuld herunter.

„Wir haben unserer kleinen Julie gerade gesagt, wie neidisch wir sind, dass sie die Chance hat, mit professionellen Athleten zusammenzuarbeiten. Wenn ich von den Nebenleistungen gewusst hätte, wäre ich auch in ihre Branche gegangen.“ Die Damen kicherten wie Teenager.

Ty rieb seinen Daumen über die empfindliche Haut in Julies Armbeuge. Sie war stinksauer auf ihn, das verriet ihm ihre Körperhaltung.

Das Gute an der Sache war, dass sie – so hätte er wetten können – nicht mehr an ihre Eltern dachte.

Er setzte seine bescheidenste Stimme auf, als er sagte: „Man hat es nicht immer leicht mit Sportlern. Ein Imageberater muss einiges drauf haben, um uns gut dastehen zu lassen. Meistens denken wir nur an unsere Muskeln und an das Spiel.“

„Und an große Brüste“, murmelte Julie.

Eine der Frauen runzelte die Stirn. „Entschuldige, Liebes, was hast du da gerade gesagt?“

Ty wandte sich Julie zu und wischte ihr einen unsichtbaren Fleck von der Schläfe. Sie war so überrascht, dass sie für eine Sekunde den Mund hielt.

„Sie hat gesagt, wir schwitzen auch viel bei Hitze.“

Julies blaue Augen spuckten Feuer und ihm wurde klar, dass der Augenblick für drastische Maßnahmen gekommen war. Die Band hatte gerade begonnen, ein langsames Stück von Sinatra zu spielen, und die Tanzfläche füllte sich.

„Entschuldigen Sie uns. Julie hat mir den ersten Tanz des Abends versprochen“, sagte er und führte sie weg, bevor sie ihm widersprechen konnte.

Er zog sie in die Mitte der Tanzfläche, obwohl sie ihm von Anfang an klar gesagt hatte, dass sie nicht mit ihm auf Partys tanzen würde, damit niemand ihre Beziehung falsch verstehen würde.

„Was zum Teufel machst du da?“, zischte sie ihm ins Ohr.

„Tanzen“, antwortete er, obwohl er wusste, dass eine so ein Klugscheißer-Antwort sie nur noch mehr aufbringen würde.

Ein gedämpftes Fluchen drang gegen seine Brust. „Die Leute schauen uns an. Die denken sich ihren Teil.“

Er zog sie näher und atmete den Duft ihres Liebesspiels ein, der auf ihrer Haut lag. „Das weiß ich. Lass sie schauen!“

Sie sah ihn an, und anstelle der Wut, die er erwartet hatte, sah er nur Verwirrung. Er wollte etwas sagen, das ihr dabei helfen konnte zu verstehen, woher er kam. Das einzige Problem war, dass er beim besten Willen nicht wusste, wie er einen klaren Satz zustande bringen sollte. Denn ihre Kurven waren gegen ihn gedrückt und er war schon bereit, für die Nacht der Highschool-Fantasien Teil zwei wieder zurück nach oben zu rennen.

„Ty", sagte sie sanft, „alle werden denken, dass wir ein Paar sind. Du benimmst dich, als wäre ich deine Freundin und nicht eine beauftragte Beraterin."

Ty konnte dieses Spiel nicht länger weiterspielen. Er wollte sie. Sie wollte ihn. Es war Zeit für sie, zusammen zu sein. Und zwar richtig.

„Dann denken sie das Richtige."

Sie atmete scharf ein und zwei rote Flecken färbten ihre Wangenknochen. „Wir hatten eine Vereinbarung. Das hier muss geheim bleiben. Keine Verpflichtungen, oder?"

Sie löste sich aus seinen Armen und schlängelte sich durch die Gäste. Dicht an ihre Fersen geheftet folgte er ihr durch die Fenstertüren, die Treppe hinunter, am Teich vorbei auf einen Pfad, der durch eine dichte Hecke führte. Als sie weit genug von den anderen entfernt waren, griff er zu ihrem Arm und drehte sie herum.

Sie atmete schwer und ihre Wut vibrierte zwischen ihnen.

„Wie kannst du es wagen?", fauchte sie. „Gerade du solltest wissen, wie schwer es für mich ist, hier im Haus meiner Eltern zu sein, während alle mich beobachten. Nach dem, was du gerade getan hast, werden alle darüber lästern, wie traurig es ist, dass ich mich in dich, den großen Superstar, verliebt habe. Dass du mich ohne mit der Wimper zu zucken stehen lassen wirst, sobald du wieder ein Paar übermäßig großer Brüste siehst."

Sie riss seine Hand von ihrer Taille.

„Seit ich angefangen habe, mit dir zusammenzuarbeiten, habe ich wohl kaum mein berufliches Ansehen gewahrt. Willst du, dass ich wieder ganz von vorn anfangen muss? Geht es dir darum?"

Sein Herz pochte wie wild. Wie sehr sie sich doch in ihm irrte! Und in seinen Beweggründen.

„Ich liebe dich."

Ihre Augen weiteten sich und er wusste, sie musste es noch einmal hören. „Ich liebe dich, Julie."

Stolpernd wich sie einen Schritt zurück, setzte sich unsanft auf eine Bank aus Stein und er kniete vor ihr nieder. Sie schaute ihn nicht an. Er hielt ihre kalten Hände.

„Ich weiß, dass wir eine Vereinbarung hatten", gab er zu. „Aber die Dinge haben sich geändert."

Sie hob ihr Kinn und blinzelte ihn an. „Wie? Inwiefern haben sich die Dinge geändert? Du bist immer noch du, und ich bin immer noch ich."

Er stand auf, um sich neben sie auf die Bank zu setzen. „Zuerst haben wir ein Katz-und-Maus-Spiel gespielt. Wir wollten beide sehen, wer gewinnen würde. Aber darüber sind wir jetzt hinaus."

„Nur weil dir der Sex mit mir gefällt, heißt das noch lange nicht, dass du mich liebst."

„Der Sex hat mir mit vielen Frauen gefallen."

Ihre Augen sprühten wieder Funken. „Danke für die Erinnerung."

„Aber geliebt habe ich keine davon." Er strich mit dem Daumen über ihre Unterlippe. „Nur dich."

Ein kleines bisschen kam sie seiner Hand entgegen und die eiserne Klammer um Tys Herz lockerte sich.

„Du hast mich überrumpelt", flüsterte sie. „Ich weiß nicht, was ich denken soll."

Er zog sie auf seinen Schoß und drückte ihr einen zarten Kuss auf die Lippen. „Vertrau mir", sagte er an ihre weichen Lippen, „wir werden großartig zusammenpassen."

⋆ ⋆ ⋆

Julies Kopf drehte sich. Typisch Ty, sie einfach so mit dem Wort *Liebe* zu überfallen. Erst half er ihr dabei, all ihre alten Ängste zu vergessen, und im nächsten Augenblick stapelten sich plötzlich so viele neue Zweifel, einer über den anderen. Was war denn damit, wie tief er sie früher verletzt hatte? Was war mit den Horden schöner Frauen, die nach jedem Spiel in der Umkleide und auf den Chaiselongues am Pool auf ihn warteten?

Aber gleichzeitig wusste sie, dass sie ihr Herz am Riemen gerissen hatte, weil sie solch eine Angst davor gehabt hatte, wieder verletzt zu werden.

Was war, wenn das hier ihre einzige große Chance zum Glücklichsein war?

Was war, wenn der Augenblick gekommen war, um ein Risiko einzugehen – und mit dem Mann zusammen zu sein, der behauptete, dass er sie liebte?

Und wenn alles weiterhin gut lief – wenn er sie nicht für ein gerade einmal volljähriges Groupie verließ und sie nicht ihre gesamten Aufträge verlor, weil alle dachten, dass sie eine Schwäche dafür hatte, sich in einen reichen Quarterback und Playboy zu verlieben –, dann würde sie ihm vielleicht sogar sagen können, wie sehr sie ihn immer geliebt hatte.

Aber erst einmal würde sie sich in das Netz fallen lassen, das er ihr anbot. Alles, was sie wusste, war, dass sie es liebte, seine starken Arme um sich und seine muskulösen Oberschenkel unter sich zu spüren. Schon allein dadurch, dass sie auf seinem Schoß saß, wurde sie feucht und hungrig nach ihm.

Sie sagte: „Liebe mich, Ty", und es schien, als hätte sie kaum einen Atemzug getan, als er ihr auch schon das Kleid bis zu den Hüften geschoben und ihre Beine um seine Taille gelegt hatte.

Seine Finger glitten zwischen sie beide und sie genoss es, wie seine Fingerknöchel sie streichelten und neckten, während er seinen Reißverschluss öffnete und sich befreite. Eine erfrischende Welle der Erregung brach über sie herein, als er sich ein Kondom über seinen Ständer streifte und seine dicke Eichel kaum ein paar Zentimeter von ihrem Geschlecht entfernt war. Und dann glitt er in sie hinein, riesig und dick und heiß. Seine Hände waren auf ihren Hüften, zogen sie auf seinem Schaft rauf und runter, härter und schneller.

Sie surfte auf der endlosen Welle ihres hereinbrechenden Orgasmus und alles in ihr wollte daran glauben, dass er sie liebte.

Dass er sie immer lieben würde.

Während er sie auf den Gipfel zutrieb, flüsterte er: „Ich liebe dich."

Nachdem ihr Höhepunkt verebbt war, klangen seine Worte noch lange in ihrem Kopf nach.

Kapitel 25

Julie nahm das Klingeln des Telefons am nächsten Morgen kaum zur Kenntnis, als Ty sich neben ihr streckte und vor sich hin murmelte, sie sollte das verdammte Telefon einfach aus der Dose ziehen. Sie fühlte sich so wunderbar mit ihrem Kopf in seiner Armbeuge, während sie seinen rhythmischen und beruhigenden Herzschlag im Ohr hatte. Aber nach all den Jahren perfekter Professionalität konnte sie das Telefon nicht ignorieren. Was war, wenn es irgendwo bei einem ihrer Klienten ein Feuer zu löschen gab?

Und was war, fragte eine warnende Stimme in ihrem Kopf mit viel lauterer Stimme, wenn das Feuer in ihrem eigenen Bett ausgebrochen war?

Plötzlich war Julie hellwach. Sie setzte sich im Bett auf und zog sich die Decke über ihre nackten Brüste. Sie wusste, dass es lächerlich war und dass niemand außer Ty sie gerade sehen konnte. Und trotzdem strich sie sich das Haar aus den Augen und streckte die Wirbelsäule durch, als sie zum Telefon griff.

„Julie Spencer“, sagte sie mit so klarer Stimme, wie sie es nach etwa drei Stunden Schlaf bewerkstelligen konnte.

„Liebling, ich freue mich so für dich!“

Julies Mutter hatte sie noch nie so früh am Morgen angerufen. Normalerweise lag sie wegen eines Glases zu viel bis zum späten Vormittag im Bett.

Angst kroch Julies Wirbelsäule hoch. *Was ging da vor sich?*

„Danke, Mutter“, sagte sie mit vorgetäuschter Ruhe. „Darf ich dich fragen, worüber du so glücklich bist?“

Ihre Mutter seufzte. „Oh Julie, du hast dir wirklich nie in die Karten schauen lassen.“

Julie sagte keinen Ton und wartete einfach darauf, dass ihre Mutter auf den Punkt kam.

„Du hast deinen Traumprinz gefunden, Süße!“ Meine Freundinnen können gar nicht aufhören, darüber zu reden, wie umwerfend er ist. Und die Art, wie er dich anschaut, bringt mich dazu, mir zu wünschen, ich wäre selbst wieder jung und schön.“

Das war der Punkt, an dem Julie normalerweise so etwas gesagt hätte wie: *„Du bist immer noch schön, Mutter“*, aber heute fehlten ihr einfach die Worte.

„Keine große Sache“, sagte sie und wünschte sich, ihre Mutter wäre nicht so aufgeregt über ihre sprießende Beziehung zu Ty. Wenn es zwischen ihnen nicht funktionierte, wollte sie nicht auch noch zusätzlich zu sich selbst ihre Mutter trösten müssen.

„Jede Mutter will sehen, wie ihre Tochter sich in einen starken, wundervollen Mann verliebt. Ganz zu schweigen von steinreich. Ich kann es gar nicht erwarten, mehr von Ty zu sehen."

Das Kichern ihrer Mutter ging Julie auf die an Schlafentzug leidenden Nerven, doch bevor sie eine zivile Antwort für eine nette Tochter finden konnte, klopfte es in der Leitung an.

„Ich habe einen Anruf in der Leitung, Mutter. Ich muss dann mal."

Julie schaltete um.

„Guten Morgen, Miss Spencer", hörte sie Bobbys Südstaatenakzent. „Ich habe gehört, sie kümmern sich ganz besonders um meine Nummer Eins."

Oh Gott.

„Ty hat sich großartig angestellt", sagte sie mit so klarer und professioneller Stimme, wie sie es angesichts der Tatsache hinbekam, dass seine „Nummer Eins" gerade in ihrem Bett war.

Ty schaute unter seinem Arm, den er sich über die Augen gelegt hatte, hervor. „Wer ist dran?" Er klang verschlafen, faul und ziemlich unbesorgt.

Sie schüttelte den Kopf, legte sich einen Finger auf die Lippen und formte mit den Lippen das Wort „Bobby".

Ty verlagerte seine Hüfte und die Laken rutschten von seinem Brustkorb, sodass sich ein Anblick von seiner Haut und seinen Muskeln bot, der einem das Wasser im Mund zusammenlaufen ließ.

„Wer?"

Sie presste die Sprechmuschel fester zu. „Sch!" Aber es war zu spät.

„Na, ist das nicht ein Zufall? Die beiden Menschen, mit denen ich sprechen möchte, sind schon im gleichen Raum versammelt."

„Bobby, ich …", setzte sie an, doch Ty war schon vom Bett aufgesprungen und hatte den Anruf in ihrem Büro nebenan übernommen.

„Hey Boss. Wie kann ich dir an diesem schönen Morgen behilflich sein?"

Ty zog seine Worte genauso in die Länge wie Bobby, auch ohne den starken Südstaatenakzent.

Julie fühlte sich, als würde sie sich übergeben müssen. Oder hyperventilieren.

„Du und deine hübsche Dame, ihr bewegt euch nicht vom Fleck! Ich bin gleich da."

Julies Mund öffnete sich. Und schloss sich wieder. Schließlich brachte sie ein „Wunderbar" heraus, bevor Bobby als erster auflegte.

Sie stürzte sich aus dem Bett und verwendete einen Fluch, der ihr normalerweise nicht über die Lippen kam.

Ty stand im Türrahmen. „Ich hätte nie gedacht, dass ich auch nur einmal dieses Wort von dir hören würde, und drei Mal erst recht nicht." Er ließ seinen Blick über ihre nackte Haut auf- und abwandern. „Und noch dazu bist du sogar nackt."

Julie knurrte und flitzte ins Badezimmer. Sie steckte ihr Haar zu einem Dutt zusammen und begab sich in eine Wand aus kaltem Wasser.

Natürlich hatte sie sich gedacht, dass die Leute daran interessiert sein würden, mehr über sie – die Frau, die Tys Herz erobert hatte – herauszufinden. Sie hatte geplant, sofort Montag früh ein Meeting mit Bobby einzuberufen, um ihren überarbeiteten Plan für die letzte Woche des Auftrags vorzulegen. Aber sie war so in Tys „Ich liebe dich" gefangen, dass der Teil ihres Gehirns, der die Arbeit immer an erste Stelle gestellt hatte, seinen Betrieb komplett eingestellt hatte.

Wie es seine Art war, wartete Ty bis der Dampf anfing, aus der Dusche zu steigen, bevor er hereinkam. Julie ließ die Seife und den Rasierer sinken. Sie konnte nicht aufhören zu zittern.

„Es wird schon alles gut gehen", sagte Ty.

„Was interessiert dich das?", warf sie ihm vor. „Du wirst nicht gefeuert."

Er zuckte die Achseln. „Haben sie dich nicht damit beauftragt? Dass du mich in einen braven Jungen verwandelst, damit sie mich nicht feuern müssen?"

Sie drehte den Wasserhahn aus und rubbelte sich grob mit einem Handtuch ab. Ty nahm es ihr sanft ab.

„Warum überlässt du das nicht mir, bevor du deine wunderschöne Haut entstellst?“

Was sollte sie Bobby über ihre Beziehung zu Ty erzählen? Wie konnte sie es so hindrehen, dass es so aussah, als würde sie noch immer ihre Arbeit leisten? Denn ehrlich gesagt war Julie sich ganz und gar nicht mehr sicher, dass sie das tat.

Unzählige Male am Tag Sex mit einem heißen Profi-Footballspieler zu haben, wurde von der Steuerbehörde sicher nicht als „Erwerbstätigkeit“ eingestuft.

„Sieh mal“, sagte Ty mit einer Stimme, die sie beruhigen sollte. „Wir haben doch nichts falsch gemacht. Du hast dir deinen bezaubernden Arsch aufgerissen, um mich geradezubiegen, und selbst von meinem Standpunkt aus kann ich sehen, dass du ganze Arbeit geleistet hast.“

Sie war nicht zum Lächeln aufgelegt, aber trotzdem war es schön zu hören, dass sie Erfolg dabei gehabt hatte, einen wilden Mustang zu zähmen, und das auch noch direkt vom Hengst selbst.

„Ich kann mich an keinen Vertrag erinnern, der besagte, dass du und ich nichts miteinander haben dürfen.“

Sie biss sich auf die Lippe. „Das stimmt.“

„Neben einer erfolgreichen, schönen Frau wie dir sieht ein Typ wie ich einfach gut aus. Bobby ist nicht blöd, auch wenn er so tut. Er wird schon einsehen, dass die Beziehung zu einer heißen Braut wie dir ein echter Mehrwert ist."

Julie wusste nicht, was schlimmer war. Die Tatsache, dass der Mann, der eine Unmenge ihrer Rechnungen zahlen sollte, gleich an ihre Tür klopfen würde, oder dass ihr idiotischer Freund sie gerade als „heiße Braut" bezeichnet hatte.

Sie drehte sich um und griff zum erstbesten Stück in ihrem Kleiderschrank. Was zum Teufel hatte sie sich dabei gedacht, sich auf einen Typen wie Ty einzulassen? Dann bemerkte sie, dass er schmunzelte.

„Kannst du nicht mal etwas eine Sekunde lang ernst nehmen?", schrie sie.

„Gib es zu", sagte er, „du denkst schon gar nicht mehr an Bobby, stimmt's?"

Sie drängte ihn zum Bett. „Also war der ganze Unsinn mit dem ‚bezaubernden Arsch' und ‚du bist ein Mehrwert' nur eine Masche, um mich von dieser schrecklichen Situation abzulenken? Du hast das nicht gesagt, weil du in den Fünfzigern stehen geblieben bist und nicht aufhören kannst, dir vorzustellen, wie ich mit einer Schürze in der Küche stehe?"

„Besser, ich bin mit dir zusammen, als mit einer Stripperin, oder?"

Julie zog sich einen Kamm durch die Haare. Sie hasste es, dass er recht hatte, hasste es, dass sie genau die Art von Frau war, mit der sie Ty verkuppelt hätte.

Sie trug gerade ihre Wimperntusche auf, da klingelte es an der Tür.

„Ich mache auf", sagte Ty und ging durch das Haus, als wäre es seines.

Julie ließ ihn gehen. Falls es jemals den richtigen Morgen für knallroten Lippenstift gegeben hatte, dann war es dieser. Just als sie aus dem Schlafzimmer trat, öffnete Ty die Tür.

„Die haben leckeren Kaffee an der Ecke, stimmt's?", begrüßte Ty seinen Teameigentümer.

„Ich muss ein anderes Mal hingehen und es herausfinden."

„Ich setze eine Kanne auf", sagte Julie und deutete Bobby an, er solle sich in den Plüschsessel mit Blick auf den Park setzen.

Bobby winkte ab. „Nicht nötig. Warum setzen Sie sich nicht? Beide."

Julie war erstaunt, wie schnell Bobby die Kontrolle über alle anderen um ihn herum übernahm. Sie fühlte sich wie ein Eindringling in ihrem eigenen Haus, als müsste sie sich verkrümeln, sobald er ihr die Leviten gelesen hatte.

Sie setzte sich auf den härtesten Stuhl in ihrem Wohnzimmer und überschlug sittsam die Beine, während sie darauf achtete, warm, aber verschlossen zu wirken. Sie war nicht so dumm, sich schwere Verbrechen und Vergehen anhängen zu lassen.

Ty ließ sich natürlich auf ihr Sofa fallen und legte die Beine hoch. Sich um nichts in der Welt zu kümmern – das war immer sein Spiel.

Auch Bobby schien sich ziemlich wohl zu fühlen. „Es hat sich mir zu Ohren getragen“, sagte er, „dass du kein Partylöwe mehr bist, Ty.“

Ty grinste. „Julie macht einen ehrenwerten Mann aus mir.“

Julie biss sich auf die Innenseite der Lippe. Alles, was sie sagte, würde es nur noch schlimmer machen. Wenn sie nur da saß und lächelte, würde sich vielleicht alles zwischen Ty und seinem Boss regeln.

Und vielleicht würden auch Kühe bald fliegen können.

„Es ist schwer zu glauben, dass ein cleveres Mädchen wie Sie sich in einen Profi-Ballspieler verliebt“, sagte er ihr. „Ganz besonders in meine Nummer Eins hier.“

„Offensichtlich kennen Sie Ty nicht besonders gut“, konterte sie und zum ersten Mal in ihrer Karriere gelang es ihr nicht, sich der Parteilinie unterzuordnen. „Er ist mehr, als nur ein Ballspieler. Mehr, als nur eine Ware.“

Bobby schaute von einem zum anderen und

lächelte breit.

„Wahre Liebe ist ein Segen."

Julie schaute zu Ty und war geschockt zu sehen, dass er nickte, auch wenn er ihr erst zwölf Stunden zuvor seine Liebe gestanden hatte.

„Wie wahr!", sagte Ty und Julie zwang sich zu lächeln.

Bobby stand auf. „Mir geht es jetzt viel besser, wo ich eine Betätigung für die Gerüchte über euch habe."

Julie stand auf und strich sich den Rock glatt, bevor sie Bobby überglücklich zur Tür begleitete. Das war gar nicht schlimm gewesen. Er hatte sie nicht angeschrien und auch nicht gefeuert.

Er trat ins Treppenhaus und drehte sich dann mit einem abschließenden Gedanken zu ihr um.

„Aber ich habe Sie angeheuert, damit Sie den Ruf meines Jungen aufpolieren, nicht, damit sie ihn als Ihren persönlichen Liebhaber nutzen. Das Timing könnte nicht besser sein: Machen Sie einen ehrwürdigen Mann aus ihm, bevor die Saison losgeht. Ich erwarte Ihre Verlobungsanzeige so bald wie möglich."

Julie beobachtete, wie er fortging und versuchte, wieder zu Atem zu kommen.

In nur einer Woche war ihre ganze Welt in sich zusammengebrochen. Andererseits war sie auch noch nie in einer so intensiven Beziehung gewesen, die alles andere in den Schatten stellte.

Das Letzte, was sie bei ihrer Rückkehr nach drinnen erwartet hätte, war Ty auf ihrem Wohnzimmerteppich, wie er eine unglaublich schnelle Reihe von Sit-ups machte. Sie hatte ihn jetzt seit einer Woche beim Training im Fitnessstudio gesehen, aber noch nie hatte er sich mit so einer Intensität und Geschwindigkeit bewegt.

Er keuchte laut und sein Shirt war schweißnass, doch er machte keine Pause, hörte nicht auf, sich zu bewegen, obwohl seine Lunge und seine Muskeln brennen mussten.

Gütiger Gott, er war das Erotischste, was je auf ihrem Teppich gelegen hatte.

Ty schaute zu ihr auf. „Achtundneunzig. Neunundneunzig. Hundert." Er rollte auf die Seite, zog seine Beine an die Brust und atmete tief ein. „Ich fürchte, die Push-ups haben nicht funktioniert. Ich werde den Bastard umbringen müssen."

Julie musste fragen, auch wenn sie die Antwort nicht wirklich hören wollte. „Warum?"

Ty rollte aus seiner gekrümmten Position heraus, griff nach ihrer Hand und zog sie zu sich auf den Teppich.

„Es ist mir scheißegal, wenn er mich wie einen Zweijährigen behandelt. Aber, verdammt noch mal, er wird sich dir gegenüber nicht noch einmal so respektlos benehmen!“

Julie schüttelte den Kopf. „Das macht mir nichts aus“, log sie. „Manchmal meinen Klienten, sie wären intelligenter als man selbst, als hätten sie die Oberhand. Das ist keine große Sache.“

Aber das war es doch. Julie hätte diese Art der Behandlung von niemand anderem geduldet. Das Schlimmste war, dass sie tief in ihrem Inneren genau wusste, warum sie sich wie ein Fußabtreter behandeln ließ: Die einzige Alternative – und zwar der Verzicht auf den Auftrag mit ungebrochenem Stolz – war keine Alternative. Jedenfalls nicht, wenn es bedeutete, Ty in sein altes Leben zurückzuschicken und in ihr eigenes zurückzukehren.

„Wir werden gewiss nicht heiraten, weil ein machthungriges Arschloch es uns vorschreibt“, sagte er.

Julie beugte den Kopf nach unten, starrte auf eine Fluse und strengte sich ungemein an, um die Tränen zurückzuhalten, die ihr auf einmal in die Augen schossen.

„Natürlich nicht. Er redet nur Unsinn.“

Sie würden nicht heiraten. Weder diese Woche noch nächstes Jahr. Das wusste sie, das hatte sie immer gewusst. Also warum nahm es sie dann so mit?

Ty riss sich das nasse Hemd vom Leib, knüllte es zusammen und feuerte es auf den Couchtisch.

„Ich sage immer das Falsche, Julie."

Verzweifelt bemüht, die Spannung im Zimmer abzubauen, sagte sie: „Du hast das Richtige getan, indem du ihn nicht umgebracht hast. Ich weiß nicht, wie viel Football die dich im Knast spielen lassen."

Er grinste, aber nur für den Bruchteil einer Sekunde. „Im Moment geht mir Football am Arsch vorbei. Wir müssen über uns reden. Über das Heiraten."

Ihr blieb die Luft weg.

„Wenn ich dich frage, ob du mich heiraten willst, dann ganz bestimmt nicht, weil mein Boss mich dazu gebracht hat."

Wenn ich dich frage, ob du mich heiraten willst?

Gott sei Dank saß sie.

„Du und ich, wir müssen klare Verhältnisse darüber schaffen, was wir hier tun", fuhr Ty fort. „In einem Punkt hat Bobby recht: Wir brauchen eine Strategie."

Er hatte recht. Sie brauchten nicht nur für ihre private Beziehung eine Strategie, sondern auch für ihre öffentliche.

Sie musste anfangen, alles auf dem Papier auszuarbeiten. Es musste entschieden werden, welche Pressekanäle sie anrufen, welchen Journalisten sie Exklusivrechte geben sollte. Und sie musste ein Krisentreffen mit ihren Mitarbeitern einberufen, um sie auf den neusten Stand zu bringen und sie über die offizielle Stellungnahme in Kenntnis zu setzen.

Sie sprang auf. „Bevor einer von uns mit irgendjemandem spricht, muss ich eine Pressemitteilung entwerfen und sie rausschicken."

Ty lächelte. „Es sieht so aus, als hätte die Imageberaterin, die ich liebe, ihren Weg zurück ins Gebäude gefunden."

„Ich bin dann mal in meinem Büro." Wie hatte sie auch nur eine Sekunde lang vergessen können, dass sie dazu fähig war, das Spiel zu drehen? „Mach dir unbedingt eine Liste von allen, die dir heute Morgen telefonisch eine Nachricht hinterlassen."

Ty nahm sich eine Flasche O-Saft aus dem Kühlschrank, hielt sich sein Handy ans Ohr und hörte seinen Anrufbeantworter ab.

„Es ist schon eine komische Situation, wenn die Leute verrückt werden, weil ich mit einem netten Mädchen ausgehe", sagte er.

In jedem anderen Fall hätte Julie zugestimmt. Aber sie war kein normales nettes Mädchen, genauso wie er nicht der reguläre böse Junge war.

Kapitel 26

Ty gab seinen Code für den Zugang zur Mailbox von seinem Handy ein. Er hatte die Nummer auf dem Display nicht gekannt, aber er würde es den meisten Journalisten, die er kannte, zutrauen, dass sie ihn anriefen, um Informationen aus erster Hand über seine neue Beziehung zu schöpfen. Die metallische Stimme sagte: „Sie haben drei Nachrichten" und er nahm einen großen Schluck Saft. Er suchte gerade nach einem Stift, um eine Liste für Julie zu erstellen, als er bemerkte, dass kein Erwachsener sprach, sondern ein Kind.

„Ähm, hallo, das ist eine Nachricht für Ty. Er hat gesagt, ich kann ihn anrufen, wenn es nötig ist. Hier ist Jack aus dem Camp. Ich muss wirklich mit ihm reden."

Nachricht zwei: „Ähm, ich muss wirklich mit Ty reden. Dringend. Hier ist Jack aus dem Camp. Ich bin in großen Schwierigkeiten."

Nachricht drei bestand hauptsächlich aus Schniefen, gemischt mit: „Hier ist wieder Jack und ich bin im Krankenhaus in Palo Alto und ich brauche Ty unbedingt. Sie haben mir gesagt, ich kann ihn nicht noch einmal anrufen."

Ty scrollte durch die Anrufliste seines Handys, um die Nummer zu sehen, von der Jack angerufen hatte, aber sie war als „unterdrückt" angegeben.

Er schnappte sich ein sauberes Hemd, schlüpfte in seine Jeans und ging in Julies Büro.

„Ich muss gehen."

Sie schaute kaum von ihrem Computer auf.

„Das kannst du nicht. Nicht solange ich das hier verschickt habe und wir die offizielle Presseerklärung verfasst haben."

„Dieses Kind aus dem Camp, Jack, ist im Krankenhaus in Palo Alto. Ich habe ihm gesagt, er soll mich anrufen, wenn er Hilfe braucht. Er hat angerufen. Ich wette, sie können seinen stockbesoffenen Vater nicht finden."

Julie stand auf. „Ich komme mit."

„Ich brauche keinen Babysitter. Ich werde nichts tun, was negative Schlagzeilen macht."

„Ich weiß, dass du keinen Babysitter brauchst", sagte sie so sanft, dass Ty sich wie ein Idiot vorkam. „Ich dachte eher, dass du eine Freundin gebrauchen könntest."

Er schloss sie in seine Arme. „Es tut mir leid. Das habe ich nicht so gemeint."

„Das weiß ich!" Sie presste einen Kuss auf seine

Lippen. „Lass uns gehen."

* * *

Die dreißigminütige Fahrt fühlte sich eher wie drei Tage an, und Ty bekam einen Einblick, was es heißen musste, Eltern zu sein. Er hoffte inständig, dass es Jack gut ging und dass sein Vater noch nicht aufgetaucht war und alles noch schlimmer gemacht hatte.

Im Krankenhaus suchte Julie die Karte an der Wand ab. „Lass uns zuerst in der Kinderabteilung nachsehen."

Er folgte Julie mit gesenktem Kopf zum Aufzug. Es war grundlegend, jeden Blickkontakt mit Fremden zu vermeiden. Er hatte keine Zeit, um Autogramme zu unterschreiben und über irgendwelchen Schwachsinn zum Thema Football zu quatschen. Jack saß auf einem blauen Sitz in der Ecke des Warteraums der Pädiatrie und ließ den Kopf so tief hängen, dass er ihm auf die Brust fiel.

„Hey, Kumpel."

Als er die Stimme hörte, schaute Jack auf und wischte sich dann eine Träne weg, die ihm die Wange herunter lief. „Du bist gekommen."

„Ich bin immer da, wenn ein Freund mich braucht." Er ließ Julies Hand los und nahm den viel zu kleinen Sitz neben Jack ein. „Was ist los?"

„Nichts, glaube ich. Ich habe mit ein paar Jungs bei

uns in der Nachbarschaft gespielt und mir das Handgelenk verstaucht. Der Arzt hat gesagt, ich kann nach Hause gehen.“ Er ließ den Kopf wieder auf die Brust sacken. „Ich dachte schon, ich hätte es mir gebrochen, aber wahrscheinlich war das Geräusch, das ich gehört habe, nur der Helm des Typen, der mit meinem zusammengestoßen ist.“

Innerlich zuckte Ty zusammen. „Tut höllisch weh, hm?“

Er wusste, wie es bei Verstauchungen lief: Große Schmerzen, kein Mitgefühl und alle erwarteten von einem, dass man wieder aufs Feld zurückkehrte.

Jack zuckte die Achseln und spielte den Harten.

„Sie haben gesagt, ich soll die hier alle vier Stunden nehmen.“ Er hielt eine Probeflasche Ibuprofen für Kinder hoch.

Ty beugte sich, auf seine Knie abgestützt, nach vorn. „Hast du Hunger?“ Jack nickte. „Fast verhungert.“

„Ich weiß, wo sie leckere Burger machen. Da bin ich immer nach Spielen essen gegangen.“

Zum ersten Mal, seit sie ins Wartezimmer gekommen waren, leuchteten Jacks Augen auf. „Du bringst mich nicht direkt nach Hause?“

Ty schaute dem Jungen in die Augen. „Hast du deinem Dad noch nichts gesagt?“

Jack schüttelte den Kopf. „Er wird vor Wut toben!“

Jacks Vater würde sich beim Gedanken daran, dass jemand seinem kleinen Preisträger die Zukunft versauen könnte, in die Hosen scheißen. Ty war sich ziemlich sicher, dass die Tage von Jacks spontan organisierten Spielen in der Nachbarschaft gezählt waren.

„Zuerst essen wir mittag. Dann sagen wir es ihm. Zusammen."

Julie stand auf. „Ich sage der Krankenschwester Bescheid, dass wir gehen."

Das erste Anzeichen dafür, dass es Jack besser ging, war der endlose Wortschwall, erst im Wartesaal, dann im Auto und schließlich in der hintersten Nische im *Boardwalk*, einer Spelunke, in der Burger und Pizza serviert wurden, die den Dotcom-Boom im Silicon Valley überlebt hatte.

Aber statt sich besser zu fühlen, weil Jack jetzt offensichtlich auf dem Weg der Erholung war, ging ihm das, was mit Jack passiert war, zu nah. Viel zu nah.

Die ganze Woche im Footballcamp hatte Ty das unbehagliche Gefühl gehabt, dass er in die Fußstapfen seiner eigenen Vergangenheit trat. Er konnte sich ausmalen, wie Jacks Leben war: Lehrer, die ihn in die nächsthöhere Klassenstufe aufsteigen ließen, ob er es verdient hatte oder nicht; keine Verantwortung, wenn er etwas auf dem Feld oder woanders in den Sand setzte, weil jeder – Coaches, sein stockbesoffener

Vater, Freundinnen, selbst seine Freunde – einen Teil von seinem Erfolg abhaben wollten. Ty konnte in Jacks Zukunft blicken. Er würde das College zum Zweck der Publicity, nicht zur Bildung besuchen und würde es genau dann abbrechen, wenn ihm ein siebenstelliger Deal in den Schoß fiel.

Von diesem Moment an würde er in der Angst leben, verletzt zu werden. Später, wenn er mehr Geld haben würde als er ausgeben konnte, würde er vielleicht dem Drang nachgeben und heimlich Hauslehrer einstellen, die ihm alles beibringen würden, was er unterwegs verpasst hatte, zum Beispiel Lesen, Naturwissenschaft und eine Liebe für etwas anderes als Football. War er genauso schlimm wie alle anderen in Jacks Leben? Stand er etwa nicht kurz davor, Jack nach Hause zurück zu schicken, seinem Vater mit ein paar Ausflüchten zu erklären, dass Unfälle vorkommen, und sich nicht weiter darum zu kümmern?

Ty hatte sich selbst noch nie als Feigling betrachtet. Bis jetzt.

Er wandte sich Julie zu und sagte: „Jack und ich müssen ein paar Minuten draußen von Mann zu Mann reden. Das macht dir doch nichts aus, oder?"

Sie lächelte die beiden an. „Nehmt euch so viel Zeit, wie ihr braucht. Ich bleibe einfach hier sitzen und nehme mir meine Pommes vor."

Jack folgte ihm aus dem Restaurant hinaus und sie

setzten sich auf eine Bank direkt vor dem Fenster. Julie knabberte an ihren Pommes frites und tat so, als würde sie sie gar nicht anschauen.

Er hatte nie gewusst, dass eine Frau so sein konnte wie sie. Sanft und warm, und trotzdem hart, wenn es nötig war. Ein Dutzend Mal cleverer als jeder, den er kannte, und gleichzeitig heißer als die Hölle.

Jack kickte einen Stein vom Gehweg. „Möchtest du durchgehen, was wir meinem Dad sagen, damit er nicht so angepisst ist?"

Ty konzentrierte sich auf Jacks teure Sneakers. Nichts als die beste Ausrüstung für dieses Kind, egal ob es sie verdient hatte oder nicht. Wenn nicht er ein paar harte Fakten schuf und Jack geradebog, dann würde es leider niemand jemals tun. Alle anderen hatten bei seinem späteren Erfolg zu viel zu gewinnen.

„Ich war dir als Kind sehr ähnlich."

„Wirklich? Cool."

„Mein Dad war die ganze Zeit ziemlich kaputt. Das ist er eigentlich immer noch."

„Ist er ausgeflippt, wenn du dich verletzt hast?"

„Na klar. Alles, was ihn interessierte, war, ob ich im nächsten Spiel mitspielen konnte, oder ob die Verletzung meine Zukunft beeinträchtigen würde. Ich habe vorgespielt, keine Schmerzen zu haben, selbst wenn alles wehtat. Er hielt inne. „Pocht dein Arm noch?"

Jack nickte. „Ein bisschen.“ Er schluckte. „Eigentlich ziemlich doll. Aber ich will nicht, dass mein Dad das weiß.“

Ty hatte das Gefühl, dass er alles vermasselte. Total. „Hast du irgendwelche Hobbys? Irgendetwas außer Football?“

„Du meinst, so was wie meine Xbox 360?“

Ty grinste. „Nicht so richtig. Ich frage mich eher, ob du gern liest oder etwas baust.“

„Mein Dad sagt, dass ich mich auf den Football konzentrieren soll. Er sagt, der wird uns reich machen.“

Ty musste jedes Quäntchen Selbstbeherrschung aufbringen, um sich davon abzuhalten, Jacks Vater die Fresse zu polieren.

„Vielleicht. Vielleicht auch nicht. Ob man mit Football reich wird, hängt von vielen Dingen ab.“

Jack runzelte die Stirn, denn wahrscheinlich war es das erste Mal, dass ihm jemand sagte, dass Ruhm und Reichtum ihm nicht gesichert waren. „Zum Beispiel? Ich habe die nötigen Fähigkeiten.“

„Die hast du. Aber manchmal passiert etwas. Vielleicht wirst du in einem Team aufgenommen, dass den Super Bowl gewonnen hat.“

Jack grinste, als wüsste er schon, dass das passieren würde.

„Oder du könntest dich verletzten, wie es ein paar

echt talentierten Typen passiert ist, die ich an der Highschool und am College kennen gelernt habe, und deine Karriere ist zu Ende." Er schnippte mit den Fingern. „Einfach so."

Jack warf das Kinn nach vorn. „Dir ist das nicht passiert. Du bist ein riesiger Star."

„Ich bin einer der Glückspilze", sagte Ty, auch wenn er sich fragte, ob er das wirklich war. „Und ich befürchte vor jedem Spiel, dass ich verletzt auf einer Trage vom Feld gebracht werde."

Als er jünger war und sich völlig unbesiegbar gefühlt hatte, hatte er sich nie Sorgen um das Ende seiner Karriere gemacht. Aber jetzt fingen die Typen, mit denen er seit seinen frühen Jahren zusammenspielte, an, sich zurückzuziehen. Denjenigen, die einen Plan für ihr Ausscheiden hatten, ging es gut. Aber diejenigen, die keinen anderen Traum als den Football hatten, zerbrachen ganz einfach.

„Hast du nicht genug Geld, um zu machen, was du willst?"

„Na klar", räumte Ty ein. „Aber Geld ist nicht alles."

Bis Julie zurück in sein Leben gekehrt war, konnte Ty in nichts außer Football einen Sinn finden. Jetzt hatte er neue Ideen. Er hatte gerade angefangen, darüber nachzudenken, ob er eines Tages sein eigenes Sommercamp in Grass Valley eröffnen könnte –

vielleicht für Kinder wie ihn, die kein Geld für schicke Schuhe und Treuhandfonds hatten. Sie würden Football spielen, aber auch vieles andere lernen. Zum Beispiel, wie man fischte oder ein Lagerfeuer machte. Ty wollte die Idee mit Julie besprechen, um zu sehen, was sie davon hielt.

„Dein Leben muss mehr sein als Football, mein Junge", sagte Ty, und beschloss, dass es an der Zeit war, auf den Punkt zu kommen. „Ganz egal, ob alle anderen dich wie einen Gott behandeln. Eines Tages wird jemand auftauchen, der dir zeigt, was für ein Nichtsnutz du eigentlich bist. Und du wirst nichts dagegen tun können, denn das Einzige, was du kannst, ist Football spielen."

Jack sagte nichts und hielt keinen Blickkontakt mehr.

„Ich will nicht erreichen, dass du dich schlecht fühlst", sagte Ty. „Und ich spreche trotzdem mit deinem Dad. Ich will nur, dass du über das, was ich dir sage, nachdenkst."

Jack sprang von der Bank. „Ich werde einmal der größte Footballspieler aller Zeiten! Ich werde dich weit hinter mir lassen. Du hast gar keine Ahnung!"

Julie rannte nach draußen. „Was ist los? Tut dir der Arm weh, Jack? Musst du noch mal zum Arzt?"

Ty hatte noch nie so einen verbitterten Ausdruck im Gesicht eines Kindes gesehen. Außer vielleicht in seinem eigenen im Spiegel.

„Ich will nach Hause“, jammerte Jack.

Julie nickte und gab ihm ihre Schlüssel. „Geh schon mal zum Auto und warte drinnen. Ich muss einen Augenblick mit Ty reden.“ Sie wandte ihm den Rücken zu. „Was hast du ihm gesagt? Er sah aus, als würde er gleich anfangen zu weinen.“

Ty wollte unbedingt, dass sie verstand. „Vertrau mir, es war etwas, das er sich anhören musste.“

„Er ist erst ein kleiner Junge, Ty. Du hast seine Gefühle verletzt.“

„Ich hatte meine Gründe für das, was ich ihm gesagt habe.“

„Schieß los“, sagte sie und forderte ihn mit ihrem Blick heraus. „Sag mir deine Gründe. Ich sterbe vor Neugierde.“

Aber das alles war viel zu eng mit ihm selbst verbunden. Er wollte in diesem Moment nicht darüber sprechen und seine Seele vor einem Restaurant entblößen, während Jack auf dem Parkplatz wartete.

„Dräng mich nicht!“, knurrte er. Julie musste sich so lange zurückhalten, bis er sich wieder in den Griff bekam.

Im Bruchteil einer Sekunde wurde ihre Miene erst besorgt, dann verwirrt und schließlich kühl. „Weißt du was? Mir fällt kein einziger Grund ein, warum man einen kleinen Jungen zum Weinen bringen sollte.“

„Kein einziger, ja?"

Alles an ihm wäre am liebsten auf die Knie gefallen und hätte ihr die Wahrheit erklärt und ihr gesagt, dass alles ganz anders war, als sie dachte. Aber das hatte er schon einmal getan und es hatte rein gar nichts geändert.

Julie hatte ihr Urteil getroffen. Er war schuldig im Sinne der Anklage.

Sie kam mit roten Wangen und Wut in ihren blauen Augen auf ihn zu. „Ich war so dumm, dass ich tatsächlich geglaubt habe, dass du dich verändert hast. Dass du einmal ein Mann sein kannst, und nicht der kleine ichbezogene Junge, der du immer gewesen bist."

Langsam flammte die Wut in Ty auf – die Wut, die von jedem Menschen geschürt wurde, der bezweifelte, dass er mehr als nur ein Footballspieler sein könnte, oder der glaubte, ein armes dummes Kind wie ihn ausnutzen zu können.

„Willst du wissen, warum deine Dates sich nicht für dich interessieren, Püppchen?" Er beobachtete, wie sie das Wort *Püppchen* sie – zusammen mit anderem, was er nicht gemeint hatte – wie ein Schlag ins Gesicht traf, aber irgendwie konnte er sich nicht zurückhalten und sagte: „Weil Männer nicht auf Verhöre stehen. Du kannst eine Beziehung nicht wie eine Firma führen. Und es ist Zeit, dass du dir einprägst, dass das, was zwischen mir und Jack gelaufen ist, dich einen

Scheißdreck angeht."

Er hatte es nie geschafft, den Blick in Julies Gesicht zu vergessen, als sie auf der Yacht gesagt hatte: *„Ich hasse dich."* Da war er wieder.

„Dein Image ist nicht mehr länger meine Sorge", sagte sie. Und dann – nur im Falle, dass nicht klar sein sollte, dass sie sowohl ihre berufliche als *auch* ihre private Beziehung beendete – fügte sie hinzu: „Ich schicke dir deine Sachen heute Nachmittag per Kurierdienst."

Er sah zu, wie sie über den Parkplatz ging, in ihr Auto einstieg und davon fuhr. Nur Stunden zuvor war sie nackt auf seinem Schoß gewesen. Jetzt sagte sie ihm, was für ein wertloses Arschloch er war. Als hätte sein Vater ihm das nicht schon seine gesamte Kindheit über jedes Mal eingetrichtert, wenn er auf dem Spielfeld versagte.

Sein Telefon klingelte. „Was?"

Jays Stimme drang aus dem Hörer. „Ich habe an diesem schönen Morgen ein paar Dinge zu besprechen."

„Halt dich kurz", knurrte Ty.

„Bestätigst du mir eine ernsthafte Beziehung zu einer hübschen Blondine?"

„Nö." Selbst wenn er hätte sterben können, als er das sagte, musste er die Worte herausbringen: „Wir haben uns nur amüsiert. Es ist jetzt aus."

„Verstehe“, sagte Jay und ging locker zu seinem zweiten Punkt auf der Tagesordnung über. „Es sieht ganz danach aus, dass eines der größten Unternehmen der Welt deinen Namen und dein Gesicht auf seinem Produkt haben will.“

„Ganz egal“, sagte Ty, der gerade nicht dazu in der Stimmung war, über das Geschäftliche zu reden. „Solange sie gut zahlen, bin ich dabei.“

Jay war einen Moment lang ungewöhnlich still. „Spitze! Ich habe ihnen gesagt, dass du kein Problem mit dem Produkt haben würdest.“

Alle Alarmglocken schrillten. „Worum geht es denn?“

„Ich weiß, was du mit Alkohol verbindest, und du weißt ja, dass die Liga es sowieso nicht zulässt, dass Spieler Werbung dafür machen, deshalb ist das ein wichtiger Moneymaker, der immer mit einem roten X versehen war. Aber ich habe was anderes ganz Großes gefunden, und die wollen, dass du ihr Mann bist.“

Er machte eine Kunstpause, und Ty fragte sich auf einmal, warum er sich nicht schon vor langer Zeit einen neuen Agenten gesucht hatte.

„Buzzed Cola zahlt dir zehn Millionen Dollar dafür, dass du ein Jahr lang ihre Print- und Fernsehwerbung weltweit machst!“

Ty brauchte das Geld nicht und er war kein großer Fan von dem stark koffeinhaltigen Getränk, das alle wie Wasser herunterkippten. Er wusste genau, warum die Werbeleute ihn an Bord haben wollten. Sobald die Jugendlichen sehen würden, dass er Buzzed Cola trank, würden sie Schlange stehen, um kastenweise davon zu kaufen.

Zehn Minuten zuvor hätte er Nein gesagt, ohne ein zweites Mal darüber nachzudenken. Aber zehn Minuten zuvor hatte Julie ihn auch noch nicht so angesehen, als wäre er der letzte Abschaum. Zehn Minuten zuvor hatte er geglaubt, dass sie seine Liebe vielleicht erwidern würde. Zu dumm, dass er so ein Idiot war. Julie würde nie aufhören, ihn als ein Nichtsnutz zu betrachten. Und in diesem Moment fiel Ty kein einziger guter Grund ein, um sich nicht auch so zu benehmen.

„Ich denke darüber nach", sagte er, legte auf und rief ein Taxiunternehmen vor Ort an. „Hallo, ich muss von Palo Alto nach San Francisco." Fast hätte er Julies Adresse angegeben, bevor ihm einfiel, dass er dort nicht mehr willkommen war.

Es war Zeit, in sein übertriebenes Möchtegern-Zuhause zurückzukehren.

Allein.

Kapitel 27

Als kleines Kind hatte Julie die Kunst beherrscht, ihre Gefühle zu betäuben. Sie hatte die Szenen ihrer betrunkenen Mutter ausgeblendet, hatte sich davon überzeugt, dass die Liebhaberinnen seines Vaters in Wirklichkeit ihre Kindermädchen waren, so wie er behauptete. All die Übung kam ihr zugute, als sie, auf Autopilot geschaltet, Jack nach Hause fuhr. Sie wollte ihn in das schöne zweistöckige, mit Stuck versehene Haus begleiten, aber er ließ sie kaum zu Ende bremsen, da war er auch schon vom Rücksitz aufgesprungen und durch eine Seitentür in seinen Garten gerannt.

Und trotzdem vermisste sie dieses kleine, wütende Wesen, sobald es verschwunden war und sie im Wagen hatte sitzen lassen, wo sie den leeren Beifahrersitz anstarrte, auf den Ty in den letzten zwei Wochen seinen großen, muskulösen Körper gezwängt hatte.

Tys letzte Worte *„es geht dich einen Scheißdreck an“* hallten immer wieder durch ihren Kopf und konkurrierten nur mit dem Satz *„Willst du wissen, warum deine Dates sich nicht für dich interessieren, Püppchen?“* um den ersten Platz auf der Rangliste der Beschämung.

Auch wenn sie die ganze Zeit gewusst hatte, dass sie nichts Besonderes für ihn war, dass ein Typ wie er wohl kaum die wahre Bedeutung des Wortes *Liebe* kennen konnte, hatte sie nicht gedacht, dass es so schmerzhaft sein würde, wenn er schließlich sein wahres Gesicht zeigte.

Julie fuhr in die Stadt zurück, doch bevor sie nach Hause fuhr, musste sie einen wichtigen Boxenstopp einlegen. Dieses Mal würde sie diejenige sein, die als Erste ging und jedes einzelne Band, das sie beide zusammenschweißte, durchtrennte.

Sie ging zum Hauptquartier der Outlaws, um sich Bobby vorzunehmen. Ein Typ wie er arbeitete rund um die Uhr, und sie hatte die Ahnung, dass sie ihn in seinem Büro vorfinden würde, während er eine Liste von Personen durchging, dessen Leben er jetzt ruinieren wollte, wo er mit ihr fertig war.

„Bobby Wilson.“

„Hier ist Julie Spencer. Ich muss mit Ihnen reden. Sofort.“

Sie musste es ihm lassen, wie schnell er seine Überraschung überspielte. „Für hübsche Frauen wie Sie habe ich immer einen Moment übrig.“

Julie knirschte mit den Zähnen. Oh Mann, sie hasste es, ihn jedem zweiten Satz als „hübsche Frau“ bezeichnet zu werden.

Vielleicht war es Zeit, Unterricht im Kickboxen zu nehmen. Auf diese Weise würde sie dem nächsten Typen, der sich benahm, als wäre sie ein zum Verkauf stehendes Vollblutpferd, die Zähne einschlagen.

Seine Tür stand offen, als sie aus dem Aufzug stieg.

„Also, was kann ich für Sie tun, meine Liebe?“

Sie lächelte freundlich. „Ich höre auf.“

Er hob fragend die Augenbrauen. „Beziehen Sie sich auf ihre Arbeit mit meinem Jungen Ty?“

Julie hätte Bobby am liebsten gesagt, dass Ty unverbesserlich war. Sie wollte sagen, dass es keinen Sinn hatte, einen anderen Imageberater oder eine PR-Agentur anzuheuern, um sie zu ersetzen, weil es eine unmögliche Aufgabe war, mit Ty zusammenzuarbeiten. Doch selbst in ihrem aktuellen Zustand wusste sie, dass das nur die Wutreden einer Frau waren, der ein Unrecht angetan wurde. Schlimmer als das: sie ließen sie armselig und liebeskrank dastehen, und dabei hatte sie sich geschworen, das nie wieder zu sein.

„Ich befürchte, ich habe Ihren Klienten unter einem falschen Vorwand angenommen. Ich habe noch nie mit einem professionellen Athleten zusammengearbeitet und es hat sich herausgestellt, dass dieser Auftrag über die Grenzen meiner Erfahrung herausgeht. Sie werden von meiner Firma keine Rechnung für die bereits geleistete Arbeit erhalten."

Bobby lehnte sich auf seinem Stuhl zurück, und schob den Cowboyhut auf seinem glänzenden Glatzkopf zurück. „Stress im Paradies?"

Sie weigerte sich, auf seine Stichelei zu reagieren. Aber sie würde auch nicht lügen und behaupten, dass sie und Ty nicht zusammen gewesen waren; selbst wenn es zwischen ihnen in der Öffentlichkeit nicht länger als vierundzwanzig Stunden gehalten hatte.

„Ty Calhoun und ich sind kein Paar. Und von diesem Punkt an ist er nicht mehr mein Klient. Viel Glück mit dem Team."

Kapitel 28

„Ich hätte den Auftrag der Outlaws nicht an den Nagel hängen sollen, ohne vorher mit dir darüber zu reden. Ich habe das ganze Unternehmen in Gefahr gebracht", sagte Julie verbittert.

Amy setzte sich neben Julie auf die Couch in ihrem Büro und streichelte ihr den Rücken. „Ich hätte niemals zulassen sollen, dass du den Job annimmst. Nach dem, was du mir über die Vergangenheit erzählt hast."

Julie schüttelte den Kopf. „Ich brauche das Geld. Für das blöde Gebäude." Dieser verdammte Stolz, der sie dazu gebracht hatte, Bobby nichts für die aufgewendete Zeit in Rechnung zu stellen. Sie war aufgeschmissen. „Ich weiß nicht, wie ich die Darlehensrate und die Gehälter von allen zahlen soll. Es tut mir so leid."

„Wenn du darauf wartest, dass ich dir sage, dass du das Falsche getan hast, vergiss es! Manchmal müssen deine Prinzipien an erster Stelle stehen. „Außerdem", fügte Amy hinzu, „hast du eine großartige Arbeit geleistet. Ty wurde auf Wohltätigkeitsveranstaltungen, Spendenaktionen und als Coach in einem Camp für Kinder fotografiert und war darüber hinaus das Thema vieler toller Wohlfühl-Leitartikel. Du hast sein Image vom Nichtsnutz und ungezogenen Jungen über Nacht ausgemerzt. Wir können damit rechnen, dass wir ein paar große neue Klienten anlocken."

Julie wünschte, das Lob ihrer Freundin könnte ihr helfen, damit es ihr besser ging. Aber nicht nur stand ihr Geschäft kurz vor dem Ruin, sie fühlte sich auch leer und kalt. Sie musste herausfinden, wie sie aufhören konnte, Ty zu lieben. Denn auch wenn er ein egoistisches Arschloch war, konnte sie trotzdem nicht aufhören, an ihn zu denken. Was, wenn zehn Jahre der Sehnsucht zu zwanzig wurden?

Was, wenn sie niemals über ihn hinwegkam?

Die einzige Art, die ihr einfiel, um Ty zu vergessen, war, sich in die Arbeit zu stürzen. Das hatte vorher fast funktioniert. Und solange sie auf keine andere Taktik kam, war die Arbeit alles, was sie hatte.

Julie tippte das Passwort für ihre E-Mails ein und ließ sich von der Flut der Fragen und Anfragen begraben, die plötzlich völlig bedeutungslos erschienen.

* * *

Ganz gleich, wie Ty versuchte, die Stunden des Tages

zu füllen, es gab einfach zu viele davon. Er stand früh auf, um seine Dämonen im Fitnessstudio auszuschwitzen, er blieb bis spät am Abend mit der neuen Kindergruppe in Tonys Footballcamp und er rannte meilenweit an den Klippen in der Nähe seines Hauses entlang.

In der Woche, die er bei Julie verbracht hatte – so sagte ihm sein Team von Haushältern – waren die Ganztagspartys verebbt und hatten sein Haus leer und still wie ein Grab zurückgelassen. Ty sah keinen Sinn darin, seine Kumpel wieder einzuladen oder eine Gruppe Frauen im Bikini in seinem Garten zu haben. Und definitiv konnte er nicht die Treppen unter seiner Garage hinabsteigen und diesen ersten überwältigenden Kuss erneut durchleben, der bewiesen hatte, dass zehn Jahre ihre Leidenschaft füreinander kein bisschen gedämpft hatten.

Gott sei Dank begann das Trainingscamp am nächsten Montag. Er musste nur die restliche Woche überstehen, dann konnte er seine Gefühle mit Football, Eisbeuteln und Strategiegesprächen betäuben. Ein paar Tage lang hatte er tatsächlich in Erwägung gezogen, die Werbung für Buzzed Cola zu machen. Doch Gehässigkeit und Stolz waren verdammt dumme Gründe, um etwas zu unterstützen, das er verabscheute.

Er schloss die Augen, um den nächsten Satz

Bankdrücken zu überstehen. Als er sie wieder öffnete, stand Dominic hinter ihm und schaute zu.

„Dreihundert Pfund Bankdrücken ist nicht unbedingt das Beste, was man sich antun kann“, sagte Dominic.

„Ich muss für die Saisonvorbereitung trainieren.“

Dom nickte. „Eigentlich bin ich froh, dich hier zu finden. Ich wollte kurz mit dir reden.“

Ty schleppte sich träge zur Klimmzugstange. „Schieß los!“

„Ich habe von deinem Agenten reden gehört. Eigentlich schon seit längerem.“

Ty wünschte, er hätte sagen können, dass er überrascht war, aber das war er nicht. Er hatte es schon zu lange vor sich hergeschoben, sich mit Jay auseinanderzusetzen.

„Wahrscheinlich ist es Zeit für einen neuen Agenten.“

Dom nickte. „Guter Plan.“ Er hielt einen Moment lang inne und suchte dann Tys Blick hinter den Hanteln im Spiegel. „Du sagst mir Bescheid, wenn du etwas brauchst, okay? Ich würde mir nicht wünschen, dass du dir dreihundert Pfund auf die Rippen fallen lässt.“

Ty schätzte Doms überdeutliches Angebot. „Mache ich“, sagte er und ging zu den Duschen.

Es war Zeit, sich eine längst überfällige

Angelegenheit vorzunehmen.

* * *

Alles, was Julie wollte, war ein ruhiger Abend zu Hause, um ihre E-Mails durchzugehen. Sie würde eine Kanne Tee aufsetzen, ihren bequemsten Trainingsanzug anziehen, und sich mit ihrem Computer auf dem Schoß auf die Couch setzen, bis sie ihren Posteingang ausgemistet haben würde.

Gerade hatte sie den Kessel aufgesetzt, da klingelte ihr Handy. Sie wollte nicht rangehen, aber als die Privatnummer ihrer Mutter auf dem Display aufleuchtete, hatte Julies fruchtbarer Abend sich verabschiedet. Es gab nur einen Grund, aus dem ihre Mutter anrief: weil ihr vom Trinken übel war und niemand anderes bereit war, ihr zu helfen.

„Oh Julie, ich bin so froh, dass du zu Hause bist. Ich habe wieder eine Magen-Darm-Grippe. Estella kann nicht die ganze Nacht hierbleiben." Julie hörte, wie die Hilfskraft ihrer Mutter im Hintergrund sagte: „Du solltest wieder zurück ins Bett gehen, Carol."

Dreißig Minuten später trat Julie in den Privatbereich ihrer Mutter ein. Das Licht war gedimmt und das Zimmer roch nach Rum und Erbrochenem.

Als Julie das letzte Mal im Haus ihrer Eltern gewesen war, war Ty dabei gewesen. An jenem Abend war er so liebevoll und so empfänglich gewesen, nicht nur für ihre Scham, sondern auch für das Unbehagen, das sie verspürte, sobald sie einen Fuß in dieses Haus setzte.

Sie wollte nicht an ihn denken, wollte ihm keine Anerkennung zollen – aber wenn er für sie da gewesen war, als sie ihn brauchte, warum sollte er dann auf einen kleinen Jungen losgehen?

Die ganze Woche lang hatte eine leise Stimme hartnäckig wiederholt: *Vielleicht hast du dich geirrt. Vielleicht hättest du dir Tys Version der Geschichte anhören sollen.*

Ihre Mutter lag ächzend gegen einen Stapel Kissen gelehnt. „Julie, bist du es?"

Sie setzte sich im Bett auf. „Wie fühlst du dich?"

„Schrecklich. Ich muss wieder verdorbene Meeresfrüchte gegessen haben."

Julie nickte, obwohl sie verdammt gut wusste, dass Salmonellen rein gar nichts mit dem erbärmlichen Zustand ihrer Mutter zu tun hatten. Alle wussten, dass Carol Alkoholikerin war, aber niemand hatte den Mut ihr zu sagen, sie solle ihr Leben in die Hand nehmen und sich Hilfe suchen.

Julies Herz zog sich in ihrer Brust zusammen, als sie schließlich einer Wahrheit ins Gesicht sah, die fast dreißig Jahre auf sich hatte warten lassen: Sie war auch selbst nie tapfer genug gewesen, um ihre inneren Dämonen zu bekämpfen. Und trotzdem erwartete sie von Ty, dass er seinen eigenen in aller Öffentlichkeit entgegentrat und mit sich ins Reine kam. Und das hatte er getan. Ty machte keinen Hehl daraus, dass er den Kontakt zu seinem alkoholkranken Vater – einem Mann, der Entziehungskuren immer und immer wieder abgelehnt hatte, auch wenn sie auf Tys Rechnungen gingen – abgebrochen hatte. Sicher, Ty schwamm inzwischen in Geld und Ruhm – das brachte eine Karriere als Spitzensportler mit sich. Doch zumindest war er ehrlich in Hinsicht auf seine Wurzeln.

Sie hingegen hatte ihr ganzes Leben damit verbracht, sich hinter einer perfekten Fassade zu verstecken, sowohl in ihrem privaten als auch in ihrem beruflichen Leben. Es war nicht in Ordnung, von Ty zu erwarten sich zu verändern, wenn sie sich selbst nicht der Herausforderung stellte, sich mit ihren eigenen großen Problemen auseinanderzusetzen.

Julie stand auf und begann, einen schweren Vorhang nach dem anderen zu öffnen. Die Sonne war noch nicht untergegangen und der Himmel strahlte wunderschön blau.

„Zu hell", beschwerte ihre Mutter sich, doch Julie ignorierte sie.

„Wo ist Daddy heute Abend?"

Ihre Mutter schnitt eine Grimasse und bedeckte sich die Augen mit der Hand. „Er hat ein spätes geschäftliches Meeting."

Julie nahm ihr Telefon aus der Handtasche und wählte die Handynummer ihres Vaters. „Hier ist Julie, deine Tochter. Ich bin in einer Viertelstunde in deinem Büro. Du und ich, wir müssen kurz reden."

Carol setzte sich im Bett auf und warf dabei mehrere Kissen hinunter. „Was machst du da?"

„Das, was ich schon vor langer Zeit hätte tun sollen. Egal, auf was für eine Beziehung ihr, du und mein Vater, euch geeinigt habt, es geht mich nichts an. Aber ich bin kein kleines Mädchen mehr und ich werde mich auch nicht so benehmen. Du hast gar keine Magen-Darm-Grippe."

Carol wurde kreidebleich. „Wovon redest du? Natürlich habe ich eine."

Julie ging zum Bett und griff zur Hand ihrer Mutter. „Du kannst dir das nicht weiter antun. Das Trinken hat deine Probleme noch nie gelöst. Bitte, lass dir von mir helfen."

Carols Tränen tropften auf Julies Hand. „Ich weiß nicht, ob du das kannst."

Julie lächelte. „Ich hab dich lieb, Mom. Du bist eine starke Frau. Das sind wir beide."

„Alles, was ich je gewollt habe, ist, dass du glücklich bist." Julie wusste, dass einer der Gründe, aus denen ihre Mutter mit ihrem Vater zusammenblieb, war, dass sie dachte, es wäre das Beste für sie. „Bist du glücklich, Liebling?"

Julie holte tief Luft. „Ich komme voran." Sie küsste ihre Mutter auf die Stirn. „Wir hören uns morgen, okay? Wir schmieden ein paar Pläne."

* * *

Ihr Vater saß hinter seinem riesigen Schreibtisch aus Mahagoni, als sie eintraf. Seine „Assistentin" war der einzige andere Mensch in seinem Büro, und Julie war sich sicher, dass sie gerade beim abendlichen Ausgehen gestört hatte.

„Ich mag es nicht, wenn man mir Befehle erteilt, Julie", sagte ihr Vater.

Julie ging zum Fenster an der hinteren Wand und beobachtete, wie die Sonne in der Bucht unterging. Mehr als alles wollte sie Ty wiedersehen und ihn um Vergebung dafür bitten, dass sie so eine gefühlskalte, voreingenommene Zicke gewesen war. Doch zunächst einmal musste sie sich mit ihren eigenen ungelösten Problemen beschäftigen.

„Der Apfel fällt nicht weit vom Stamm", sagte sie, ihrem Vater den Rücken zugekehrt. Sie trug einige seiner Fehler in sich: seinen Stolz, seine Dickköpfigkeit. Sie hatten ihr dabei geholfen, ihr Unternehmen aufzubauen, hatten aber fast ihr Privatleben zerstört.

„Wenn es darum geht, dass du dich von diesem Footballspieler getrennt hast, dann geh dich bei deiner

Mutter ausheulen. Ich bin ein viel beschäftigter Mann."

Julie drehte sich zu ihrem Vater um. Wie schön, zu wissen, dass er sich um sie sorgte. „Aber nicht zu beschäftigt, um regelmäßig mit deiner Assistentin zu schlafen, oder?"

Blakes Gesicht lief ekelhaft rot an. „Du weißt rein gar nichts über mein Privatleben."

Sie nickte. „Da hast du recht. Rein gar nichts. Weil du nie auch nur eine Kleinigkeit mit mir geteilt hast."

Er schob seinen Stuhl zurück. „Wir sind fertig."

Sie ging auf ihn zu – zum ersten Mal fest und selbstsicher. Sie fühlte sich von innen heraus anders. Sicher, sie hatte nach außen hin immer ein selbstsicheres Auftreten gezeigt, aber jetzt fühlte es sich nicht mehr so an, als würde sie nur eine Rolle spielen, um voranzukommen, um Klienten und Geld zu gewinnen.

„Nicht ganz."

Nicht an die starke Frau gewöhnt, die da vor ihm stand, setzte Blake sich wieder.

„Ich bin hergekommen, um dir mitzuteilen, dass Mom eingewilligt hat, sich wegen ihres Alkoholproblems in Behandlung zu begeben, und wenn du auch nur einen Finger rührst, um sie vom Weg abzubringen, wirst du es bereuen!" Sie zwang ihre Lippen zu einem aufgesetzten Lächeln. „Gute Nacht. Viel Spaß bei eurem Date!"

Erst als sie am Lenkrad ihres Wagens saß, merkte

sie, dass ihre Hände zitterten. Jetzt standen nur noch zwei Dinge auf ihrem Programm.

Einen Weg finden, um ihr Unternehmen zu retten.

Und Ty davon überzeugen, ihr noch eine Chance zu geben.

Kapitel 29

Ty ging ohne Vorankündigung in das schicke Büro seines Agenten. Bevor Jays junge hübsche Assistentin herausgefunden hatte, wie man die Gegensprechanlage bediente, hatte Ty es sich schon auf Jays Gästesessel aus Wildleder bequem gemacht.

Rasch verbarg Jay seine Überraschung, schloss die Bild-in-Bild-Funktion auf seinem Bang & Olufsen Plasma-Fernseher mit 60-Zoll-Bildschirm, auf dem ein Pferderennen zu sehen war, und riss sich die Kopfhörer von den Ohren.

„Gewinnst du?“, fragte Ty.

Ehrlich gesagt wäre er nicht allzu überrascht gewesen, wenn er herausgefunden hätte, dass sein Agent bis zum Hals in Schulden steckte oder alles verzockt hatte. Jay und er waren noch nie Freunde gewesen. Niemand konnte bestreiten, dass Jay ein Meister der Geschäftemacherei war, und er hatte immer unglaublich viel Geld eingebracht. Aber auch wenn Tys Verdacht über Jays Vorliebe für Nutten und

Drogen sich nie bestätigt hatte, fragte er sich doch, ob es weise war, dass er sich so viele Jahre lang von jemandem vertreten ließ, der sich am Rande der Legalität bewegte.

Jay zog sich die Krawatte fest und nahm einen Ordner von seinem Schreibtisch.

„Ich bin so froh, dass du hier bist. Gerade habe ich die Verträge für Buzzed Cola erhalten. Hast du dir jemals ein französisches Château gewünscht?"

„So viel Geld, ja?"

Jay schmatzte mit den Lippen. „Die Lizenzgebühren werden jahrelang eingehen."

Fast tanzte er bei der Vorstellung davon, dieses Geschäft abzuschließen. Und das war kein Wunder: zehn Prozent von zehn Millionen waren eine Million. Irgendjemand musste schließlich für Jays riesige Fernseher, die exklusive Lage am Union Square und seine Spielschulden zahlen. Aber Ty würde nicht länger derjenige sein, der das tat.

Ty überflog den dicken Stapel Blätter des Vertrags, den Jay ihm reichte. Keine Frage, die Zahlen sahen gut aus. Aber er hatte schon mehr Geld, als er ausgeben konnte. Ganz besonders deshalb, weil ein *französisches Château* nicht auf seiner Wunschliste stand.

„Meinst du wirklich, dass das ein guter Schachzug ist? Werden sich nicht viele Jugendliche mit dem Scheiß die Birne zuknallen?"

Jay schnaubte. „Na und? Vertrau mir, das ist ein heißes Produkt und du bist perfekt dafür."

„Ich verstehe, was du sagst. Es gibt nur ein Problem."

Panik trat in Jays Augen. „Es gibt nichts, was man nicht lösen könnte. Du sagst mir einfach, was verändert werden soll und ich kümmere mich darum."

Ty stand auf und nahm den Vertrag an sich, um sicherzustellen, dass er richtig entsorgt wurde. „Wir haben ein paar gute Jahre zusammen verbracht, Jay, aber jetzt ist für mich der Moment gekommen, um mein Geschäft woanders zu machen."

Jays Miene verfinsterte sich. „Ohne mich wärst du Luft gewesen, du kleiner Dreckskerl aus der Wohnwagensiedlung."

Ty ging zur Tür und fühlte sich, als hätte man ihm eine Last von den Schultern genommen. „Vielleicht, vielleicht auch nicht."

Jay konnte natürlich nicht auf eine letzte spitze Bemerkung verzichten. „Du solltest mir dafür danken, dass ich dich mit dieser Image-Lady verkuppelt habe. Ich wette, sie war heiß im Bett."

Ty ließ seine Hand von der silbernen Klinke sinken. Er war kurz davor, sich mit einem Satz auf seinen ehemaligen Agenten zu stürzen und ihm mit ein paar schnellen Schlägen den Schädel zu zertrümmern.

Er nagelte Jay mit seinem Blick fest. „Sag über

mich, was du willst – das interessiert mich einen Scheißdreck. Aber falls irgendjemand auch nur die Andeutung macht, dass du etwas über Julie gesagt hast, dann solltest du besser darüber nachdenken, dir zu Hause eine bombensichere Alarmanlage einbauen zu lassen. Und nie wieder rausgehen."

Ty verließ das Gebäude und stülpte sich auf dem Gehweg ein Basecap auf den Kopf.

Was meinte Jay mit „Du solltest mir danken"? War es nicht Bobbys Idee gewesen, eine Imageberaterin anzuheuern?

Damals hatte Ty nicht so genau darüber nachgedacht, warum Jay so schnell in Bobbys Forderungen eingewilligt hatte. Vielleicht hätte er das tun sollen. Irgendetwas war los. Doch bevor er herausfinden konnte, was es war, musste er per Anruf um einen Gefallen bitten.

Er holte das Handy heraus und wählte die Nummer des NFL-Hauptquartiers. „Steve, hier ist Ty Calhoun."

Steve Villers, der Vizepräsident der Presseabteilung, war seit seinem lang zurückliegenden Jahr in Pittsburgh ein guter Freund von ihm. Ein paar Jahre nachdem Ty Profi geworden war, hatte Steve sich aus dem Sport zurückgezogen und arbeitete seitdem für die NFL.

„Alter, dir müssen ja die Ohren brennen."

In jedem anderen Moment wäre Ty davon ausgegangen, dass Gutes gesagt wurde. Momentan wollte er lieber nichts aus der Gerüchteküche hören.

„Ich muss dich um einen Gefallen bitten, Steve."

„Einem Freund helfe ich immer gern."

„Ich weiß nicht, ob du davon gehört hast, aber ich habe mit einer Imageberaterin zusammengearbeitet. Mit einer großartigen Imageberaterin. Julie Spencer."

Ihren Namen laut auszusprechen, ließ wieder alles in ihm wach werden. Ihren Duft. Den Geschmack ihrer Lippen. Ihre weichen Kurven, die unter ihm nachgaben.

Steve schmunzelte. „Glaub mir, es wäre unmöglich gewesen, nichts von dieser Situation zu wissen."

Ty kam direkt auf den Punkt. „Ich glaube, sie war ein riesiger Gewinn für die NFL."

Er war sich nicht einmal sicher, dass Julie es gutheißen würde, dass er bei der Liga ein gutes Wort für sie einlegte, aber unter den gegebenen Umständen war er bereit, alles zu versuchen. Wenn sie diesen Auftrag bekam, dann wusste er zumindest, dass er sie ab und zu sehen würde. Wahrscheinlich würde sie so tun, als wäre er gestorben, aber er würde sie einfach so lange bearbeiten, bis sie seinem Druck nachgab und ihm noch eine Chance gab.

„Was du nicht sagst!", war Steves Antwort. „Als wir gesehen haben, wie gut sie einen Chaoten wie dich hat dastehen lassen, wussten wir, dass wir sie brauchen. Sie denkt gerade über unser Angebot nach."

Was war er doch für ein Dummkopf! Natürlich hatte die Liga bemerkt, was für eine ausgezeichnete Arbeit Julie geleistet hatte, um seinen Ruf positiv zu beeinflussen – und wiederherzustellen.

„Wie wäre es, wenn du *mir* einen Gefallen tun würdest?", fragte Steve und Ty wusste genau, was nun folgte.

„Keine Sorge! Ich werde dir die Sache nicht vermasseln, indem ich ihr sage, dass ich es für eine gute Idee halte."

„Soll das ein Witz sein? Sie hat in den höchsten Tönen von dir geschwärmt, deshalb wollte ich dich bitten, ein gutes Wort für uns einzulegen."

Fast wäre Ty herausgeplatzt: *„Sie hat in den höchsten Tönen von mir geschwärmt?"* Aber sogar in seinem eigenen Kopf klang das erbärmlich. Stattdessen sagte er: „Na klar, Steve."

Er hatte die Nacht mit Julie auf dem Boot nie überwunden – auch nicht in zehn langen Jahren, die er mit schönen Frauen verbracht hatte. Zu dumm, dass er damals ein achtzehnjähriger Schisshase gewesen war, der Angst davor hatte, dass sie ihm den Laufpass verpassen würde, weil er nur ein minderwertiger Sportler war. Er hatte es noch nicht einmal versucht, ihr zu zeigen, wie stark seine Gefühle für sie waren. Er hatte geglaubt, es wäre einfacher, sie gehen zu lassen.

Mit nichts hätte er so falsch liegen können.

Wenn er Julie das nächste Mal sah, würde er sein Herz – und zwar jedes kleinste Stück davon – aufs Spiel setzen, auch wenn er wusste, dass die Wahrscheinlichkeit, dass sie es brach, verdammt hoch war.

Kapitel 30

Julie stand ganz hinten im Presseraum der NFL und war noch nie im Leben so nervös gewesen. Beim Gedanken daran, was sie gleich tun würde, musste sie gegen den Drang ankämpfen, schnell und weit wegzurennen.

Es war merkwürdig, aber selbst wenn sie noch vor Wochen rein gar nichts über Football gewusst hatte, bangte es ihr nicht davor, Fragen über ihre neue Rolle zu beantworten. Seit sie zwei Tage zuvor als Imageberaterin für die gesamte Liga angefangen hatte, hatte sie ihre Hausaufgaben gemacht und Video-Anleitungen, Aufzeichnungen von Spielen und Interviews mit den besten Spielern der Partie angesehen. Natürlich war auch Ty unter ihnen.

Niemand wusste, dass sie die Szenen mit ihm immer wieder angeschaut hatte.

Alles, was sie wollte, war ein Neubeginn: nur sie beide und ein wenig Vertrauen, das hoffentlich zu einer starken und ewigen Liebe erblühen würde.

Sie suchte den Raum zum hundertsten Mal mit den Augen ab.

Warum war Ty nicht da? Was, wenn ihm etwas zugestoßen war? Was, wenn er irgendwo im Krankenhaus lag? Würde er daran denken, sie anzurufen?

Steve Villers zog einen Stuhl neben sich und Julie versuchte sich auf die Willkommensansprache zu konzentrieren, die der NFL-Kommissar hielt, auch wenn sie an nichts anderes denken konnte, als dass sie Ty wiedersehen wollte. Der Kommissar eröffnete die Fragerunde und es überraschte sie nicht, dass Bobby Wilson als Erster aufstand.

„Ich bin mir sicher, dass alle Anwesenden bereits wissen, dass ich der neue Eigentümer der Outlaws bin." Er schmatzte mit den Lippen und sah aus, wie ein hungriger Wolf bei der Jagd auf die drei Schweinchen. „Ich habe eine Frage an Miss Spencer, wenn es nichts ausmacht."

Ihrem Gespür für Sensationen folgend, richteten die Reporter ihre Tonbänder in seine Richtung aus.

„Zunächst einmal lassen Sie mich sagen, dass Sie blendend wie immer aussehen, Ms Spencer."

Julie wartete darauf, dass er auf den Punkt kam.

„Ich habe mir Gedanken über etwas gemacht, das Sie mir vor ein paar Tagen in meinem Büro gesagt haben." Er hielt inne und rückte seinen Cowboyhut ein

Stück nach links. „Wenn ich mich recht erinnere, haben Sie gesagt, dass Sie nicht die nötigen Fähigkeiten besitzen, um das öffentliche Image eines Athleten aufzubessern. Ich glaube, das war kurz bevor Sie mir gesagt haben, dass sie nicht mehr mit meinem Ty zusammenarbeiten würden."

Genau in diesem Moment trat Ty aus einer dunklen Ecke – wie immer vermittelte er den Eindruck, dass ihn nichts in der Welt kümmerte. Er hob auf seine großspurige Art eine Augenbraue, während er sie anschaute.

Oh Gott, wie sie ihn liebte! Jedes kleinste, arroganteste, herrlichste Stück von ihm.

„Etwas, das ich vor Kurzem gelernt habe, ist, dass wir alle Fehler machen. Selbst eine Imageberaterin setzt hin und wieder etwas in den Sand." Sie grinste. „Ich habe das Gefühl, dass mir das bei der Arbeit mit professionellen Footballspielern wirklich zugutekommen wird."

Durch die Menge ging Gelächter und sie hoffte, dass Ty verstand, dass ihre Worte an ihn gerichtet waren.

„Vor zwei Wochen wusste ich nichts über Football. Wie viele Menschen nahm ich an, dass Footballspieler überbezahlte, hirnlose Sportler sind."

Die Spieler grölten.

„Sorry, Jungs", sagte sie. „Aber aus genau diesem

Grund habe ich angefangen, für die NFL zu arbeiten. Ich habe viel über Footballspieler gelernt. Ich habe ihre Integrität und ihre Großzügigkeit erkannt und gesehen, was unter der Oberfläche ist. Die NFL ist jetzt der größte Klient meines Unternehmens und ich werde den Großteil meiner Zeit und Energie dazu aufwenden, sicherzustellen, dass die Menschen die Liga und ihre Spieler in einem möglichst positiven Licht sehen."

Sie sah Ty direkt an. „Missverständnisse wird es immer geben, so funktioniert die Welt nun einmal. Doch von jetzt an schwöre ich, dass ich niemanden gehen lasse, bis wir ein gegenseitiges Verständnis erreicht haben."

Bobby nickte. „Eine ausgefeilte Antwort, Miss Spencer. Es gibt nur ein Problem dabei." Er wedelte mit einem braunen Briefumschlag in ihre Richtung. „Ich habe Bilder von Ty Calhoun und Ihnen, wie Sie auf einem Balkon in Napa Sex miteinander haben. Wie reden Sie sich da aus der Affäre?"

Ty hatte Bobby in Sekunden erreicht und ihm den Umschlag aus der Hand gerissen.

Bevor Ty seine Hände um Bobbys fleischigen Nacken legen konnte, erklang ein lautes Krachen im hinteren Teil des Raumes.

Ein ungepflegter, offensichtlich betrunkener Mann platzte taumelnd in die Pressekonferenz. „Wo ist dieser elende Bastard?" Der Mann torkelte an Athleten und Journalisten vorbei und entdeckte schließlich sein Opfer in der Menge.

„Du bist schuld, dass ich meinen größten Spieler verloren habe", schrie er Bobby an. „Jetzt, wo er weg ist, verlassen mich auch alle anderen. Bald bleibt mir nichts mehr!"

Julie zählte rasch zwei und zwei zusammen. Hatte Ty seinen schmierigen Agenten gefeuert?

Eine dicke Schweißperle rollte Bobbys Gesicht hinunter. „Ich habe keine Ahnung, wovon du sprichst."

Jay deutete mit zitternder Hand auf Bobby und von seinen Lippen flog der Speichel, als er schrie: „Du hast mich bezahlt, damit ich Ty davon überzeuge, sich von einer blöden Imageberaterin beschatten zu lassen. Du wolltest, dass Ty richtig schlecht dabei wegkommt, um dich für das zu rächen, was er deinem Sohn angetan hat."

Ty stand in der Mitte des überfüllten Saals zwischen seinem verrückten Agenten und seinem noch verrückteren Boss und seine feste Stimme brach die entsetzte Stille. „Dein Sohn? Sind wir uns schon einmal begegnet?" Eine Sekunde später dämmerte es ihm. „Joey Wilson? Aus dem Texas Football Camp? Das war dein Kind?"

„Er wäre ein berühmter Quarterback geworden", fauchte Bobby, „bis du ihm die Show gestohlen hast, du Bastard."

„Wollte er nicht Schriftsteller werden oder so?"

Bobbys Gesicht lief knallrot an. „Er war der Beste im ganzen Bundesstaat, bevor du aufgetaucht bist. Und dann hat keiner der Talent-Scouts ihn beachtet – alle hatten nur Augen für dich, mein hübscher Junge. Ich habe meinem dummen Sohn gesagt, dass Schriftsteller keine Rolle spielen, große Footballspieler schon. Aber er wollte nicht auf mich hören. Es ist alles deine Schuld. Und mein Agent war mehr als glücklich darüber, mein Geld anzunehmen, um sicherzustellen, dass du nicht nach einem anderen Team suchst."

Ein Murmeln ging durch die Menge der Journalisten. Es war eine Sache, harsch mit einem Athleten umzugehen. Eine ganz andere Sache war es, den eigenen Beruf zu verunglimpfen. Die Security-Männer, die offensichtlich um Bobbys Sicherheit fürchteten, schoben ihn ununterbrochen fluchend durch die Menge und zerrten ihn schnell durch die Flügeltüren nach draußen.

* * *

Als die Flügeltüren sich lautstark schlossen, schüttelte Ty überrascht darüber, wie die Dinge gelaufen waren, den Kopf. Aber dieses ganze Chaos hatte Julie zurück in sein Leben gebracht und allein aus diesem Grund war er bereit, jedem alles zu vergeben.

Der Kommissar sagte vom Rednerpult aus: „Ich entschuldige mich für den Affenzirkus, der hier gerade stattgefunden hat, Leute! Ich denke, wir brauchen alle ein paar Minuten, um uns wieder zu sammeln und ein bisschen Luft zu schnappen. Wir sehen uns um Viertel vor wieder."

Die meisten Journalisten waren schon dabei, ihre Geschichten telefonisch durchzugeben oder tippten wie wild auf ihren Blackberrys. Ty grinste. Er schien eine Gabe dafür zu haben, Schlagzeilen zu machen, selbst wenn er es gar nicht darauf abgesehen hatte.

Der Kommissar kam als Erster auf ihn zu. „Ich möchte mich persönlich für das entschuldigen, was gerade geschehen ist. Bobby Wilson wird suspendiert und sein Fall untersucht. Sagen Sie mir, falls es irgendetwas gibt, das ich tun kann, um die Sache wieder geradezubiegen."

„Mache ich."

Alles, worauf sich Ty jetzt konzentrieren konnte, war die Frau, die er liebte. Er schaute durch die Menge hindurch zu dem Ort, an dem sie gesessen hatte, aber sie war verschwunden.

Sie stand direkt vor ihm. „Es tut mir leid", sagte er, während er nach ihren Händen griff, und sie sagte: „Nein, mir tut es leid", als sie ihn an sich zog.

„Ich war vor zehn Jahren ein Idiot", sagte er. „Ich habe mir gedacht, du wachst auf und dir wird klar, dass du mit einem Loser geschlafen hast. Ich dachte, du wirst mich verlassen.“ Er hielt ihrem Blick stand. „Deshalb habe ich dich zuerst verlassen. Ich habe viele Dummheiten in meinem Leben gemacht, aber dich nicht anzuflehen, mir noch eine Chance zu geben, war die allergrößte. Bis letzte Woche, als ich dich wieder habe gehen lassen. Du bist mir wichtiger als jedes Spiel, als Ruhm oder Geld. Ich möchte meine Träume mit dir teilen, Julie. Du bist alles, was ich will.“

Unvergossene Tränen schimmerten feucht in Julies Augen. „Mir ist es noch nicht einmal gelungen, ehrlich in Hinsicht auf mein eigenes Leben zu sein, wie hätte ich da ehrlich in Bezug auf meine Gefühle für dich sein können? Ich hätte nicht darauf bestehen sollen, unsere Beziehung geheim zu halten. Ich hatte solche Angst. Aber jetzt habe ich keine mehr.“

Ty nahm ihr Gesicht zwischen seine Hände und küsste sanft ihre Lippen.

„Ich bin mein ganzes Leben lang davongelaufen“, flüsterte sie gegen seinen Mund. „Ich will nicht mehr davonlaufen. Ich will dich, Ty. Deine Vergangenheit, deine Zukunft. Alles.“ Sie drehte ihre Wange in seiner Handfläche und presste einen Kuss darauf. „Ich hätte niemals denken sollen, dass du versucht hast, Jack zu verletzen. Du hast eine schwere Wahl getroffen, indem du mit ihm geredet hast. Die richtige Wahl.“

Er runzelte die Stirn. „Du warst ziemlich beschäftigt in letzter Zeit, was?"

„Jack und ich, wir haben uns ausgesprochen. Er möchte sich bei dir entschuldigen."

„Das ist nicht nötig."

„Das habe ich ihm schon gesagt."

Inmitten des überfüllten Raumes kamen sie sich immer näher und zehn Jahre fielen von ihnen ab.

„Weißt du, was ich machen will, Julie?"

Sie schaute ihn an und hielt die Luft an, während sie darauf wartete, was er zu sagen hatte.

„Ich will dich küssen. Willst du mich küssen?"

Ihre Stimme war voller Liebe als sie sagte: „Ja, ich will."

Sie stellte sich auf die Zehenspitzen, um ihn auf die Lippen zu küssen und steckte ihm ihr Höschen in seine Hosentasche. „Ich liebe dich, Ty. Ich habe dich immer geliebt."

Mit einem Lächeln an ihren Lippen flüsterte er: „Ich liebe dich auch, Julie. Heirate mich!"

Sie erwiderte sein Lächeln. „Ich bin zu allem bereit. Solange ich mit dir zusammen bin."

* * *

Neues zu den nächsten Büchern: Klicken Sie hier, um den Newsletter mit Bella Andres Neuerscheinungen zu bestellen:

www.bellaandre.com/Germany

ÜBER DIE AUTORIN

Bella Andres Romane sind mit 8 Millionen verkauften Büchern weltweit Spitzenreiter unter den Bestsellern und standen bereits 90 Mal auf den Bestsellerlisten von *New York Times* und *USA Today*. Sie erreichte den ersten Platz der Top-Ten, zu denen auch Autoren wie Nora Roberts, JK Rowling, James Patterson und Steven King gehörten. Die Zeitschrift „Publishers Weekly“ setzte ihren selbstgegründeten Verlag Oak Press (in dem Bella ihre eigenen Werke veröffentlicht) auf Platz 1 ihrer Liste der am schnellsten wachsenden unabhängigen Verlage der USA. Nach Unterzeichnung eines bahnbrechenden Print-Only-Vertrags in Millionenhöhe mit Harlequin MIRA wurde Bellas Romanreihe „Die Sullivans“ als Taschenbuch in den USA, Kanada und Australien veröffentlicht.

Bereits zweimal wurden ihre als „sinnliche, befreiende und berauschend romantische Liebesgeschichten“ (Publishers Weekly) bekannten und in zehn Sprachen übersetzten Bücher im Cosmopolitan unter der Rubrik „Red Hot Reads“ empfohlen. Bella Andre erhielt die Auszeichnung „Award of Excellence“ und die Washington Post bezeichnete sie als „Eine der Top-Schriftstellerinnen Amerikas“; in Entertainment Weekly, NPR, USA Today, Forbes, The Wall Street Journal und im TIME Magazine wurde über sie berichtet. Sie ist Absolventin der Stanford University und hat Gastvorträge bei Verlegerkongressen von Kopenhagen über Berlin bis San Francisco gehalten, darunter auch eine Keynote Speech bei der Book Expo America in New York, bei der der Andrang so groß war, dass viele Zuhörer stehen mussten.

Bella schreibt unter dem Pseudonym Lucy Kevin auch die New-York-Times-Bestsellerreihe „Vier Hochzeiten und ein Fiasko". Zu ihren „zarten" modernen Liebesgeschichten gehört auch die ebenfalls unter dem Namen Lucy Kevin veröffentlichte USA-Today-Bestsellerreihe „Walker Island".

Wenn sie nicht gerade am Computer sitzt, ist sie sicher mit dem Lesen ihrer Lieblingsschriftsteller beschäftigt oder ist am Wandern, Schwimmen oder Lachen. Bella ist verheiratet, hat zwei Kinder und verbringt ihr Leben entweder in der Weingegend Nordkaliforniens oder einem hundert Jahre alten Blockhaus in den Adirondack Mountains.

Eine Liste all ihrer Bücher, Auszüge und Gewinnspiele finden Sie unter folgenden Links, über die Sie auch Kontakt mit Bella aufnehmen können:

Melden Sie sich für Bellas Newsletter an:
bellaandre.com/germany

Besuchen Sie Bellas Website:
www.BellaAndre.com

Folgen Sie Bella auf Twitter:
twitter.com/bellaandre

Besuchen Sie Bella auf Facebook:
facebook.com/bellaandrefans

Folgen Sie Bella auf Instagram:
instagram.com/bellaandrebooks

Printed in Poland
by Amazon Fulfillment
Poland Sp. z o.o., Wrocław

70808719R00209